COLLECTION J. HETZEL

SCÈNES DE LA VIE DE COLLÈGE

DANS TOUS LES PAYS

UNE ANNÉE

DE

COLLÈGE A PARIS

PAR

ANDRÉ LAURIE

DESSINS PAR J. GEOFFROY

BIBLIOTHÈQUE

D'ÉDUCATION ET DE RÉCRÉATION

J. HETZEL ET Cⁱᵉ, 18, RUE JACOB

PARIS

UNE ANNÉE

DE

COLLÈGE A PARIS

CHAPITRE PREMIER

BILLANCOURT

Ce livre pourra donner aux collégiens à leurs débuts un avant-goût de la vie des *grands*, au sens scolaire, et leur faire apprécier la distance qui sépare un gamin de sixième de cet immense personnage, un élève-bachelier.

Nous sommes, au moment où s'ouvre ce récit, dans un salon assez élégamment meublé, au premier étage d'une villa parisienne, alors isolée au bord d'une pelouse et d'une corbeille de fleurs, sur le quai de Billancourt.

A cent pas de la façade, la Seine fuit sous les embarcations entre deux rangées de peupliers bruissants et le long de l'île Séguin. Sur la gauche et un peu en arrière, trois corps de bâtiments à cinq étages surmontés d'une haute cheminée fumante. Tout au ras du chemin de halage, des montagnes de betteraves blanches à collet rose, qu'une file continue de porteurs marchant à pas comptés sur les talons l'un de l'autre, comme une procession de fourmis humaines, décharge à pleines hottes d'une barque amarrée au quai.

Plus loin, des charrettes attelées de chevaux géants, un train de wagons sur une ligne de rails, des équipes affairées, des sifflements de vapeur, tout le remue-ménage et l'activité d'une fabrique de sucre.

C'est aujourd'hui dimanche, et onze heures du matin viennent de sonner. Mais le travail ne chôme ni nuit ni jour à l'usine en cette saison. Il s'agit de réparer le temps perdu aux mois torrides, où tout s'arrête parce que le sirop aigrit.

Dans le foyer du salon brille un petit feu clair. Nous sommes en octobre, et; quoique les approches de l'hiver ne fassent encore que s'annoncer, la santé très délicate de maman exige cette précaution.

Assise au coin du feu et le dos tourné au jour, elle lit à haute voix le nouveau roman de Verne, qui intéressait vivement toute la famille, tandis qu'à l'autre coin mon grand-papa, confortablement roulé dans sa robe de chambre, tient, tout en faisant semblant d'écouter, ses yeux fixés

sur la pendule et paraît surtout occupé de suivre sur le
cadran la marche des aiguilles.

Il attend évidemment avec impatience quelqu'un qui
devrait déjà être arrivé, car le voici maintenant qui tire de
son gousset sa grosse montre à répétition, et compare ses
indications avec celles de la pendule.

« Excusez-moi si je vous arrête un instant, dit-il enfin à
maman. Mais ne pensez-vous pas qu'Albert devrait être ici?

— En effet, il est onze heures cinq! répond maman.
J'espère au moins qu'il n'aura pas été consigné, pour inau-
gurer son entrée au lycée Montaigne!... »

Maman n'a pas plutôt émis ce vœu, que le timbre de la
porte lui donne la réplique. Trois secondes encore et un
grand flandrin de collégien fait irruption dans l'appartement.

« Bonjour, maman!... Bonjour, grand-père!... Je suis en
retard... C'est que nous nous sommes arrêtés en route, papa
et moi. Vous saurez tout à l'heure pourquoi... Tante Aubert
n'est pas là?... »

Un bruit de baisers, une agitation générale, le livre jeté
sur la table. Voilà bon papa souriant et maman délivrée de
son inquiétude.

Ce grand garçon, à qui l'on fait si tendre accueil, c'est
moi, Albert Besnard (votre papa en herbe), pour le présent âgé de dix-sept ans, très fier d'une moustache naissante
et d'un petit commencement de favoris, nanti d'une paire
d'épaules qui feraient honneur à un casseur de pierres,
et légèrement embarrassé de deux grosses mains rouges
au bout des manches étroites de sa tunique.

Ma qualité aidant de bachelier ès lettres, — car je suis
revêtu depuis trois mois de ce grade universitaire, — il

faut bien convenir que je me considère ici-bas comme un personnage de quelque importance.

Un miroir de poche, que je consulte fréquemment sur les progrès de mon système pileux facial, devrait peut-être m'avertir que ce fameux duvet, dont je suis si fier, me donne une vague ressemblance avec un jeune poulet. Mais baste! il me suffit, pour l'apprécier à sa juste valeur, de constater l'envie mal dissimulée qu'il inspire à la plupart de nos camarades.

Notre famille venait à cette époque d'être transplantée du département de la Lèze dans la banlieue de Paris. Un cousin éloigné, que nous connaissions à peine, était mort en laissant à maman une grosse fabrique de sucre à Billancourt. Or, jusqu'à ce moment, mon père ne s'était jamais occupé que d'agriculture sur son domaine de Saint-Lager, près de Châtillon, où j'avais fait toutes mes études. Sa première idée avait donc été de mettre en vente cet héritage inattendu et quelque peu encombrant.

Mais il n'aurait pu le faire du jour au lendemain, sans que la valeur de la propriété subît une dépréciation considérable. Le temps pressait, car l'automne allait venir et le travail ne marche dans l'industrie du sucre que d'octobre en avril. D'autre part, mon père avait reconnu bien vite qu'avec ses aptitudes administratives, — il avait fait ses preuves depuis quinze ans en qualité de maire de sa commune ou de conseiller général, — et surtout avec l'expérience acquise en dirigeant une exploitation agricole, il lui serait possible de se mettre en personne à la tête de la fabrique.

Tout y était admirablement organisé, la clientèle faite et

sûre, les traités passés pour plusieurs années avec les producteurs de betteraves, les rouages d'une simplicité extrême. C'était une fortune assurée en peu d'années; « il n'y
avait qu'à se baisser pour la ramasser, » disait grand-papa.

C'est lui qui avait émis l'avis formel de quitter notre province et de venir nous installer à Billancourt. Il lui en coûtait certes plus qu'à tout autre membre de la famille de
renoncer à ses chères habitudes, à sa maison, à son bien-
aimé jardin.

« Mais nous devons ce sacrifice à l'avenir d'Albert ! » avait-
il déclaré.

Et, devant cet argument sans réplique, toutes les objections avaient baissé pavillon.

Justement l'heure arrivait où, mes études étant termi-
nées au lycée de Châtillon-sur-Lèze, il allait falloir m'envoyer à Paris pour les compléter et me préparer au concours
d'une École de l'État. Ce n'était naturellement pas sans
chagrin et sans inquiétudes que mes parents voyaient
approcher le moment de cette séparation. Et voilà qu'un
moyen se présentait de l'éluder, de nous trouver tous
ensemble transportés à Paris !

Maman et mon grand-père adoptèrent la solution avec
tant d'enthousiasme que ce fut bientôt chose jugée. Notre
bonne tante Aubert, qui, depuis longtemps déjà, faisait
partie de la famille, et qui me gâtait, déclara qu'elle nous
suivrait jusqu'au Kamtschatka, s'il le fallait.

Il n'était pas question d'aller si loin. Un détail faillit
pourtant tout compromettre. Mon père avait reconnu l'im-
possibilité de s'embarquer dans la nouvelle entreprise sans
un capital suffisant. Or, ce capital, notre cousin ne l'avait

pas laissé derrière lui. En vieux garçon qu'il était, il avait gardé jusqu'au dernier jour l'habitude de dépenser tout son revenu, — parfois même un peu plus que son revenu.

Il allait donc falloir contracter un emprunt, hypothéquer en même temps que la fabrique notre bien de Saint-Lager. Cette idée faisait trembler tout le monde.

On s'y décida néanmoins, tant la séduction était forte. Maintenant que le projet avait été fait et choyé, on ne pouvait plus l'abandonner.

Mon père résigna ses fonctions de maire, afferma ses terres; la maison, où nous ne devions plus venir passer qu'un ou deux mois par an, fut laissée en mains sûres, et la caravane partit pour Paris.

Nous y étions à peine installés depuis huit jours quand j'entrai en qualité d'interne au lycée Montaigne afin de *doubler* ma rhétorique, et ce dimanche-là était ma première sortie.

Tante Aubert n'avait pas plus tôt entendu le timbre de la porte qu'elle était accourue triomphante :

« Te voilà enfin, mon chéri!... Je suis en train de te faire un flan à la vanille comme tu l'aimes. »

Et de m'embrasser.

« Moi, ma tante, je vous prie d'accepter ce petit bouquet de roses, car c'est demain votre fête, le savez-vous? »

— C'est vrai pourtant!... Il y a pensé! Cher enfant, que tu es gentil!... »

Et la bonne créature a des larmes de bonheur plein les yeux. Elle m'embrasse de plus belle, et je le lui rends bien.

Maintenant nous voici tous réunis au rez-de-chaussée, dans notre salle à manger en « vieux chêne » tout flambant

« QU'EST-CE QUE CELA FAIT? TANTE AUBERT. »

neuf. Papa, qui nous attend les pieds sous la table, rit dans
sa barbe en regardant maman et tante Aubert. Toutes deux,
presque au même instant, elles poussent un petit cri, comme
elles déploient leurs serviettes.

« Un écrin? dit maman.

— Qu'est-ce que cela? » fait tante Aubert.

Ce sont deux boîtes de maroquin rouge qui, à peine ouvertes, laissent apercevoir sur leur lit de velours bleu deux
paires de boutons d'oreilles en diamants.

« Albert et moi nous nous sommes un peu attardés chez le
bijoutier, dit mon père. Nous savions que c'est demain la
fête de tante Aubert, et nous avons pensé que ces petits
cailloux vous feraient plaisir. »

Tante Aubert est si émue de cette attention, qu'elle ne
peut pas articuler un mot; mais des yeux humides et aussi
brillants que les deux écrins parlent pour elle.

« Et moi, dit maman, ce n'est pas demain ma fête, et je
n'avais aucun droit à un cadeau. Celui-ci est vraiment trop
beau.

— Bah ! ce sera une avance pour le jour de l'an.

— Mon cousin, articula enfin tante Aubert, d'un air qui
voulait être grondeur, mais qui n'y parvenait guère, je
crains bien que vous n'ayez fait une folie!... Voyez donc
comme ces pierres jettent des feux! reprit-elle en les montrant à bon papa!

— Elles ne font que leur devoir de diamants, dit celui-ci
en souriant de cet enthousiasme.

— Bah ! répliquait mon père, vous savez bien que nous
sommes en train de devenir des richards. Ma première cuite
de sucre est la plus belle qui soit jamais sortie de la fabri-

que ; le vérificateur me l'a affirmé hier, et je m'en suis
assuré sur les livres. »

La conversation se porta bientôt sur mes débuts au lycée
Montaigne.

« Eh bien ! me dit grand-papa, quelle est ton impression !
Comment te trouves-tu de ton nouveau régime ?

— C'est, à fort peu de chose près, le même qu'à Châtillon. Nous sommes beaucoup plus nombreux : neuf cents
internes, m'a-t-on dit, et le proviseur, M. Montus, est un
bien plus gros personnage. Il est commandeur de la Légion
d'honneur, s'il vous plaît, et à peu près invisible aux humbles mortels. Mais à cela près, il y a fort peu de différence.

— Les études ne sont pas plus fortes ?

— Il est encore bien difficile d'en juger », répondis-je
évasivement.

Le fait est que ma petite vanité de lauréat de province
avait été fortement ébranlée la veille, quand je m'étais vu
classé le dix-septième en discours latin, et je ne me souciais
ni de considérer cette première épreuve comme décisive ni
d'en ébruiter les résultats. Je fus donc bien aise d'aborder
un autre ordre d'idées.

« J'ai vu hier M. Desbans, ton professeur de mathématiques, reprit mon père.

— On l'appelle Tronc-de-Cône au lycée, ne puis-je m'empêcher de dire en souriant.

— Tronc-de-Cône, soit ; ce n'est pas un surnom dont un
maître de mathématiques puisse s'offusquer, reprit mon
père très sérieusement, quoiqu'il soit assez ridicule que des
blancs-becs comme vous se permettent de le lui appliquer.
M. Desbans est un homme fort distingué, qui a été dans son

temps admis le premier à l'École polytechnique et à l'École normale, section des sciences, et qui sera demain de l'Institut, où il a sa place marquée par des travaux de premier ordre. Voilà ce que m'a dit de lui M. Raynaud, notre ingénieur, qui est son ancien camarade; C'est sur son avis que je suis allé voir M. Desbans pour lui demander s'il veut bien se charger de te donner des leçons particulières, et j'ai le plaisir de t'annoncer qu'il y a consenti.

— Mais, cher père, m'empressai-je d'objecter, je n'aurai jamais le temps de mener de front les mathématiques et les lettres! Je vais avoir déjà fort à faire pour me maintenir dans ma classe.

— Bon! je me suis assuré, auprès des juges les plus compétents, que c'est là une crainte chimérique. Une heure ou deux de mathématiques chaque jour ne peuvent en rien nuire à tes autres études et suffiront à te faire obtenir au bout de l'année ton baccalauréat ès sciences. Tu pourras alors choisir définitivement ta carrière sans être limité dans ton choix. Crois-tu que ce soit là un mince avantage?

— Je ne dis pas cela, mais enfin, si je double ma rhétorique, c'est pour en retirer tout le profit possible... Ne pensez-vous pas qu'il vaudrait mieux...

— Non, je ne le pense pas. Je suis sûr, au contraire, que l'étude des mathématiques, fût-elle considérée comme une simple gymnastique intellectuelle, ne peut donner que de la rectitude à ton jugement et, par suite, de la précision à ton style et de la fermeté à ton goût. Même au point de vue exclusivement littéraire, je suis convaincu que c'est t'assurer un avantage sur tes camarades.

— Ne craignez-vous pas, mon cousin, que ce auvre

enfant ne soit fatigué de ces excès de travail? » dit ici tante Aubert.

Depuis quelques minutes déjà, elle donnait des signes d'impatience.

« En effet, dit mon père en riant, Albert m'a l'air d'un gaillard à ne pas pouvoir supporter la fatigue. Voyez-moi ces épaules-là, tante Aubert, et dites-moi si elles ne font pas honneur à l'Université? D'ailleurs, le moyen de ne pas se fatiguer est justement de varier ses travaux. Albert fera une demi-heure de gymnastique de plus, s'il le faut, et vous verrez qu'il ne s'en trouvera que mieux. »

Et comme je gardais un silence diplomatique :

« Allons, reprit mon père, je vois bien qu'il faut tout avouer. »

Je le regardai un peu intrigué.

« Je n'ai pas seulement vu M. Desbans. J'ai vu aussi M. Goudouneix, le prévôt d'armes du lycée, un charmant homme qui veut bien se charger d'enseigner son art à un grand garçon de ma connaissance. »

Mes yeux s'étaient illuminés. Depuis longtemps déjà je désirais avoir des leçons d'escrime, et mon père comblait enfin un de mes vœux les plus chers. D'un mouvement spontané je quittai ma place et j'allai l'embrasser.

« Encore des inventions pour se rompre les os! murmura tante Aubert.

— Mais non, c'est au contraire l'art de défendre sa vie en même temps que son honneur, répliqua bon papa qui avait été jadis « friand de la lame », comme on disait en 1826.

— Ne parlez pas ainsi! cela donne la chair de poule! » cria tante Aubert.

Mon père jugea qu'une diversion ne serait pas inutile.

« M. Goudouneix m'a appris que tu aurais pour camarade à ses leçons le jeune Lecachey, le fils de mon banquier. Le connais-tu?

— Je crois bien avoir entendu ce nom en classe, mais je n'ai pas remarqué celui qui le porte. C'est sans doute un externe. »

Après le déjeuner, mon père s'en alla à ses affaires, et je montai au salon avec maman et tante Aubert. Tout en causant avec elle, je feuilletais un numéro de la *Revue des Deux Mondes* qui était resté sur la table.

« Tiens! fis-je tout à coup, un article de M. Pellerin sur « Aristophane et le comique chez les Grecs »!

— Qu'est-ce qui te fait penser que c'est précisément ton ancien maître d'étude? demanda ma mère.

— Oh! cela ne fait pas de doute pour moi... E. Pellerin... Il s'appelle Édouard. D'ailleurs, il a passé deux ans en Grèce comme élève de l'École d'Athènes, à la suite de son brillant examen pour l'agrégation des lettres, et je sais qu'il s'est toujours beaucoup occupé d'Aristophane.

— Son article est très intéressant; spirituel à la fois et savant.

— Oh! M. Pellerin n'est pas manchot! Dire qu'il était mon *pion* il y a six ans!... C'est à ne pas le croire, n'est-ce pas? Mais aussi il a tant travaillé, et tous ceux qui le connaissent l'estiment et l'admirent tant!

— Tu l'aimais beaucoup, si j'ai bonne mémoire? reprit tante Aubert.

— Ah! je le crois bien que je l'aimais, un homme si bon, si doux, si savant et si modeste à la fois... De tous nos maîtres de Châtillon, c'est celui dont Baudouin et moi nous avons gardé le meilleur et le plus vif souvenir.

— Est-ce que ton ami Baudouin n'était pas en correspondance avec lui? demanda maman.

— Oui, pendant un an ou deux. Baudouin était son préféré, il faut bien le dire. M. Pellerin disait toujours qu'il avait l'âme d'un artiste, et lui a écrit cinq à six fois après avoir quitté le lycée. Mais ses travaux l'ont absorbé; bientôt il est parti pour l'Orient, et depuis fort longtemps nous n'avions plus entendu parler de lui. »

CHAPITRE II

« Oui, mon cher Baudouin, me voici à Paris, au lycée Montaigne, et bien fâché, je t'assure, de n'être plus ton voisin, d'études, comme j'en avais pris la douce habitude depuis tant d'années. Le lycée Montaigne, tu le sais sans doute, a été récemment élevé dans le quartier des Champs-Élysées. Depuis longtemps, paraît-il, les habitants de Passy, de Neuilly et de l'ouest de Paris (sans oublier Billancourt), se plaignaient que tous les lycées se fussent accumulés dans deux ou trois quartiers, et l'administration universitaire a voulu faire droit à ces réclamations. Ce qui prouve qu'elle a été bien inspirée, c'est qu'à peine achevé, le lycée de Montaigne compte déjà neuf cents internes et plus de onze cents externes.

« C'est te dire qu'il ne s'agit plus ici d'un petit collège de poche comme celui de Châtillon et que ton vieux camarade, infime unité dans un total presque aussi gros que celui d'un régiment d'infanterie, se sent un peu perdu au milieu de tout ce monde.

« Imagine sur l'un des côtés de la rue de Chaillot une
grande façade tout flambant neuve et toute blanche, ornée
de guirlandes de lauriers sculptées en relief, et percée de
hautes fenêtres au-dessus de trois gigantesques portes co-
chères. Une de ces portes, celle du milieu, conduit chez le
proviseur, le censeur et les autres fonctionnaires logés dans
l'édifice ; une autre, à droite, est réservée à l'économat et
aux services administratifs ; la troisième, à gauche, est celle
des professeurs et des élèves.

« Franchis cette porte avec moi. Nous voici dans un vestibule spacieux, fermé sur toute sa largeur par une grille en
fer ouvragé, très élégante incontestablement, mais qui n'en
est pas moins une grille. Au delà de cette barrière à jour
s'ouvre une grande cour rectangulaire entourée d'une colonnade : c'est la cour des revues. A droite et à gauche du
vestibule, deux grands escaliers de pierre, conduisant, l'un
au parloir et de là au cabinet et aux appartements de réception du proviseur, l'autre aux salles d'étude. Les classes
sont établies dans un autre corps de bâtiment, placé en
arrière de celui que je suis en train de te décrire et acces-
sible aux externes par des portes spéciales ouvertes sur une
rue latérale.

« Je constate, sans plus tarder, qu'au lycée Montaigne il
n'y a pas de *petits*, mais seulement des *moyens* et des *grands*.
Les élèves des classes élémentaires sont tous envoyés à un
petit collège particulier qu'on a bâti pour eux en pleine
campagne, au pied du mont Valérien et non loin du village
de Nanterre. Mais revenons au vestibule :

« Voici à notre gauche la loge, — non ! ce serait une pro-
fanation, — disons le bureau, l'étude, le salon de M. le con-

LE BUREAU, L'ÉTUDE, LE SALON DE M. LE CONCIERGE.

cierge. Ah! mon cher Baudouin, si notre ancien portier du
lycée de Châtillon, le père Barbotte, voyait cette installa-
tion! Son nez s'en allongerait au point de devenir un nez
presque normal. Des tapis d'Aubusson, des glaces, un grand
secrétaire d'acajou, des fauteuils de velours vert, et au
milieu de tout cela un grand monsieur aussi grave qu'un
notaire et d'une politesse condescendante qui vous réduit à
rien. Ce n'est pas lui, je t'assure, qui s'abaisserait à vendre
des pommes et des tartelettes à ses administrés! A peine
daigne-t-il les honorer au passage d'un coup d'œil protec-
teur. Tu vas croire que je brode, mais je t'assure que je
n'invente pas. Il a un premier clerc.

« Un clerc toujours assis au bureau d'acajou et qui tient
registre des entrées et sorties pour Son Excellence Monsei-
gneur le concierge.

« — Je ne vois pas ce qu'il y a là de si extraordinaire, disait-
« il un jour à quelqu'un qui lui en exprimait naïvement sa
« surprise, le directeur de la Conciergerie a bien un gref-
« fier. »

« Montons l'escalier de gauche. Suivons ce grand couloir,
arrivons au quartier n° 1. C'est là que perche ton serviteur,
en compagnie d'une trentaine d'autres rhétoriciens. Comme
à Châtillon, nous nous divisons en *nouveaux* et *vétérans,*
selon que nous avons déjà fait, ou non, une première année
de rhétorique. Tu seras sans doute étonné d'apprendre que
je suis classé parmi les nouveaux, quoique déjà bachelier et
ex-rhétoricien du lycée de Châtillon. C'est que je n'ai pas
encore dix-huit ans, ce qui me permet d'aller au concours
général comme *nouveau,* et l'usage veut qu'on profite de
cette tolérance.

« Bien m'en prend, au surplus, car je crois sans cela
que je n'aurais guère de chances d'en être de ce fameux
concours !

— Mon pauvre Baudouin ! quelle place crois-tu que j'aie
obtenue à notre première composition en discours latin, pas
plus tard qu'avant-hier ? Dix-septième tour simplement.
Quelle chute, messeigneurs ! C'est flatteur pour Châtillon-
sur-Lèze, n'est-ce pas ? Moi qui passais pour un aigle sur le
Verumenimvero et le *Quandoquidem !* moi qui, depuis le jour
où Parmentier, en entrant à l'École navale, a trompé tous
les pronostics portés sur son avenir littéraire, étais regardé
comme le favori de nos muses départementales. Dix-septième à Paris ! où il y a dix autres lycées, — c'est-à-dire
170° environ sur une liste générale : voilà la triste vérité.

— Il est vrai que parmi les nouveaux je suis le huitième ;
mais comme il faut de la bonne volonté, et des combi-
naisons savantes, et des calculs d'âge pour arriver à ce
beau résultat ! Je dois t'avouer, mon cher ami, qu'il n'est
pas sans me décourager un peu. Pense que j'étais très
satisfait de mon élucubration, — un compliment de bienvenue du sénateur Tertius Quirinus Mala à Scipion l'Africain. Quand nous sommes sortis de classe après la composition, je crois que je n'aurais pas donné pour la place de
second d'emblée les chances que je me flattais d'avoir au
premier rang. Et les compliments dont M. Auger a assaisonné
son verdict !

— « M. Besnard. Discours latin, assez correct gramma-
« ticalement, a-t-il dit, — mais écrit d'un style plat et
« lourd, hérissé de gallicismes et absolument vulgaire. »

— Voilà mon paquet. C'est agréable, n'est-ce pas ? de

s'entendre arranger ainsi devant soixante-quinze gaillards
déjà fort disposés à vous prendre pour un crétin, sous prétexte que vous arrivez de Grenoble ou de Châtillon ! Mais
j'aurai ma revanche, je le jure !

« Ce qui m'a un peu consolé, c'est que je n'ai pas été le
seul à *écoper,* comme on dit ici. A peu près chacun de mes
camarades a eu son compliment à rebrousse-poil. Un
homme terrible, ce M. Auger! Grand, mince, pâle, avec
une moustache grise toute hérissée, comme un vieux colonel
en retraite, des cheveux blancs coupés en brosse, des sour-
cils très noirs, et une rosette rouge à la boutonnière. Il ne
daigne pas mettre sa robe et la jette simplement sur le bord
de sa chaire, pour la forme. D'un mot de sa grosse voix il
vous coupe en deux. Il faut voir comme on est attentif et
silencieux dans sa classe, et comme tout marche à la ba-
guette. Et pourtant il n'a jamais donné une punition de sa
vie. On sait seulement que, si un élève veut faire le malin,
— c'est son mot, — il l'envoie simplement au censeur en
déclarant qu'il n'en veut plus dans sa classe. Telle est du
moins la tradition.

« Ce qu'il y a de sûr, c'est qu'il explique crânement bien
Tacite. Non, vois-tu, mon cher Baudouin, tu n'as aucune idée
de ce qu'il trouve dans une phrase, dans une ligne, dans un
mot. M. Schilstz savait bien son affaire à notre avis, n'est-ce
pas ? Eh bien ! ses commentaires n'étaient rien du tout à côté
de ceux de M. Auger. Cet homme-là doit savoir à fond
toutes les langues vivantes, sans parler du grec, du sans-
crit, des origines du langage, et du reste. Il parle quelquefois pendant une heure sur une syllabe, — sur un radical,
— en vous disant des choses si curieuses, si intéressantes,

3

et qui vous ouvrent sur tout un horizon si vaste ! C'est
effrayant, sais-tu, ce qu'on a à apprendre quand on a fini
ses classes. Je m'aperçois que les six à sept premières années de collège sont tout simplement une préparation à des
études plus complètes. Jusqu'ici nous avons été comme des
enfants qui apprennent à lire et à écrire, ni plus ni moins :
nous avons préludé par des exercices préliminaires à ce qui
est en réalité le véritable travail.

« Au fond, je ne puis dire que M. Auger me plaise beaucoup. Avec son air rébarbatif, il n'est pas possible d'être de
fait un meilleur maître. Mais pas tendre, décidément, oh !
non, pas tendre ! Son plus gros compliment pour le premier
en discours latin, un vétéran nommé Dutheil, a été :

« — M. Dutheil. Devoir assez bien développé. »

« Ceux qui sont « du bâtiment » disent que c'est de sa
part le dernier mot de l'éloge.

« Mais nous voici bien loin du quartier n° 1, où j'étais
en train de t'introduire avec moi. Nous sommes là une quarantaine d'élèves, sur deux rangs de pupitres avec des bancs
à dossier. Pour le dire en passant, ces bancs-là sont un véritable perfectionnement qu'on ferait bien d'adopter partout. En face de nous, entre les deux fenêtres, est un grand
tableau noir ; à droite la bibliothèque banale, à gauche la
chaire du maître d'étude.

« Celui-là aussi est un type qui n'a aucune analogie avec
celui de M. Pellerin. Il s'appelle, m'a-t-on dit, M. Valadier.
C'est un petit homme trapu, brun, chauve, avec des yeux
étincelants comme des charbons ardents sous de profondes
arcades sourcilières, des pommettes très saillantes, un teint
jaune et un tempérament à l'unisson, je veux dire des plus

taciturnes. Depuis huit jours que je suis sous sa férule, je ne lui ai pas entendu prononcer vingt paroles. Pour les divers actes de la journée, tels que récitation des leçons, levée des devoirs, etc., il a adopté une série de roulements distinctifs, exécutés avec le bout de son porte-plume sur le bois de sa chaire et qui le dispensent de desserrer les dents. Cela paraît étrange au premier abord, mais on finit par comprendre ce langage aussi aisément qu'un employé du télégraphe traduit, par le claquement de son appareil récepteur, la dépêche qui se déroule sur son papier. M. Valadier a spécialement une manière de *silence!* qui ne manque jamais son effet : seulement trois petits coups secs de son porte-plume.

« Je ne serais pas éloigné de croire que ce système est chez lui le résultat d'un profond machiavélisme. Il aura découvert que de grands garçons comme nous aiment mieux être rappelés à l'ordre mécaniquement, pour ainsi dire, qu'être interpellés directement. Quoi qu'il en soit, la méthode lui réussit. L'étude marche très bien. Il y a entre notre maître et nous une sorte de convention tacite de nous laisser mutuellement tranquilles. Tu comprendras si le silence est indispensable à M. Valadier quand tu sauras qu'il est poète et passe son temps à fabriquer des bouts-rimés.

« Je tiens ces détails d'un de mes nouveaux camarades, nommé Chavasse, qui professe d'ailleurs pour ces délassements poétiques le mépris le plus serein. C'est un gros garçon joufflu comme un chantre, avec des yeux bleu-faïence qui ne s'allument qu'au réfectoire et un maxillaire inférieur prodigieux. Te rappelles-tu, dans le Traité d'histoire naturelle que nous étudiions l'an dernier pour le *bachot*, cette

gravure qui représente la mâchoire d'un carnassier en regard
de celle d'un herbivore ? Eh bien, je ne puis jamais voir
Chavasse sans songer à ce mémorable exemple et me dire
qu'auprès de lui je dois avoir l'air d'un simple amateur de
salade. Croirais-tu qu'à dix-huit ans ce malheureux a déjà
du ventre ?

« Chavasse bâtit sur le devant, » dit gravement Thomereau, le farceur de la classe.

« Encore un oiseau qui ne ferait pas ta conquête, ce Thomereau ! Imagine, mon cher Baudouin, une espèce de roquet
bas sur jambes, avec une grosse tête, une bouche fendue
jusqu'aux oreilles, un nez en trompette et des cheveux toujours ébouriffés, — qui s'est donné pour mission ici-bas de
faire rire le prochain. Tout lui est bon pour arriver à ce
glorieux résultat. Les coq-à-l'âne, les chutes grotesques, les
erreurs volontaires, mais surtout les calembours. Il en fait à
tout instant et à propos de tout, — quelquefois de bons, mais
plus souvent de mauvais, selon que le hasard décide.

« Le plus beau succès de sa vie, à ce qu'il m'a avoué lui-
même, est celui qu'il a obtenu avant-hier à la classe de
M. Auger. Selon son habitude, Thomereau bayait aux cor-
neilles pendant qu'on expliquait une ode d'Horace.

« — Monsieur Thomereau, a dit le professeur, vous ne
« suivez pas le texte, et je vois bien que vous pensez à tout
« autre chose !

« — Pardon, m'sieu, a répliqué mon gaillard avec une
« voix de canard éclatante, *je pense, donc je suis !*... s'il
« faut en croire Descartes. »

« Et toute la classe de rire, M. Auger compris.

« Le plus souvent, d'ailleurs, il se contente d'affreux ca -

lembours par à peu près, dont il a une provision toujours
prête et qu'il ne se lasse pas de faire servir.

« Dutheil, que je t'ai nommé comme le héros de la classe,
est un tout autre genre de garçon, un gaillard solide et tout
en râble, le sérieux en personne, un peu dans ta manière.

« Tu sais sans doute que notre Verschuren de Châtillon
est avec moi au lycée Montaigne. Il est même dans mon
étude, quoique se préparant à l'École de Saint-Cyr et ap-
partenant à ce qu'on appelle ici la catégorie des *cornichons*.
Le quartier des saint-cyriens est encombré, paraît-il : on en
a logé six avec nous. Nous avons aussi quatre *taupins* ou
candidats à l'École polytechnique, ce qui contribue à faire
du quartier n° 1 une étude tout à fait distinguée, comme tu
ne saurais en douter.

« Que te dirai-je du régime du lycée ? C'est absolument la
même chose qu'à Châtillon. Ici comme là-bas, c'est le tambour qui règle nos mouvements. Le menu des repas est
exactement aussi varié. Les heures de classe et de récréation
sont les mêmes. Il y a pourtant une différence qui vaut la
peine d'être notée : nous sortons tous les dimanches et tous
les jeudis par surcroît, si les parents en expriment le désir,
au lieu d'avoir seulement une sortie par mois comme en
province.

« Adieu. Écris-moi bien vite une longue lettre. Je meurs
d'envie de savoir ce que tu fais et à quel parti tu t'es arrêté.

                              « ALBERT BESNARD.

« *P.-S.* — J'allais oublier de te dire que j'ai lu dans le
dernier numéro de la *Revue des Deux Mondes* un très bel
article de M. Pellerin. Papa m'a promis de te l'envoyer. »

CHAPITRE III

MON AMI MOLÉCULE. — UN POÈTE INCOMPRIS.
LECACHEY SE RÉVÈLE. — TRONC DE CÔNE.

En relisant cette épître que Baudouin avait conservée et
qu'il a bien voulu me rendre quand je lui ai avoué que j'é-
crivais mes Mémoires, je m'aperçois, non sans confusion,
que je ne soufflais pas mot de Molécule.

Celui de mes camarades qui répondait à ce gracieux
surnom, mais s'appelait en réalité Chapuis, était pourtant un
des personnages marquants de l'étude, — quoique ce ne fût
pas assurément par la hauteur de sa taille. Depuis six jours,
nous étions, lui et moi, à peu près inséparables. Mais, sans
doute, j'avais craint d'éveiller la jalousie de Baudouin, de
tout temps fort ombrageux, et c'est pourquoi je ne lui avais
rien dit de mon nouvel ami.

Molécule m'était apparu dès le premier jour de mon
entrée au lycée sous l'aspect le plus élevé, — intellectuelle-
ment s'entend, — qu'il soit donné au genre humain de revêtir, celui de poète. Et non pas de poète latin, comme on
pourrait le croire, comme il aurait été tout naturel au collège, mais bel et bien de poète français.

Qui plus est, c'est en mon honneur qu'il avait enfourché Pégase.

C'était à l'étude. J'étais fort absorbé dans la confection de mon premier discours latin, et je cherchais à le faire digne de ma réputation châtillonnaise, quand je reçus, par l'intermédiaire du voisin Chavasse, une enveloppe à mon adresse, que je m'empressai de décacheter d'une main fiévreuse.

L'enveloppe contenait une feuille de papier blanc, et tout au milieu de ce papier, d'une fort belle écriture, un sonnet dédié à Albert Besnard. Que ne donnerais-je pas aujourd'hui pour avoir conservé cette poésie, la seule que j'aie jamais inspirée dans ma vie, et pouvoir la soumettre à la postérité! Mais, hélas! comme tant d'autres vers, ceux-là sont aujourd'hui perdus. Je me souviens seulement qu'ils me souhaitaient la bienvenue au lycée Montaigne avec une chaleur et un enthousiasme qui m'allèrent droit au cœur. Ils étaient signés *Léo Chapuis.*

On peut bien penser que j'avais hâte, à la récréation, de m'informer de Chapuis.

« Chapuis? me dit le premier élève que je questionnai. C'est ce gringalet là-bas, — Molécule, parbleu! »

On l'eût pris pour un enfant de onze ans, plutôt que pour un élève de rhétorique, tant il était petit et chétif. Avec ça une barbe naissante, un museau pointu, des yeux noirs et vifs, des cheveux tout plats, l'air d'une souris.

Je le vois encore me regarder en souriant amicalement et montrer une rangée de dents blanches, quand je m'avançai vers lui.

« C'est toi qui m'as envoyé ces vers?

— Oui, c'est un compliment que je fais à tous les nouveaux pour m'exercer. Comment trouves-tu mon sonnet?

— Merci pour *tous les nouveaux*. Tes vers sont très jolis. Ils doivent tous en être l'un après l'autre enchantés.

— Vraiment? fit le petit bonhomme avec une figure radieuse. Tu ne dis pas cela pour te moquer de moi?

— Non, ma foi, je t'assure que ton sonnet est excellent. » Il se rapprocha aussitôt d'un air confidentiel.

« Je vois que tu as du goût. Est-ce que tu fais aussi des vers?

— Non, je n'ai jamais essayé.

— Ah! tu écris un roman, peut-être?

— Pas davantage.

— J'y suis! C'est pour le théâtre que tu travailles! »

Molécule parlait avec une entière conviction. Il semblait ne pouvoir admettre un instant que je n'eusse pas un seul péché littéraire sur la conscience. Une assez sotte fausse honte m'empêcha de le détromper.

« Une comédie sans doute? reprit-il. Non? Un drame alors?... Allons, je vois ce que c'est, tu es discret, tu ne veux pas me dire ton sujet. Mais avec moi il n'y a pas de danger, va! Quand tu me connaîtras mieux, tu n'hésiteras pas à me donner ta confiance. Si tu veux, je ferai les couplets de ton vaudeville. Les vers, c'est ma partie à moi!... »

Hélas! je devais bientôt être édifié sur ce point. A dater de ce jour, il ne se passa guère une étude sans que ma bienveillante attention fût appelée sur une nouvelle manifestation poétique du génie intarissable de Chapuis. Épîtres, odes, harmonies, symphonies, élégies, trilogies, satires, idylles, épigrammes, ballades, triolets, virelais, tout lui était bon. Du matin au soir il alignait des rimes, qu'il fallait bon gré, mal gré, lire et admirer avec lui.

Ce n'était pas toujours amusant, quoique, à l'occasion, le côté comique ne fît pas complètement défaut.

Par exemple, il avait l'habitude de stigmatiser avec une extrême violence les vices de ses contemporains, et s'abandonnait métaphoriquement à la plus sombre misanthropie, quoiqu'il fût dans la vie ordinaire le plus doux et le plus gai de tous les compagnons.

Je ne me faisais pas faute de le taquiner sur ce léger travers ; mais, au total, il n'avait pas lieu d'être mécontent de mes critiques, et je fis en deux ou trois jours de tels progrès dans son estime qu'il se décida subitement à m'ouvrir son cœur tout entier.

« Écoute, me dit-il, il faut que je te raconte un grand secret ; je n'ai pas besoin de te recommander la discrétion la plus absolue ; tu vas toi-même en comprendre la nécessité... »

Cet exorde ne laissa pas que d'éveiller fortement ma curiosité.

« Connais donc le mystère de ma vie, reprit Molécule en essayant de donner des notes caverneuses à sa petite voix de fausset : je fais un poème épique !

— En vérité?

— Oui, mon cher, ou plutôt *le* poème épique, devrais-je dire, — le poème épique qui manque aux gloires de la France... J'ai déjà écrit cinq chants sur vingt-quatre. Tu m'en diras des nouvelles... »

Molécule parlait avec tant de conviction que je ne songeais même pas à rire. J'étais atterré de son aplomb. Il reprit :

MON SUJET EST... « LE TABAC! »

« Au fait, je puis bien te dire le sujet, mais promets-moi
de ne le répéter à personne... Ta parole? »

Je fis un signe d'assentiment.

« C'est qu'il ne s'agit pas de plaisanter, tu comprends...
Vingt mille vers au moins. Mais voilà qui va bien. J'ai confiance en toi... Mon sujet est... *le Tabac!* C'est ce qui s'appelle une idée, n'est-ce pas?

— Une idée, je ne dis pas non; mais pour un poème
épique...

— Splendide! mon cher, tu verras ce que j'ai fait!... Et
à propos de tabac, si je t'offrais une prise!... »

Le malheureux avait tiré de sa poche une affreuse tabatière à queue de rat, et m'en présentait fraternellement le
contenu.

« Comment, tu prises? lui dis-je fort étonné.

— Assurément, et je fume aussi, ne te déplaise. »

J'étais littéralement frappé d'horreur.

« Ah! s'il en est ainsi, m'écriai-je, je ne suis pas
surpris... »

Le tambour me coupa fort heureusement la parole, car
ma réflexion n'était pas de nature à faire plaisir au pauvre
Molécule. De quoi donc n'étais-je pas surpris? C'est qu'il fût
ainsi réduit à la taille d'un nain. Car il est bien démontré
aujourd'hui que l'usage précoce du tabac arrête le développement physique, comme mon père m'en avait averti bien
souvent.

Tel était le nouveau camarade que je n'avais eu garde de
mentionner dans ma lettre à mon meilleur ami, Jacques
Baudouin.

Je ne lui avais rien dit non plus de Lecachey, quoique

j'eusse déjà fait sa connaissance avant même de le rencontrer
à la salle d'armes.

C'est à la leçon d'histoire qu'il m'avait été révélé.

M. Aveline, qui était chargé de ce cours, ne pouvait assurément pas être accusé de fétichisme à l'endroit de sa
spécialité.

« L'histoire, nous avait-il dit, ne peut guère être considérée que comme la version plus ou moins approchée d'un
texte dont personne ne connaît le sens absolu. Je ne me
hasarderai donc pas, messieurs, à vous présenter sur les
évènements qui font l'objet de notre programme des explications que vous pourriez trouver demain parfaitement fantai-
sistes. Je me bornerai à vous dicter, à chaque classe, un
certain nombre de dates et de points de repère, en vous
indiquant les principaux historiens qui ont traité de ces évènements. A vous de les étudier ensuite et de vous faire sur
chaque fait l'opinion qui vous paraîtra la plus judicieuse. »

Cela dit, M. Aveline nous avait jeté un regard fin par-
dessus les lunettes d'or qui surmontaient son nez pointu; il
nous avait, selon sa formule, dicté une vingtaine de noms et
de dates, et avait conclu en nous donnant les titres d'une
demi-douzaine d'ouvrages, dans lesquels nous étions sûrs de
trouver les opinions les plus contradictoires.

« Vous choisirez chacun dans ces limites le sujet qu'il
vous conviendra de traiter par écrit pour la prochaine leçon,
avait-il ajouté. Je ne vous demande que de me donner
votre jugement personnel et de ne pas répéter servilement
ce que vous aurez lu dans un de vos auteurs. Maintenant,
et pour aujourd'hui seulement, nous allons passer à d'autres
exercices. »

Cette manière d'entendre une leçon d'histoire m'avait déjà passablement interloqué. Ce qui acheva de me dépayser fut de voir M. Aveline prendre sur sa chaise un volume marqué d'un signet de papier, l'ouvrir au passage qu'il avait ainsi indiqué, et dire :

« Je vais vous lire quelques pages de la *Conspiration des Espagnols contre Venise* de Saint-Réal. C'est un historien trop négligé de nos jours et un excellent modèle de style narratif. »

Il lisait fort bien, M. Aveline, on ne pouvait pas lui contester ce mérite. Mais quelle singulière leçon d'histoire !

« Ce qui n'empêche pas que depuis quatre ans c'est toujours un de ses élèves qui a le prix au concours ! » fit mon voisin de gauche comme répondant à ma pensée.

Je le regardai, tout naturellement. C'était un externe, un fort joli petit monsieur très élégamment vêtu d'un costume qui devait sortir de chez un des premiers tailleurs, — avec le mouchoir parfumé dans la manche, le monocle à l'œil, un air d'assurance et de supériorité. Du reste, pas ombre de livres ou de cahiers devant lui, sur la table : rien qu'une paire de gants d'une fraîcheur immaculée, posée auprès d'un splendide chapeau de soie à coiffe blanche, et d'une badine de baleine à crosse d'argent.

« C'est un professeur comme je le comprends, reprit-il à demi-voix. Jamais de questions, de colles ennuyeuses... »

La lecture m'intéressait fort, aussi ne répondis-je à mon voisin que d'un simple coup d'œil. Mais lui, sans se laisser rebuter :

« Étais-tu dimanche aux courses de Fontainebleau ? me demanda-t-il.

— Non, dis-je comme pour m'excuser, je ne fais qu'arriver à Paris.

—Tu as perdu la plus belle réunion de la saison. Un champ superbe. J'avais pris *Spavento* à 4 1/2 ; tu sais que c'était le crack. Je le croyais sûr quoiqu'il eût le genou de veau. Mais, hélas !... »

Ici le professeur interrompit sa lecture.

« Monsieur Lecachey, dit-il en se tournant vers nous, je ne vous demande pas de ne plus causer en classe, ce serait sans doute se montrer trop exigeant ; je vous demande seulement de causer moins haut ! »

Lecachey ! ce nom me rappela ce que m'avait dit mon père du fils de son banquier. C'était donc là le rejeton de cette maison fameuse dans le faubourg Saint-Honoré, et le compagnon que j'allais avoir à la salle d'armes ! Je le regardai avec un redoublement d'intérêt qui ne lui échappa point.

« Qu'est-ce donc ? fit-il un peu inquiet. Aurais-je de l'encre sur le bout du nez ?

— Pas le moins du monde, m'empressai-je de dire en riant. C'est ton nom qui me fait dresser l'oreille, parce que mon père est en relations d'affaires avec le tien, et m'a annoncé que nous allions prendre ensemble des leçons d'escrime.

— Ah ! tu es Besnard ? En effet, j'ai entendu parler de cette affaire...

— Monsieur Lecachey, décidément vous ne voulez pas me faire la grâce de mettre une sourdine à votre voix ! » reprit ici M. Aveline.

Nous nous tûmes cette fois, et la lecture s'acheva en paix.

« Eh bien donc ! à ce soir ! » me dit Lecachey quand le tambour roula.

Il me donna une poignée de main, plaça avec soin son splendide chapeau sur sa tête, prit ses gants, sa badine, et partit dans sa gloire. Pourquoi le dissimuler ? Lecachey me laissait vivement impressionné.

Tant d'élégance, de grâce, de désinvolture me confondait. Comment était-il possible d'essuyer si tranquillement les algarades de M. Aveline, et d'être aussi profondément versé dans les noirs mystères du turf ?

Et cette jaquette, — ce pantalon, — ce mouchoir, — ce monocle !

Il acheva de faire ma conquête à la salle d'armes, où M. Goudouneix, un ancien prévôt de régiment, commença de ce jour à nous initier aux secrets de son art.

Une admiration plus justifiée était celle que m'inspirait M. Desbans, notre professeur de mathématiques. Je l'aimais beaucoup et j'étais déjà tout à fait réconcilié avec l'excellente idée qu'avait eue mon père en me le donnant comme répétiteur.

Tronc-de-Cône, comme tout le lycée l'appelait sans qu'il s'en doutât, était simplement un professeur admirable, un professeur parfait. Jamais je n'ai rencontré personne qui possédât au même degré que lui le don de simplifier les raisonnements les plus ardus, de faire toucher du doigt une difficulté, de la résoudre comme en se jouant. Sa parole était sobre, claire, correcte, tranchante comme un syllogisme, et pourtant élégante à force de précision. Il fallait le voir, au tableau, traçant d'un tour de main des circonférences impeccables, échafaudant des figures, alignant en ba-

taillons serrés ses merveilleuses équations ! Jamais artiste
passionné pour son art n'apporta plus de conscience à son
œuvre qu'il en mettait à présenter le théorème le plus élémentaire. Dans les cas ardus il ne lui suffisait pas que la
démonstration fût satisfaisante, il la voulait décisive, accablante. Entre lui et la solution, c'était parfois une lutte
corps à corps, un combat titanesque : il semblait qu'on la vît
s'abattre sur le sol, serrée sous son genou et obligée de
s'avouer captive.

J'ai peine à m'expliquer, quand j'y songe, comment on
pouvait l'avoir pour professeur et ne pas se passionner pour
les mathématiques.

Tel était pourtant le travers dominant dans la classe de
rhétorique : sous prétexte que nous appartenions à la section des lettres et que notre ration scientifique était des plus
minces, la mode exigeait qu'on dédaignât ce cours. On faisait ses devoirs « par-dessous la jambe », on se montrait
au tableau d'une nullité lamentable. Les plus forts en grec
et en latin étaient sur ce point les plus endurcis, et je me
rappelle fort bien que Dutheil lui-même mettait sottement
son amour-propre à ne rien comprendre aux X.

Dispensé de porter la robe, comme tous les professeurs de
la section des sciences, M. Desbans était habituellement vêtu
d'étoffes blanchâtres, à cause de l'usage effréné qu'il faisait
de la craie du matin au soir. Avec cela un menton frais rasé,
des cheveux poivre et sel comme ses habits, des joues roses
comme des pommes d'api et de beaux yeux clairs un peu
égarés, comme il convient à un homme dont la pensée plane
perpétuellement dans les espaces.

Sa distraction était naturellement la source d'une foule de

petites mystifications plus ou moins ingénieuses, que ses élèves, et parfois même quelques-uns de ses jeunes collègues, se plaisaient à lui infliger. Une des plus fréquentes consistait à lui effacer, à sa barbe, sans qu'il s'en aperçût, une des lettres dont il avait marqué ses figures au tableau. Sans se troubler il ne manquait pas de l'écrire de nouveau, souvent pour la trouver encore disparue l'instant d'après. Il ne se passait guère de semaine sans que cette scène véritablement classique se reproduisît.

Parfois pourtant les rires éclataient. M. Desbans comprenait tout. Alors c'était le réveil du lion.

Il procédait à ce qu'il appelait le *tracé de la diagonale*, — singulier procédé, à lui spécial, qui consistait à jeter une ligne idéale d'un bout de banc au bout opposé d'un autre banc, pour relever le nom de tous les élèves qui se trouvaient sous cette ligne et les faire consigner.

C'était une manière comme une autre de prendre des responsables.

Il fallait voir alors tous les condamnés se jeter précipitamment à droite et à gauche, pour éviter de se trouver sous le fatal tracé. Mais c'était peine perdue. Tronc-de-Cône avait mesuré d'un regard le nombre des victimes ; il lui fallait son compte, et la liste de proscription était bientôt transmise au censeur.

Ce n'est pas qu'il apportât dans cette exécution le moindre esprit de vengeance. Il était bien trop bon pour cela, et je crois que, s'il n'avait écouté que son cœur, il aurait volontiers ri avec nous de son incurable défaut ; mais il croyait de son devoir de sévir à l'occasion et n'était pas homme à transiger avec son devoir, si pénible qu'il fût. Cher M. Desbans ! Il ne m'avait pas fallu une heure passée au tableau, en tête-à-tête avec lui, pour apprécier à sa valeur cette honnêteté profonde, cette candeur d'enfant unie au jugement le plus ferme et au génie mathématique le plus pénétrant.

Je me serais fait dès lors un crime de participer aux tours qu'on lui jouait, et j'aurais regardé une étourderie de ce genre comme une sorte de trahison. Mais, bon gré, mal gré, je me voyais forcé d'assister passivement à bien des tentatives, inoffensives au fond sans nul doute, mais qui n'en étaient pas moins regrettables, puisqu'elles avaient pour but de tourner en ridicule un savant distingué et un homme de cœur.

CHAPITRE IV

« Mon cher Parisien, tu me demandes ce que je fais au Bourgas? Eh! parbleu! j'enrage tout le long du jour, voilà mon lot. J'enrage d'avoir fait mes classes sans songer que ce n'est là qu'un commencement, et qu'il est fort inutile de faire une longue route pour n'arriver nulle part. J'enrage d'être un quasi-monsieur et de savoir beaucoup de vers des *Géorgiques*, tout en étant incapable d'aider ma pauvre maman qui se donne un mal horrible pour faire marcher sa petite ferme. J'enrage d'avoir un diplôme de bachelier dans ma poche et pas le moindre métier au bout des doigts. J'enrage de manger un pain que je serais fort embarrassé de gagner.

« Mon pauvre Albert, que tu es heureux de ne pas connaître ces soucis-là, et de n'avoir pour un an ou deux qu'à écouter de bonnes leçons, à faire de bons devoirs, puis à entrer à l'École de droit pour te trouver tout naturellement un beau jour assis dans le fauteuil de cuir d'un agent de change! C'est là, n'est-ce pas, l'avenir que ton excellent père rêve

pour toi ? Et tu ne saurais mieux faire que de suivre le
grand chemin battu sous tes pas par sa grande tendresse.

« Moi, mon cher ami, je ne suis pas un fils de famille ; je
ne suis que le très ordinaire rejeton d'une petite fermière.
Il faut que je me crée par moi-même, et cela tout de suite,
et cela sans frais, des ressources honorables et suffisantes.
Comment faire et à quel parti m'arrêter? Je t'avoue que j'y
songe nuit et jour sans apercevoir la solution. Ne vaudrait-il
pas mieux pour moi pouvoir aider aux semailles qu'on fait
en ce moment chez nous ?

« Et pourtant ! c'est une belle et bonne chose d'avoir été
au collège, d'avoir fait connaissance avec les lettres et les
sciences. Quand j'y pense de sang-froid, je ne puis trouver
que de la reconnaissance pour ceux qui m'ont donné part à
ce privilège inestimable.

« Nous avons tenu hier un grand conciliabule à ce sujet,
maman et moi. Tu sais comme elle m'aime et comme elle est
prête à tout pour me pousser dans une carrière de mon
choix. Ne me proposait-elle pas de me laisser partir pour
Paris, de te rejoindre au lycée Montaigne et de faire les mêmes études que toi? Mais je sais qu'un tel effort la ruinerait
sans ressources et j'ai refusé. Je n'ai pas besoin de te dire
avec quels poignants regrets.

« Après avoir bien cherché et discuté, nous sommes con-
venus de ceci : je vais rester auprès d'elle jusqu'au mois de
décembre pour bien réfléchir au meilleur parti à choisir. Puis,
ma résolution une fois prise, je la suivrai sans en dévier. Très
probablement c'est pour la carrière militaire que je me déci-
derai. En ce cas, je m'engagerais pour deux ans dans un régiment de ligne, afin de pouvoir me préparer à loisir pour

l'examen de Saint-Cyr, sans qu'il en coûte rien à maman. Tu sais que c'est le conseil de notre brave professeur de gymnastique au lycée de Châtillon, le capitaine Biradent. Il prétendait toujours que je ferais un excellent chef de bataillon de chasseurs à pied. Je n'en suis pas aussi convaincu que lui, mais enfin, si je m'y mets, je tâcherai de faire de mon mieux.

« En attendant une décision, je reste des heures entières à regarder la forme des choses, à étudier les mouvements, les lignes, le dessin et le relief des bêtes et des gens ; je ne comprends pas qu'un homme qui a des yeux se lasse jamais de regarder. Cela pourrait en bonne règle s'appeler flâner ; mais, comment te le faire entendre ? il me semble que cela m'apprend quelque chose ; cette éducation de mes yeux constitue pour moi une étude qui m'intéresse plus que je ne voudrais, et que je me reproche puisqu'elle est sans but. En dehors de cela, quand je me dis qu'il faut passer à l'action, sais-tu ce que je fais ? Je pêche à la ligne, je pêche des carpes superbes dans la Lèze. J'aimerais bien chasser ; mais si je prenais un permis, vois-tu, il me semblerait que je me donne un luxe auquel je n'ai pas droit ; il faudrait en demander le prix à maman, acheter un fusil, nourrir un grand chien, et tout cela est trop cher pour elle.

« Et, à propos du capitaine Biradent, sais-tu qu'il me manque vraiment, avec son gymnase et ses excellents conseils ?

« Je me suis fabriqué un trapèze, et le forgeron qui martelle tous les deux jours nos socs de charrue a réussi à m'arrondir une paire d'anneaux assez convenables. Mais je n'y ai plus le goût. Tu sais à quel point ces exercices sont monotones pris dans la solitude. La gymnastique ne vit que d'émulation.

« Tu ne t'imaginerais jamais quel est mon exercice favori, en ce moment? C'est d'abattre à grands coups de hache des arbres de haute futaie. Voilà un délassement qui doit être assez dispendieux, diras-tu. Il est de fait que mes humbles moyens ne me le permettraient pas. Je n'ai pas de futaies, pas d'arbres, à peine une hache. Mais ma bonne étoile m'a mis, il y a quelque temps, sur le chemin d'un jeune garde général fort aimable, et c'est en me promenant avec lui dans la forêt de Gua, et en voyant ses ouvriers abattre des chênes magnifiques, dans des poses superbes, que le goût m'a pris de m'essayer à ce travail. C'est devenu une vraie passion chez moi, passion d'autant plus folle et ridicule que personne plus que ton serviteur, tu le sais, n'admire sincèrement un bel arbre bien vivant.

« Eh bien! c'est peut-être une conséquence de cette admiration même, mais j'aime à me mesurer, moi chétif, avec un de ces géants de la forêt. Puisqu'il est condamné, puisqu'il doit tomber pour faire place à des essences plus précieuses, dégager un fourré, laisser passer une route, pourquoi ne tomberait-il pas sous ma main? C'est un emploi de mes forces, une dépense de gestes utiles à mes muscles, et aussi c'est tout un art. On attaque le géant près du sol, à coups bien mesurés, en enlevant chaque fois un coin de copeau. Au début on peut y aller à tour de bras, mais à mesure que l'entaille devient plus profonde et arrive au cœur de l'arbre, il faut ménager son effet, procéder avec prudence, imprimer à l'attaque une direction déterminée. Il s'agit d'entamer le bois en bec de sifflet, et de conduire l'opération avec tant de discrétion, que l'arbre se soutienne

ON ATTAQUE LE GÉANT PRÈS DU SOL.

encore alors même qu'il ne lui reste plus qu'un pédicule de
quelques centimètres. Alors, toutes les précautions prises, et
tout le monde écarté du danger, on tire sur une grosse corde
qu'on a eu soin d'attacher aux maîtresses branches, et mon-
seigneur le géant s'abat sur le sol. Avec quel fracas, tu peux
l'imaginer. Ce ne sont que branches qui craquent, arbris-
seaux voisins entraînés dans la chute, petites vies secondaires
qui finissent avec cette grande vie. Parfois il y a un nid au
faîte ; mais heureusement la nichée a pris son vol de longue
date, et ce n'est souvent qu'un logis désert qui tombe à
terre. Un coup de canon, le bruit d'une batterie d'artillerie
tout entière, est maigre à côté du fracas de tonnerre de sa
chute. C'est de la puissance, c'est de la majesté, c'est de la
grandeur jusque dans la mort. Tu me diras qu'au printemps,
quand les oisillons reviendront de leur voyage, ils cherche-
ront vainement leur chêne familier, et auront à se bâtir une
maison neuve. Pourquoi pas ? Est-il si bon de pouvoir
compter sur la maison faite par son père ? La maison qu'on
se fait soi-même n'est-elle pas la meilleure ?

« Tout cela ne t'explique pas pourquoi je puis m'amuser à
ce travail d'exécuteur des hautes œuvres, n'est-ce pas ? Eh
bien ! c'est toujours l'émulation. Les ouvriers employés à ce
métier par mon garde général ont tous des épaules et des
bras si bien musclés, que mon premier soin a été de les dessiner, et mon second de vouloir m'en donner de pareils.

« Je crois être en bon train, je t'assure ! Mais, sans y prendre garde, j'ai pris goût à ce travail pour lui-même, et
maintenant je mets mon amour-propre à mieux abattre un
arbre qu'un bûcheron de profession.

« Voilà une carrière toute trouvée, diras-tu. Ne ris pas,

j'y ai songé. Mais ce serait une déception pour ma pauvre maman, qui a rêvé pour moi la gloire et la fortune.

« Est-ce pour en venir là que tu as fait tes classes? aurait-elle le droit de me dire.

« Mon garde général me conseille d'entrer à l'École forestière. Cela me plairait fort. Cette vie en plein air sous le dôme de la forêt, en communion constante avec la nature, serait justement mon affaire. Mais c'est une carrière coûteuse. Outre la pension assez élevée qu'il faut payer à l'École, il y a des frais de tenue et même de menus plaisirs au-dessus de nos ressources. Tout cela représente dix à douze mille francs que nous n'avons pas. Il faut donc songer à autre chose, et c'est ce que je fais nuit et jour.

« Adieu, écris-moi souvent et de longues lettres, comme la dernière, avec force détails. Dis-moi tout ce que tu fais, tout ce que tu penses du côté utile. Tes Parisiens ne doivent pas être tous aussi futiles que ceux que tu me montres. Il y a une chose au monde que je suis décidé à ne pas laisser se rouiller, — c'est notre amitié.

« JACQUES BAUDOUIN. »

CHAPITRE V

LA CAGNOTTE. — UN PHILOSOPHE

Parmi les manies intermittentes de Thomereau, une des plus lamentables était de faire courir dans l'étude des « questions » plus ou moins saugrenues que personne ne pouvait résoudre et dont lui seul avait la solution. Le plus souvent, le problème avait pour réponse un calembour vénérable par son antiquité.

On riait de ces sottises, mais elles n'en étaient pas moins une cause trop fréquente de perte de temps, et les piocheurs se montraient avec raison indignés d'être dérangés pour de telles balivernes.

Le sentiment public finit par se faire jour dans des protestations presque unanimes, et un beau matin amena la proposition suivante de Dutheil que la manie des devinettes avait plus particulièrement le don d'agacer.

« Messieurs, nous dit-il comme nous arrivions en récréation, il devient de jour en jour plus nécessaire d'introduire une réforme dans l'étude, ou le travail finira par y être impossible. Peut-être nous trouverons-nous bien d'emprun-

0

ter aux taupins une innovation qu'ils déclarent hautement avantageuse.

— Assez de préambules ! Voyons l'innovation !

— Il n'est aucun de nous qui n'ait été frappé des mille petits ennuis qu'entraîne la vie en commun. C'est une porte qu'un étourdi oublie de fermer en sortant, un livre de la bibliothèque qu'un lecteur indiscret accapare trop longtemps, une conversation particulière qui trouble le calme général, une devinette inepte qui court de banc en banc et qui nous occupe pendant des heures entières au détriment de nos travaux. Il y a ainsi tout le long du jour vingt occasions où chacun voudrait bien pouvoir s'arroger le droit de faire cesser un abus qui le gêne, un empiètement du prochain sur sa propre liberté... »

Cet exorde commençait à nous intriguer violemment. Où voulait en venir Dutheil? Notre attente se traduisait par ces exclamations détachées et ces murmures indistincts que les comptes rendus parlementaires gratifient de « rumeurs en sens divers ».

« Eh bien ! messieurs, poursuivit l'orateur, ces petites misères que nous connaissons tous et dont nous souffrons tous, quelle en est au fond la cause unique? Je vais vous la dire. C'est l'absence d'un code de civilité puérile et scolaire.

— Je dis d'un code rigoureusement promulgué, où tous les délits soient prévus, où ils soient tous frappés d'une pénalité suffisante... »

Voix diverses : — C'est vrai !

« ... Cette conclusion, messieurs, a frappé l'esprit éminemment pratique de nos collègues de la *taupinière.* Ils ont fait ce que nous aurions dû faire depuis longtemps — dressé une liste minutieuse des peccadilles dont un membre de la grande famille scolaire peut se rendre coupable au détriment du bon ordre ou de la tranquillité publique, et frappé chaque délit d'une amende de quelques centimes... »

(Ici Dutheil tira de sa poche une feuille de papier qu'il consulta.)

« ...Voici le règlement des taupins, reprit-il. Il est chez eux en pleine vigueur, et ils s'en trouvent bien. Les lois qu'on s'impose à soi-même sont rarement discutées. Toujours est-il que dans ce remarquable règlement il est d'ores et déjà interdit chez eux :

1° De laisser la porte ouverte quand on l'a trouvée fermée ;

2° De rester plus de dix minutes au tableau ;

3° De quitter ledit tableau sans avoir effacé avec soin toute trace de craie ;

4° De ne pas remettre l'éponge en place ;

5° De se moucher ou d'éternuer bruyamment ;

6° D'accaparer pendant plus d'un quart d'heure les livres de référence placés à la disposition du public ;

7° De s'endormir au quartier ou en classe ;

8° De déranger un ou plusieurs camarades par des questions oiseuses, soit orales, soit écrites ;

9° D'une manière générale d'appeler l'attention sur soi ou de troubler l'ordre public, en étude, en classe ou au dortoir.

« Tel sont les neuf articles du code promulgué par les taupins, et tout le monde est si intéressé à les faire observer, que le calme le plus profond règne maintenant dans leur quartier. Ne pensez-vous pas qu'il pourrait être sage d'adopter chez nous un règlement si judicieux ? »

La proposition n'excitait visiblement qu'un enthousiasme modéré.

« Bon ! dit une voix, nous n'avons peut-être pas assez de règlements au lycée, sans aller encore nous en fabriquer d'autres ? »

Dutheil ne se désarçonna pas.

« Je m'attendais à cette objection, et vous pensez bien qu'elle s'est produite chez les taupins comme ici. Mais il ne faut pas perdre de vue la sanction donnée à ce règlement, — la question des amendes dont tout délit est frappé et qui en font la grosse affaire. C'est de là que découle tout le plaisir.

— Le plaisir de payer des amendes ?

— Non pas précisément de les payer, mais de les faire payer aux autres quand on les prend en faute ! »

Cette perspective parut, en effet, réveiller l'intérêt languissant de l'auditoire.

« Le produit de ces amendes, reprit insidieusement Dutheil, sert à former une masse commune, une *cagnotte,* et, à la fin de l'année, cette masse peut se convertir en livres, en armes de chasse, en un canot, en objets quelconques qu'on tire au sort entre les justiciables. »

L'idée ne paraissait plus aussi saugrenue maintenant, et il était aisé de voir que Dutheil avait déjà cause gagnée.

« On pourrait fonder un prix de poésie française, suggéra timidement Molécule.

— Ou une bourse de voyage, proposa Verschuren.

— Moi, j'ai une meilleure idée, cria Chavasse : ce serait de nous offrir un festin à tout casser avec le produit des amendes ! »

Pourquoi faut-il avouer que cet avis eut un succès foudroyant? En fait il décida de la victoire pour la proposition
Dutheil.

« Oui! c'est cela! Chavasse est dans le vrai! Vive le ventre de Chavasse! » cria-t-on de tous côtés.

L'auteur de l'amendement, subitement enlevé sur une
douzaine d'épaules, se vit en un instant menacé d'une promenade triomphale autour de la cour.

Dutheil restait calme et serein, quoique manifestement
ravi du succès de sa proposition.

« Messieurs, nous aurons toujours le temps de décider l'emploi de nos amendes. Mais, avant tout, il importe d'en fixer
la quotité. Je propose *dix centimes* pour les délits simples et
cinquante centimes en cas de récidive dans la même journée.

— Ce n'est pas assez! cria Chavasse que sa popularité
subite enivrait visiblement. A ce taux-là, nous arriverions
tout au plus à dîner au Palais-Royal. Si nous voulons un
banquet sérieux comme je le comprends, il faut que les
amendes soient plus fortes.

— Plus fortes, elles pourraient n'être pas du goût de tout
le monde. Il vaut bien mieux multiplier les délits et établir
une stricte surveillance, afin de grossir la masse commune.
Même à dix centimes, on peut arriver à de beaux résultats.
Chez les *taupins*, il y a une moyenne de vingt contraventions
par jour, ce qui donne 2 francs, et en comptant une récidive, 2 fr. 50 c.; au bout de l'année, en la réduisant même
à 250 jours scolaires, on arriverait, à ce taux, à un total de
625 francs. C'est plus qu'il ne faut pour une fête complète,
même en faisant une très large part à la bienfaisance, comme
tout le monde assurément en sera d'avis.

— C'est entendu ! Adoptons le règlement des taupins !
Aux voix ! aux voix !

— Eh bien ! votons... Que ceux qui sont d'avis d'adopter
intégralement le règlement des taupins lèvent la main. »
Tous les bras se levèrent.

« Maintenant, la contre-épreuve... Il n'y a pas d'opposition ? Adopté... Messieurs, si vous le voulez bien, nous affi-
cherons le règlement sur le montant de la bibliothèque, et
dès aujourd'hui nous le mettrons en vigueur. »

Le fameux règlement qui devait ramener au quartier n° 1
l'ère du bon ordre et du travail n'eut pas précisément ce
résultat le premier jour. Nous semblions tous commettre des
délits à plaisir pour nous voir infliger l'amende et grossir la
cagnotte. Ce n'étaient que voyages à la bibliothèque, pour
s'emparer des livres, pupitres bruyamment fermés, toux plus
ou moins forcées, gens qui se mouchaient sans en avoir la
moindre envie...

Le total de la première étude était effrayant. Il y eut une
soixantaine de contraventions, et Dutheil, qui avait été institué trésorier, n'encaissa pas moins de cinq à six francs en
gros sous.

Mais en peu de jours cette belle ardeur se calma. Le noyau
de la cagnotte une fois formé, tout le monde prit à tâche de
ne pas le grossir volontairement, et chacun se montra aussi
attentif à ne pas donner prise à la vindicte publique qu'em-
pressé de signaler les moindres manquements du voisin. Ce
fut bientôt entre quelques-uns une véritable lutte de tous les
instants.

A peine un malheureux avait-il eu l'étourderie de se laisser aller à l'une des infractions prévues par notre loi dra-

V

TOUS LES ... SE LEVÈRENT.

conienne, que vingt voix vengeresses s'élevaient aussitôt :

« A l'amende! à l'amende! »

On aurait dit une horde de Peaux-Rouges avides de scalper leur victime. Ce que l'infortuné pouvait faire de mieux en ce cas, c'était de s'exécuter sur l'heure et de solder de bonne grâce le coût de sa peccadille. Voulait-il plaider, argumenter seulement, sa vaine protestation était aussitôt étouffée sous les murmures, et il se trouvait toujours un bon apôtre pour crier à la récidive.

Il y avait pourtant au moins un personnage dans l'étude qui avait le droit de se féliciter hautement de notre innovation. C'était M. Valadier. Désormais, il pouvait se livrer sans souci à sa passion malheureuse pour les bouts-rimés, car nous avions absolument supprimé pour lui tout travail de surveillance.

C'était une physionomie singulière dans son effacemen même que celle de cet homme déjà sur le penchant de l'âge, doux, modeste et chauve, et qui ne semblait rien voir au delà de sa position présente, si humble ou si bornée qu'elle parût. Il avait pris racine dans ce métier de maître d'étude qui, pour tant d'autres, est seulement un marchepied ou un purgatoire, et il paraissait s'y complaire comme dans son milieu naturel. Le lycée était son rocher, le quartier n° 1 sa coquille. On racontait que le proviseur lui ayant un jour assigné d'autres fonctions, M. Valadier n'avait pas eu de cesse que sa salle d'étude bien-aimée, son fauteuil de paille et sa chaire ne lui eussent été restitués.

Il avait contracté peu à peu tout un ensemble d'habitudes bizarres et qui lui étaient devenues aussi nécessaires que l'air respirable. Par exemple, celle de se servir du poêle en été comme d'une armoire supplémentaire pour y emmagasiner des manches de lustrine, un bonnet de velours et une paire de pantoufles qu'il arborait au commencement de chaque séance. Le retour périodique du moment où il fallait renoncer à cet abus manifeste, pour rendre le poêle à sa fonction naturelle d'appareil calorifique, était pour le pauvre homme un crève-cœur annuel.

Quant au temps des vacances, c'était pour lui un long supplice, et la seule ombre au plaisir que devait lui apporter la rentrée des classes était la perspective de voir chez lui des figures nouvelles. Mais quoi! Il n'y a pas de bonheur parfait en ce monde, et les élèves de rhétorique ne pouvaient véritablement pas prendre racine, eux aussi, au lycée Montaigne, à la seule fin de ne pas changer les habitudes de leur maître d'étude.

Une autre de ses manies était de vouloir faire des prosélytes à sa doctrine et de nous entretenir fréquemment des avantages exceptionnels de sa position. Certes, il n'était pas de ces gens éternellement mécontents de leur sort! Rien n'avait le don de le mettre hors de lui comme le discrédit à ses yeux, tout à fait injustifiable, dans lequel le monde tenait ses fonctions.

« Pion!... On croit avoir tout dit quand on a dit : Pion! Eh bien! moi, je suis fier de l'être, je suis content de l'être, et je compte bien l'être jusqu'à la fin de mes jours. Voilà ce que vous pouvez dire de ma part aux imbéciles. »

La seule épine au pied de ce philosophe jusqu'à ce moment avait été sans doute la nécessité de surveiller les élèves, et voilà que l'institution de la cagnotte venait tout à coup le dispenser de ce soin. N'avait-il pas le droit de se croire arrivé à la félicité parfaite?

Quant à nous, après huit jours de pratique, nous n'étions pas encore fatigués de notre système de persécution mutuelle, quoique nous eussions tous très fréquemment payé notre tribut à la caisse de Dutheil.

Tous, sauf une exception pourtant, — Thomereau ! Le brigand avait réussi pendant tout une semaine à éviter de se faire prendre en faute. Plus de calembours en étude, plus de billets passés de main en main. Thomereau était subitement devenu le modèle de toutes les vertus. Avec cela, féroce sur l'application du règlement et faisant infliger plus d'amendes à lui seul que tout le reste de l'étude ensemble.

Un âpre désir de vengeance commençait à fermenter dans les âmes. On tenait des conciliabules dans les coins de la cour, on concertait des moyens réputés infaillibles pour amener Thomereau à se mettre en contravention.

Vains efforts. Il s'était juré de rester indemne jusqu'à la fin de l'année, et ne laissait pas la moindre prise à nos réclamations. Lui, si bruyant jadis, il veillait maintenant sur tous ses mouvements, ne levait pas les yeux en étude, si ce n'est pour fondre sur un délinquant, et, somme toute, était invulnérable.

Puis, en récréation il retournait le poignard dans la plaie en nous disant d'un air paterne :

« C'est vraiment gentil à vous de vous cotiser ainsi pour me faire faire un bon dîner, qui ne m'aura pas coûté un centime. »

CHAPITRE VI

LEGE QUÆSO

J'étais maintenant tout à fait à l'aise avec mes nouveaux camarades et décidément acclimaté au lycée Montaigne. Un seul point m'étonnait encore, et, s'il faut l'avouer, m'humiliait un peu, c'est le profond incognito dans lequel je me trouvais au milieu de cette classe de quatre-vingts élèves. Depuis la remarque peu flatteuse que m'avait value ma composition en discours latin, je n'avais pas encore été l'objet de la moindre attention de la part de M. Auger. Il semblait, en vérité, ignorer complètement mon existence.

Non seulement le hasard avait voulu qu'il ne m'eût pas encore une seule fois interrogé ou désigné pour une explication d'auteur, mais même mes devoirs les plus soignés étaient restés tout à fait inaperçus.

A chaque classe pourtant, le professeur rendait compte d'une douzaine de copies, et cela avec la franchise ou la rudesse qui caractérisait éminemment sa manière. Jamais mon devoir ne s'était trouvé du nombre.

Ce qui me semblait plus anormal encore et en quelque

sorte injuste, c'est que certains élèves, Dutheil notamment, et en général les plus forts de la classe, voyaient chaque fois leur copie étudiée à fond, critiquée et disséquée par le scalpel impitoyable du maître.

Pourquoi cette préférence évidente et en quelque sorte systématique ? J'avais bien entendu dire qu'à Paris les professeurs sont toujours portés, comme il arrive nécessairement dans une classe nombreuse, à s'occuper spécialement des élèves sur lesquels ils peuvent compter pour des succès au concours général. Mais je n'aurais jamais cru que cette tendance pût être poussée jusqu'à négliger absolument d'encourager les talents d'un ordre plus modeste.

« Ce sont au contraire les élèves les plus faibles qui devraient être harcelés, forcés de faire des progrès, me disais-je. Les autres pourraient à la rigueur se passer du maître. »

Très préoccupé de ces idées, je finis un jour par m'en ouvrir à Dutheil.

C'était, je l'ai dit, un garçon tout rond et affable, grand travailleur, et très heureux au concours, ce qui lui donnait conscience de sa force, mais en même temps exempt de pédantisme et nullement cachotier sur les petits mystères du succès.

Je l'aimais beaucoup plus que je n'aimais Ségol, par exemple, une espèce de lourdaud à encolure de bœuf et à tête de chimpanzé, qui n'était pas abordable tant il était vain d'avoir accroché l'année précédente un prix de vers latins. Résultat qui n'avait rien d'extraordinaire, par parenthèse, car, depuis trois ou quatre ans, Ségol s'était voué corps et âme à cette spécialité. Il ne faisait pas autre chose, ne s'intéressait pas à autre chose, n'avait pas d'autre but dans la vie. Lire et relire l'*Énéide,* non pas pour en admirer les beautés, mais pour en pénétrer les ressources poétiques et augmenter sa provision d'hémistiches et d'épithètes, explorer sans relâche les profondeurs du *Gradus* ou du *Traité de prosodie latine* de Quicherat, telle était ici-bas son unique mission. L'histoire, les sciences, l'éloquence française ou latine, les beautés de la littérature grecque, celle des auteurs anglais ou allemands, les exercices physiques, — rien de tout cela n'avait à ses yeux la moindre valeur. La grosse affaire était de savoir si tel ou tel mot latin était formé de deux *brèves* ou de deux *longues,* s'il pouvait entrer dans un dactyle ou dans un spondée.

Certes, la versification latine a son utilité, et ce n'est pas moi qui me permettrais d'en médire. Elle a sa place marquée dans toute éducation libérale, et soit comme simple gymnastique intellectuelle, soit pour faire apprécier à leur valeur les mérites des poètes latins, elle ne pourrait être que difficilement remplacée. Mais ce n'est, après tout, qu'un hors-d'œuvre et un accessoire; en faire, comme Ségol, la pièce de résistance ou plutôt l'unique plat du banquet classique me semblait exagéré.

Au reste, j'étais moins choqué en lui de cette manie même que de son air renfrogné et égoïste. Et ce qui me plaisait en Dutheil, au contraire, c'était moins son excellence à peu près universelle (sauf en mathématiques) que la franchise et la simplicité de ses manières.

« Ne trouves-tu pas singulier, lui dis-je donc ce matin-là, que M. Auger s'occupe constamment de tes devoirs, tandis qu'il laisse systématiquement tant d'autres élèves dans

l'ombre? Il me semble qu'à ta place je finirais par en être
gêné comme d'une préférence injuste. »

Dutheil me regarda d'un air surpris.

« M. Auger ne s'occupe pas de moi plus que d'un autre,
dit-il, et je ne sais ce qui te donne cette idée.

— Quoi! nieras-tu que M. Auger n'ait pas manqué une
seule fois jusqu'à ce jour de rendre compte de ta copie?

— Je ne vois pas ce qu'il y a là d'extraordinaire. Ce qui le
serait, au contraire, c'est qu'il agît autrement. »

Cet aplomb me confondait.

« Mais enfin que dirais-tu si tu étais à ma place, et si tu
avais remis dix devoirs très soignés à M. Auger, sans qu'il
daignât en dire son avis?

— J'en serais fort étonné. Mais cela me paraît presque
impossible. Serait-ce ton cas?

— C'est tout à fait mon cas. J'arrive tous les jours en
classe avec l'espérance d'obtenir un mot d'éloge ou de blâme,
une critique, une simple remarque. Mais rien ne vient, et je
suis Gros-Jean comme devant, sans savoir si j'ai bien ou mal
fait.

— Voilà qui est particulier! fit Dutheil... Et tu mets tous
les jours *lege quæso* sur ta copie? » reprit-il après un
instant de réflexion.

Ce fut mon tour de le regarder avec étonnement.

« *Lege* quoi?

— *Lege quæso* — « Prière de lire... » Comment! tu ne
sais pas!... Ah! voilà qui est bon, sur ma foi! »

Et de rire de tout son cœur.

« Il faut écrire *lege quæso* en tête de son devoir, mon
cher, quand on veut que son devoir soit examiné par le pro-

fesseur. Tu comprends bien qu'il lui serait impossible de donner son jugement tous les jours sur soixante-quinze copies, et ce serait véritablement une tâche au-dessous d'un homme de premier mérite, comme M. Auger ! Tant de devoirs sont faits sans soin, sans intention sérieuse et seulement pour éviter une punition ! Il serait aussi cruel pour le maître que pour la classe de leur faire perdre un temps précieux à passer en revue de pareilles productions. C'est déjà une rude besogne pour lui que d'avoir à les lire toutes en son particulier, pour assigner à chacun, dans la distribution des places, celle qu'il mérite. On a donc imaginé de recourir à un expédient. Tout élève qui néglige d'écrire la formule sacramentelle en tête de sa copie admet par cela même qu'elle est médiocre, non avenue, peu digne d'occuper en public l'attention du maître, et qu'elle réclame seulement le silence et l'obscurité de l'examen particulier. En revanche l'élève qui a soigné son devoir, qui y a mis toute son attention et tout son courage, est sûr, en le marquant de ces deux mots : *lege quæso,* de le voir lu, annoté et critiqué devant toute la classe par un bon juge. Ne trouves-tu pas cet arrangement parfait ?

— Parfait à coup sûr, et tu ne peux pas savoir quel poids tu m'ôtes de la poitrine, dis-je à Dutheil. Il m'en coûtait, je t'assure, d'accuser M. Auger de partialité. Il a l'air si franc et si juste !

— Il n'y a pas de meilleur homme au monde, il n'y en a pas de plus respectable et de plus savant. C'est un bien inestimable de l'avoir pour professeur, et tu verras comme nous apprécierons un jour cet avantage. »

Le voile était tombé de mes yeux. Je n'avais plus qu'une

idée désormais, — donner ma mesure dans un devoir aussi
bon qu'il me serait possible de le faire, et avoir enfin sur
mon élucubration le jugement de M. Auger.

Justement nous avions à remettre le lendemain un discours
français, et le sujet était tout à fait à mon goût.

« *Alcuin développe devant Charlemagne et ses conseillers
la nécessité d'établir des écoles sur toute la surface du terri-
toire.* »

Le discours français était mon fort à Châtillon. Non seulement j'avais eu le prix d'honneur l'année précédente, mais
à l'occasion du passage dans notre département d'un illustre
homme d'État qui avait visité le lycée, j'avais été chargé de
le complimenter, et mon « laïus » avait eu les honneurs
de la reproduction dans le *Guetteur de la Lèze*. Sans vanité,
je puis dire que ledit « laïus » avait généralement été jugé
bon; et que plusieurs amis de mon père, sur ce seul échan-
tillon de mon éloquence académique, l'avaient vivement
engagé à me pousser vers le barreau.

Je me flattais donc de pouvoir écrire quatre à cinq pages
de français à peu près dignes de l'approbation de M. Auger
et, riche du renseignement que venait de me donner Dutheil,
je me mis à l'œuvre avec enthousiasme. Enfin, j'étais sûr du
moins d'être lu et jugé selon mes mérites !

L'incubation de mon chef-d'œuvre ne me prit pas moins
de trois heures. Après y avoir entassé d'une main prodigue
toutes les fleurs de mon imagination et toutes celles de mon
style, après l'avoir lu et relu, l'avoir même emporté dans
la cour pour le soumettre à la haute appréciation de Verschuren (je le considérais comme intéressé à la gloire qui
devait en rejaillir sur notre patrie commune), je me décidai

à le recopier de ma plus belle écriture, et, en tête de ma copie, en regard de mon nom, j'écrivis les deux mots fatidiques.

Enfin, j'abandonnai à son sort le fruit de mes veilles, et je le vis successivement s'envoler avec les autres feuilles, d'abord dans le « cahier de correspondance », puis sur la chaire de M. Auger, et finalement dans le fond de sa poche.

Dire que je n'étais pas ému le jour suivant quand le moment solennel arriva où le paquet de copies sortit de ces mêmes profondeurs serait à coup sûr une exagération coupable. Quel est le conscrit dont le cœur n'a pas battu en entendant le canon pour la première fois? Pourtant le souvenir de mes lauriers châtillonnais me soutenait, et j'aurais pu dire en modifiant quelque peu le mot de Bailly :

« Je tremble, mais c'est d'espoir. »

M. Auger passa successivement en revue les copies de cinq ou six de mes camarades. Il donna des éloges à celle de Dutheil et nous en lut même deux ou trois pages qu'il jugeait particulièrement bien venues. Il fut moins tendre pour les autres.

Enfin, il arriva à mon nom.

« M. Besnard, » dit-il.

Un nuage passa sur mes yeux. Tout mon sang se porta à mon cœur. Je devais être pâle comme un condamné à mort.

« ...M. Besnard, poursuivit M. Auger, nous donne aujourd'hui ce que les Anglais appellent leur *maiden-speech,* leur discours d'essai. Hélas! je ne puis dire avec Corneille que ce coup d'essai soit un coup de maître... M. Besnard,

8

je regretterais de le lui déclarer, si je n'étais ici précisément à cet effet, ne s'est pas exactement rendu compte de l'espèce particulière d'exercice qu'on lui proposait. Il paraît croire qu'il suffit, pour perpétuer ce que nous appelons en rhétorique le *Discours français*, d'aligner à la file les idées plus ou moins judicieuses qui se présentent à son esprit et qui lui semblent avoir un rapport quelconque avec le sujet. Il fait fi du canevas livré à son traitement et ne s'attache pas à le développer. Le mal ne serait pas grand, si les éléments ainsi introduits avaient une valeur réelle. Mais ce n'est pas précisément le cas, sauf peut-être dans un paragraphe ou deux...

« En général, je ne saurais trop le répéter, il vaut mieux suivre de près la matière que je soumets à vos développements, parce qu'elle a pour objet d'habituer votre esprit aux formes de la déduction logique, Quand vous écrivez une narration, un récit historique, vous pouvez vous laisser à votre inspiration et adopter pour vos idées l'ordre que vous jugez le plus séduisant. Mais l'exercice désigné sous le nom de *Discours français* a surtout pour but de vous proposer un raisonnement réduit à ses termes élémentaires, et auquel vous devez simplement donner son expansion naturelle. Le désordre même des arguments introduits par M. Besnard montre à quel point un tel exercice est indispensable à son jugement. »

Comment dire les angoisses de ma petite vanité provinciale, tandis que ces critiques, pourtant bien anodines, tombaient des lèvres de M. Auger? J'étais rouge comme un coquelicot, et je tenais mes yeux fixés sur mon cahier pour ne pas affronter les regards de mes condisciples que je me figurais chargés d'ironie.

QUANT A M... ÉTAIS ANÉANTI.

« ...Quant au style... »

Ici je respirai. Croyant avoir épuisé dans cette minute rapide la coupe de l'amertume, je me pris à espérer que j'allais peut-être avoir une compensation. C'était mon style surtout qu'on admirait à Châtillon !

« Quant au style, reprit M. Auger, il est bien médiocre et souvent incorrect. J'ai noté vingt détails... J'en signale seulement quelques-uns... Voici, par exemple, dans le premier paragraphe : *l'idée m'a pris*. C'est *l'idée m'est venue* qu'il faut dire, et la première expression, quoique tolérée dans la conversation courante, ne saurait être de mise dans un discours. Ailleurs je trouve un *brillant éclat*. C'est un pléonasme fâcheux. Plus loin je vois : *avancer en avant*. Il serait difficile d'avancer en arrière. Fautes vénielles sans doute, mais qui font tache, surtout par leur nombre. Ailleurs, Alcuin promet à Charlemagne que la réforme projetée sera « le plus beau fleuron de sa couronne ». Pourquoi pas le plus beau sabre de sa vie? (*Hilarité.*) Ce sont là des façons de parler prétentieuses et de mauvais goût, comme toutes les métaphores qui ne reposent pas sur un fait naturel et vrai. M. Besnard ne les a jamais vues ni dans Pascal, ni dans Molière, ni dans Racine. Il fera bien de les laisser où il les a prises et de s'en tenir aux formes de langage consacrées par nos grands écrivains. »

Ce fut tout. M. Auger passa à la copie suivante.

Quant à moi, j'étais anéanti, et je fus plus d'un quart d'heure avant d'oser jeter un coup d'œil sur la classe.

CHAPITRE VII

ΆΝΆΓΚΗ

Si j'avais eu moins d'amour-propre et plus de bon sens,
j'aurais promptement reconnu que les critiques de M. Auger
étaient parfaitement justifiées; je me serais dit qu'il était mon
professeur pour me les adresser, que j'étais son élève pour
les écouter, et au lieu de m'en offusquer, je me serais con-
tenté d'en faire mon profit.

Malheureusement pour moi, c'est l'amour-propre qui prit
le dessus, et je m'avisai fort sottement d'être furieux de ma
mésaventure.

A tort ou à raison j'avais cru démêler dans ces railleries,
pourtant fort *anodines* du maître, une intention satirique à
l'adresse de mon éducation provinciale. Il me semblait que
Châtillon tout entier, voire même le département qui m'avait
donné le jour, venaient d'être couverts d'opprobre en ma
personne. J'en voulais mortellement à mes camarades d'avoir
ri, et j'oubliais que, vingt fois déjà, il m'était arrivé d'en
faire autant quand c'était un autre qui se trouvait sur la sel-
lette. Je n'avais garde de remarquer, surtout, que cette hila-

rité n'avait rien de bien féroce, et que, cinq minutes après l'événement, personne ne songeait plus à ce qui l'avait causée.

J'y songeais, moi, et, en sortant de classe, j'aurais volontiers cherché querelle à toute l'étude.

Il fallait bien me rendre à l'évidence, reconnaître que personne ne faisait attention à mes regards menaçants, et que le globe terrestre n'avait pas cessé de tourner sur son axe parce que j'avais fait un piètre discours.

Mais cet échec public n'en eut pas moins un déplorable effet sur mon caractère.

Je commençai par me jurer de ne plus écrire une seule fois *lege quæso* en tête de ma copie. De la sorte, me disais-je, je ne serai plus exposé à voir ridiculiser mes défauts de littérature et mon style châtillonnais.

D'autre part, la certitude que ma copie ne serait pas lue ne tarda pas à me faire prendre l'habitude lamentable de l'écrire sans soin, comme on dépêche une tâche ingrate et inutile.

Il aurait été difficile d'être content de soi après avoir bâclé en un quart d'heure un fatras de phrases sans queue ni tête. Aussi ne l'étais-je guère, et les places que j'obtenais aux compositions n'étaient pas de nature à me rendre ma bonne humeur. Douzième, quinzième, dix-huitième, tel était maintenant mon rang habituel.

Un travail singulier se fit dans ma cervelle. J'en vins à me persuader que j'avais à lutter contre un préjugé invincible, et que les professeurs parisiens barraient systématiquement la voie aux élèves venus de province.

« A quoi bon travailler? me disais-je. Quoi que je puisse faire, je serai toujours classé après ceux qui ont fait toutes

leurs études à Paris et qui y ont puisé ce je ne sais quoi,
sans lequel il n'y a point ici de succès possible... »

Raisonnement puéril ! Il aurait été si simple de m'attacher
précisément à découvrir ce je ne sais quoi dont une sorte
d'instinct me révélait l'existence ! Mais cette prévention n'en
pesait pas moins sur moi comme un véritable rocher de
Sisyphe.

Je devins morose, mélancolique, presque hargneux. Maman
et tante Aubert ne manquèrent pas de remarquer ce changement et de m'en demander la cause. Fort sottement encore
je leur en fis un mystère, et je trouvai plus simple de nier
ma tristesse que de l'expliquer.

Avec Molécule, qui m'interrogea discrètement sur le
même sujet, je fus un peu plus sincère. Sans lui avouer la
source réelle de mes chagrins (peut-être ne savais-je pas la
démêler exactement moi-même), je lui en laissai entrevoir à
mots couverts toute l'étendue. J'étais, lui donnais-je à entendre, « un de ces êtres infortunés et maudits qui naissent
marqués du sceau du désespoir et qui traînent comme un
boulet le fardeau de l'existence ».

Ce sont les propres expressions dont je me servis en me
promenant à grand pas avec lui au fond de la cour, par une
sombre après-midi d'automne. A l'appui de cette déclaration,
je lui révélai que j'avais justement adopté pour devise le mot
grec 'Ανάγκη (fatalité), et que je me proposais de le faire
graver sur un cachet d'acier, à poignée sculptée en forme
de tête de mort, aussitôt que l'état de ma bourse me per-
mettrait ce luxe asiatique.

Molécule était fait pour me comprendre. Il s'arrêta devant
moi et me contempla un instant en silence.

« Ami, je connais ton mal, j'en ai souffert, me dit-il. C'est la mélancolie des poètes... Ils ne peuvent la guérir qu'en épanchant au dehors le mépris et le dégoût que leur inspire un monde grossier. Crois-moi, fais des vers, c'est le seul remède ! »

Faire des vers ! En vérité, tout autour de moi semblait conspirer à me pousser vers cette extrémité. Depuis M. Valadier qui ne remontait jamais au dortoir sans avoir péniblement aligné deux ou trois douzaines d'alexandrins, jusqu'à Molécule qui rimait sur tout et à propos de rien, sans compter Ségol et les autres sectateurs de la muse latine, tout me parlait de vers. Était-il possible que mon confident eût raison, et que moi aussi je fusse maintenant consumé du feu sacré ?

A tout hasard, il fallait essayer.

A peine remonté au quartier, je me mis à l'œuvre. Aidé du dictionnaire des rimes de M. Valadier, qui voulut bien s'en passer pendant une heure ou deux, attendu qu'il avait à remplir la feuille des notes hebdomadaires, j'eus bientôt perpétré une élégie qui respirait le plus sombre désespoir. Le titre et le début en disent assez. Elle s'appelait :

MALÉDICTION !!!

et commençait comme suit :

> Ah ! maudit soit le jour où sur la rive *amère*,
> O vie, je fus jeté par le flot du destin !
> Maudit soit.....

Il y avait ainsi toute une brochette d'imprécations violentes, mais généralement amenées par la rime.

Quand j'eus ciselé le dernier trait de cette œuvre venge-
resse, je m'empressai de la recopier sur une belle feuille de
papier glacé, et, après l'avoir signée de mon nom avec un
paraphe qui semblait un bouquet d'artifice, je la transmis à
Molécule pour en avoir son avis.

Mon émotion était profonde pendant que ce juge autorisé
prenait connaissance de ma missive. Qu'allait-il se passer?
et quel serait son verdict sur mes facultés poétiques?

Il fut enthousiaste. Soit que Molécule eût appris par expérience combien le pain de la gloire est indispensable au
poète, soit qu'il fût véritablement sincère dans son admiration, il commença par m'adresser un billet contenant ce
simple mot :

« Sublime ! »

Puis, à peine arrivé en récréation, il me déclara tout net
que j'étais appelé ni plus ni moins à devenir « le plus grand
poète de mon temps ».

L'expression me sembla bien un peu forte, et je commençai par me défendre assez mollement d'entretenir de
telles visées. Mais Molécule ne voulut rien entendre. J'avais
la flamme, disait-il, et c'était la grosse affaire. Mon élégie
respirait d'un bout à l'autre le souffle de l'indignation la plus
puissante, et il doutait sincèrement que les plus illustres
eussent jamais débuté par un pareil morceau.

La vanité humaine n'a pas de limites. Tout ampoulées et
ridicules que fussent ces louanges, elles m'allèrent droit au
cœur. Je me crus de bonne foi un grand génie, et ne re-
marquai même pas que le pauvre Molécule profitait immédiatement de l'occasion pour me communiquer le septième
chant de son poème épique, et s'attendait à rentrer sans

9

délai dans ses frais d'admiration. Malheureusement ses alexandrins me paraissaient déjà pauvres, auprès des miens, ou plutôt je ne pouvais plus rien écouter que ma propre musique. Il dut certainement me trouver froid.

De ce jour je ne rêvai plus que vers. A *Malédiction !* succéda une satire contre certain pédant coupable de n'avoir pas apprécié à leur juste valeur mes talents littéraires, et que je vouais de ce chef à l'exécration de la postérité. Je ne doutais pas le moins du monde que nos arrière-neveux ne s'amusassent énormément à ses dépens en apprenant qu'il avait méconnu le grand poète Albert Besnard.

Certes, j'étais loin d'imaginer que ces essais informes n'eussent absolument de commun avec la poésie véritable que le nombre plus ou moins orthodoxe de syllabes imposé à chacune de mes lignes et les rimes banales dont je les habillais. Je croyais de bonne foi que la poésie se compose tout simplement de règles mécaniques et d'assonances monotones. Quiconque eût essayé de me faire entendre qu'elle peut naître seulement d'une connaissance approfondie de la langue, servie par un génie spécial et par la familiarité des plus beaux modèles, m'aurait plongé dans une profonde stupéfaction. On rirait d'un homme qui, sans avoir appris la musique, prétendrait écrire un opéra. Combien plus difficile à surprendre et à exprimer cette harmonie secrète des mots et des idées que le vulgaire ne soupçonne même pas !

Quoi qu'il en soit, je me croyais poète, ce qui provisoirement équivalait à l'être, et j'en vins peu à peu à donner tout mon temps à la versification. Discours français, langues mortes ou vivantes, histoire et géographie, je négligeais tout

désormais pour me livrer à ma nouvelle passion. C'est à
peine si les mathématiques conservaient encore une place
dans ma vie, obligé que j'étais d'y porter un semblant d'attention pour les leçons particulières de M. Desbans. Mais
pour tout le reste j'étais devenu aussi étranger à la classe
que si M. Auger, M. Aveline et nos autres maîtres eussent
été autant de professeurs chinois, enseignant dans une langue
inconnue à mes oreilles des choses que les Fils du Ciel ont
seuls besoin de savoir.

L'indépendance relative que le grand nombre des élèves
crée pour l'individu dans un lycée parisien me facilitait singulièrement cet oubli de tous mes devoirs, et j'en abusais
sans scrupule. Chose étrange : il ne me venait même pas à
la pensée qu'en faisant au collège tout autre chose que mes
études classiques, je me rendais coupable d'un véritable abus
de confiance à la fois contre moi-même et contre mon père.
J'aurais pourtant dû me dire que ma famille ne s'imposait
pas le lourd sacrifice de m'entretenir au lycée pour que je
vécusse ainsi d'une existence inutile. J'aurais pu sentir le
ridicule d'assister du matin au soir, sans en profiter de mon
mieux, à des leçons de littérature ou d'histoire, et prévoir
que je ne retrouverais jamais, au milieu des soucis et des
labeurs de la vie, l'occasion précieuse que je laissais fuir si
follement. Mais tout cela ne me venait même pas à la pensée. Je me croyais poëte. C'en était assez pour masquer à
mes yeux les vérités les plus élémentaires.

Une autre cause encore contribuait à me faire considérer
avec une indifférence de plus en plus complète tout ce qui
touchait aux travaux scolaires : c'était ma liaison avec
Lecachey. Je ne le voyais pas seulement à la salle d'armes.

Les relations établies entre son père et le mien avaient bientôt étendu nos rapports aux jours de sortie. J'avais été invité chez lui ; j'avais en sa compagnie jeté un coup d'œil sur les élégances parisiennes, et j'en étais resté quelque peu ébloui. Si Molécule avait eu sur mon évolution intellectuelle une influence aussi déplorable que décisive, Lecachey n'en eut pas une moins marquée sur mon apparence extérieure.

Être à la fois un poète et un homme à la mode devint le but secret de mon ambition ; or, je ne pouvais guère me figurer un homme à la mode que sous les traits de Lecachey. Le détachement tranquille avec lequel il prenait les choses scolaires, était à mes yeux une séduction de plus. A le voir oublier si facilement le lycée, aussitôt qu'il en avait quitté le seuil, et suivre les classes en « amateur », sans un livre, sans un cahier, énonçant péniblement une réponse vague, quand il prenait fantaisie à un maître de l'interroger, j'en venais naturellement à penser que c'était là le vrai ton.

Ce dandysme était poussé fort loin, car il allait jusqu'au dédain de la langue française et de l'orthographe.

« Monsieur Lecachey, disait un jour M. Auger à mon brillant camarade, on ne dit pas *en ce moment ici*, mais en ce moment-ci ; on ne *jouit* pas d'une fâcheuse réputation, on *l'a* tout simplement ; il jeta son javelot ne s'écrit pas *jetta*, avec deux *t*. Comment pouvez-vous être arrivé en rhétorique et faire de pareilles fautes ? »

A ces moments-là je n'admirais guère mon élégant ami, il faut bien en convenir. Mais comme je me rattrapais le dimanche ! Je copiais ses pantalons, ses cravates. Il m'avait donné l'adresse de son tailleur ; et mon père m'avait permis

LE PREMIER JOUR OU JE MONTAI LES CHAMPS-ÉLYSÉES
DANS LA GLOIRE DE MES HABITS NEUFS.

de me commander un costume civil, que je revêtais à la maison en arrivant du lycée.

L'Arc de Triomphe était à peine assez haut pour moi le premier jour où je montai les Champs-Élysées dans la gloire de mes habits neufs.

CHAPITRE VIII

Il existait au quartier n° 1 une habitude qui avait en quelque sorte pris force de loi, celle de se faire la barbe tous les samedis en prévision de la sortie du dimanche. A cet effet, un barbier du voisinage était admis à établir dans l'étude, pendant la récréation de midi, un laboratoire provisoire où tous ceux qui se glorifiaient de posséder un semblant de favoris pouvaient venir se faire écorcher.

Plus d'un rhétoricien qui n'avait à cet égard que des espérances ne s'en croyait pas moins obligé de se soumettre à l'opération, sous le prétexte fallacieux qu'elle activerait la poussée.

De ce nombre était Verschuren, à qui il n'avait jamais été donné encore de voir apparaître le moindre vestige de barbe, mais qui n'en apportait pas moins ponctuellement son museau, tous les samedis, au bras séculier de notre barbier, M. Canonge.

En homme bien appris et qui sait son métier, celui-ci n'élevait jamais la moindre objection. Il poussait même le

machiavélisme jusqu'à se servir toujours de rasoirs très
longs et très minces qui « chantaient » en s'avançant sur la
peau la plus unie, de manière à faire croire qu'elle était
hérissée d'une véritable forêt.

Et Verschuren de se réjouir à cette musique.

« C'est étonnant, disait-il, comme ma barbe devient dure!
Entendez-vous comme le rasoir crie?

— C'est de douleur, » répondit Thomereau.

Deux ou trois fois il arriva à M. Canonge d'écorcher légèrement Verschuren. Il fallait voir avec quelle joie le pauvre
garçon posait sur sa coupure un petit emplâtre de taffetas
noir. Il fallait l'entendre tout le long du jour :

« Tiens! disait-on, qu'a donc Verschuren sur la joue?

— Oh! ce n'est rien, seulement un coup de rasoir que
m'a donné ce maladroit de Canonge! »

Et nous de rire sous cape. Mais il était destiné à nous
fournir un plus ample sujet de gaieté.

Apparemment il avait des heures de doute sur la réalité
de sa fameuse barbe. Toujours est-il qu'on le voyait depuis
quelque temps faire à son pupitre des visites plus fréquentes
que de raison. A tout instant sa face disparaissait sous cet
abri tutélaire pour reparaître bientôt humectée sur la lèvre
supérieure d'un liquide incolore et semblable à de l'alcool
ou à de l'eau. Aussitôt, tirant de sa poche un de ces affreux
petits miroirs ronds à fond de fer-blanc, qu'on vend dans les
boutiques à trois sous, il se livrait à un examen minutieux
de sa figure.

Ces manœuvres nous avaient fortement intrigués. Nous
flairions un mystère. Un jour que Verschuren s'était absenté
pour une leçon, Thomereau ne craignit pas d'opérer une

perquisition dans le mystérieux pupitre, et bientôt le quartier vit circuler de main en main le corps du délit.

C'était un flacon de *Capilline,* une eau que l'étiquette représentait comme le meilleur des remèdes contre la calvitie.

Verschuren s'en servait évidemment dans l'espoir d'activer la croissance de ses moustaches.

« Pas un mot de ma découverte si vous voulez rire ! » fut l'avis mis en circulation par Thomereau.

Le flacon lui revint et fut replacé dans le pupitre. A son retour au quartier, Verschuren ne se douta de rien.

Vainement, à la récréation suivante, nous cherchâmes à savoir quel était le projet de Thomereau : impossible de rien tirer de lui. Je crois bien qu'au fond l'idée de Verschuren paraissait excellente à plus d'un, qui se promettait déjà d'essayer en secret de la *Capilline.* Après tout, si cette lotion fait repousser les cheveux, pourquoi ne ferait-elle pas pousser les moustaches? se disait-on.

Raisonnement qui aurait été parfaitement juste s'il n'avait reposé sur une pétition de principe, savoir : que si la *Capilline* faisait repousser les cheveux, comme toutes les prétendues eaux merveilleuses qui s'étalent à la quatrième page des journaux, elle n'avait absolument pas d'autre propriété sérieuse que celle de faire empocher à son inventeur les gros sous des ignorants et des niais.

Quoi qu'il en soit, l'émotion causée par cet incident était calmée depuis quelques jours, et personne ne songeait plus à la *Capilline,* lorsqu'un matin, en arrivant au réfectoire, nous fûmes stupéfaits de voir la lèvre de Verschuren ornée d'une magnifique paire de moustaches.

Miracle ! La *Capilline* aurait-elle fait son effet?

Hélas! ces moustaches n'étaient qu'un leurre, elles étaient seulement peintes sur la lèvre du malheureux, à peu près à la façon de celles que les gamins se dessinent en carnaval avec un bouchon fumé.

Je pressentis aussitôt une plaisanterie de Thomereau, et je dois dire que je la trouvai à la fois très drôle et très mauvaise.

« C'est idiot! me disais-je tout en riant avec les autres. Cela ne va pas manquer de faire gober une consigne à Verschuren. — Essuie ta lèvre, » murmurai-je à son oreille en passant auprès de lui.

Verschuren, qui venait sans doute de se lotionner avant de quitter l'étude, rougit de l'avis que je lui donnais et passa son mouchoir sur sa lèvre, mais sans aucun effet.

La peinture était déjà sèche et paraissait solide.

Très surpris de voir que tout le monde le regardait en riant, il tira son miroir et s'empressa de se regarder. Il fut encore plus stupéfait que nous tous.

« Qu'est-ce que cela? » dit-il en devenant écarlate.

Il mouilla sa serviette, essaya d'effacer ses moustaches.

Rien n'y faisait. La couleur semblait avoir pénétré la peau même.

Fort heureusement il tournait le dos à l'allée centrale qui séparait les deux rangées de tables au réfectoire, et les surveillants généraux qui s'y promenaient, selon l'usage, ne virent rien de ce qui se passait.

Verschuren était furieux. Il ne toucha pas à son dîner, occupé qu'il était de se frotter la face avec le coin de sa serviette.

Voyant enfin que tout était inutile, il prit le parti de mettre son mouchoir sur sa bouche, comme s'il se trouvait pris d'un saignement de nez et de s'enfuir dans la cour. Nous l'y retrouvâmes, la tête sous le robinet de la fontaine, très affairé à se récurer à grande eau, et tout fumant de rage sous ce déluge.

Mais les fatales moustaches étaient plus noires que jamais. Elles semblaient même reluire sous les frictions désespérées du mouchoir de Verschuren. Le plus amusant, c'est que l'infortuné n'osait se plaindre, convaincu qu'il avait affaire à un effet naturel de la *Capilline*.

Nous l'entourions avec un intérêt apparent, faisant sur son malheur des commentaires plus ou moins généreux.

« Il a le choléra!...

— Crois-tu que ce soit contagieux?

— On dirait que le noir gagne vers les oreilles...

— Il ferait peut-être mieux d'aller tout de suite à l'infirmerie...

— Pourvu qu'il soit possible de le tirer d'affaire!...

— Oh! ce n'est pas dangereux, mais quand on a ainsi des taches sur la peau, il faut renoncer à s'en débarrasser... »

Chacun disait son mot. Thomereau seul se tenait à l'écart. Quant à Verschuren, il était blême de colère et aurait assommé quelqu'un avec délices; mais à qui s'en prendre? Je le vis si malheureux que j'eus pitié de lui.

« On aura sans doute mis de l'encre dans ta lotion », lui dis-je à l'oreille.

Il comprit à mon air que je ne me moquais pas de lui.

« Ma lotion?... On sait donc?...

— C'est le secret de Polichinelle. Tout le quartier a vu ton flacon depuis huit jours.

— Ah!... fit-il très déconfit... Mais ce n'est sûrement pas de l'encre, reprit-il de plus en plus désolé. Je m'en serais aperçu à la couleur de la lotion, tandis qu'elle n'a pas changé...

— Oh! oh! me dis-je, ceci est plus grave. Est-ce que ce farceur de Thomereau aurait eu la sottise de recourir à quelque acide dangereux, à quelque poison peut-être... Écoute, repris-je à demi-voix, promets-moi de ne pas te fâcher contre l'auteur de ce mauvais tour, et je vais t'aider à le découvrir.

— Ne pas me fâcher?... Ah! par exemple, il peut être sûr de danser celui-là! C'est ce misérable Thomereau, j'en jurerais! Je le vois là-bas qui fait le capon sans oser approcher...

— Eh bien! fâche-toi si tu veux. Dans ce cas, je ne me mêle plus de rien. »

La menace fit son effet.

« Mais enfin tu ne prétends pas m'empêcher de tirer les oreilles à ce drôle, si c'est lui qui s'est amusé à mes dépens?

— C'est précisément ce que je prétends. Soit dit sans te fâcher, le tour n'est pas des plus mauvais, et notre camarade ne mérite pas d'autre punition qu'une plaisanterie du même genre. Donne-moi ta parole de ne pas le prendre au tragique, et je te promets de t'aider à te venger.

— Eh bien! je te la donne! finit par dire Verschuren.

— En ce cas, attends-moi là. »

Je courus vers Thomereau.

« Tout de suite, pas un instant d'hésitation, ou ton affaire est faite, et Verschuren t'assommera!... Qu'as-tu mis dans son flacon? »

Thomereau voulut ergoter, se défendre.

« Tu feras mieux de me dire la vérité, ou c'est lui qui se chargera de la négociation. Je t'avertis qu'il n'y mettra pas de formes !...

— Mon Dieu, c'est bon, ne t'emporte pas ainsi. Voici l'affaire. Tout simplement un peu de *nitrate d'argent*, dissous dans le flacon. C'est pourquoi la couleur du liquide n'a pas changé dans l'obscurité du pupitre, et n'a noirci qu'à la lumière. Un de mes cousins qui connaît un photographe, m'a expliqué la chose...

— C'est bien, plus un mot. »

J'allai vers Payan, un des taupins les plus forts en chimie.

Il était chargé des fonctions d'aide-préparateur, et à ce titre possédait une clef du laboratoire, avec la faculté d'y pénétrer à toute heure. Je lui expliquai le cas. Il se mit à rire.

« Une solution *d'hyposulfite de soude* suffira pour tout faire disparaître, » me dit-il.

Et il eut la complaisance d'aller m'en chercher une petite fiole.

Quelques instants plus tard, Verschuren était débarrassé de sa paire de moustaches, et aussi, je pense, de sa foi dans la *Capilline*.

Il tint parole et ne dit pas un mot à Thomereau de ce qui venait de se passer. Mais le pauvre diable de farceur sentait bien que tout n'allait pas finir ainsi, et rien n'était comique comme ses mines effarées toutes les fois qu'il se trouvait dans le voisinage de Verschuren. L'air ambiant lui semblait chargé de gifles. Il en avait perdu la gaieté, et ne rééditait plus un seul de ses calembours. Encore bien moins songeait-il à en mettre de nouveaux en circulation.

C'est à peine si, après trois ou quatre jours d'angoisse, ne voyant rien venir à l'horizon, il commença de se rassurer.

Il était loin de se douter que l'heure de la vengeance allait précisément sonner.

C'était un soir, au dortoir, vers minuit. J'étais déjà profondément endormi depuis deux heures, quand je fus réveillé par quelqu'un qui me touchait l'épaule. A la lueur de la veilleuse, je reconnus Verschuren qui se penchait vers moi.

« Je tiens mon gaillard, me dit-il à voix basse. Écoute un peu.. »

Je tendis l'oreille. Le silence n'était rompu que par un ronflement sonore, régulier, profond comme le grondement d'un tuyau d'orgue.

« C'est Thomereau qui ronfle, reprit Verschuren, — et ronfler au dortoir est un délit ! »

Nous assourdîmes de notre mieux le rire qui nous prit.

Deux minutes plus tard, Dutheil, Chavasse, Molécule et Payan, racolés comme témoins, étaient rangés avec nous autour du lit de Thomereau.

La bouche béante, les narines dilatées, le misérable ronflait sans songer à mal. Une claque formidable le réveilla en sursaut.

« Frère, on ne ronfle pas au dortoir ! Dix centimes d'amende ! » articula Verschuren d'un ton superbe.

— On ne ronfle pas au dortoir ! Dix centimes d'amende ! » répétâmes-nous en chœur à demi-voix.

Thomereau nous regardait tout ahuri. Mais revenant au sentiment de la situation :

« FRÈRE, ON NE ROMPLE PAS AU DORTOIR! »

« Comme c'est spirituel de me réveiller ainsi ! Mon Dieu !
on les payera vos dix centimes ! » grogna-t-il en se retournant sur sa couche.

Nous avions enfin trouvé le défaut de la cuirasse !

A partir de ce soir-là, le malheureux n'osa plus s'endormir qu'après tout le monde, et, pour une semaine ou deux,
il s'abstint religieusement de faire le malin.

« Cependant, disait-il, chaque fois qu'il avait été obligé
de se séparer de ses deux sous, où ronflera-t-on si ce
n'est au dortoir? Cet article-là devrait disparaître du règlement. »

CHAPITRE IX

C'était un dimanche. J'avais passé l'après-midi à me promener en voiture au bois de Boulogne avec Lecachey, et je m'étais mis en retard de quelques minutes sur l'heure du dîner.

Mon père exigeait à cet égard une exactitude rigoureuse ; je trouvai donc tout le monde réuni dans la salle à manger.

Comme je m'excusais en prenant place à table, je fus frappé de l'air de tristesse qui régnait sur tous les visages. Ma mère me regardait avec une sorte de compassion douloureuse. Grand-papa semblait perdu dans ses réflexions et hochait la tête en se parlant à lui-même. Mon père avalait son potage sans lever les yeux. Quant à tante Aubert, il n'y avait pas à s'y tromper, elle avait de grosses larmes suspendues à ses cils.

Je me demandais ce que signifiaient ces manifestations diverses d'un sentiment commun, quand mon père se chargea de m'en donner l'explication.

« Mon cher enfant, s'écria-t-il tout à coup, pourquoi ne nous avais-tu pas dit que tu étais malheureux au lycée Mon-

11

taigne? Tu sais bien pourtant que tu n'as pas de meilleurs
amis que tes parents et que tu leur dois la confidence de
tous tes chagrins !...

Ici maman et tante Aubert éclatèrent en sanglots, et la
table prit de plus en plus l'aspect d'un dîner de funérailles.

« Si tu as quelque objection raisonnable aux études que
tu poursuis, reprit mon père, il faut nous les communiquer.
Ce que nous voulons avant tout, c'est ton bonheur...

— Oui certes, c'est ton bonheur, interrompit tante Aubert
avec véhémence en se levant brusquement pour venir se
jeter à mon cou. Pauvre mignon ! on te persécute, n'est-ce
pas? on te fait la vie misérable, et tu ne nous en disais
rien !... »

J'étais littéralement stupéfait de cette scène, et tout à
fait hors d'état de m'en faire une théorie raisonnable. Le
dimanche n'était pas d'ordinaire un de mes jours de mélancolie, et rien ne pouvait être plus opposé que ces condo-
léances imprévues à l'état d'esprit dans lequel je me trouvais en revenant du Bois. Aussi ne faisais-je que balbutier
de vaines dénégations.

« Mais en vérité je ne sais ce qui peut vous faire penser... Tante Aubert, je vous en prie, ne pleurez pas ainsi...
C'est une erreur, je vous assure... un malentendu inex-
plicable...

— Allons, fit mon père d'un air un peu piqué, pourquoi
t'en défendre ainsi? J'ai été prendre des informations au
lycée. J'ai su que tes places sont mauvaises, que tu es noté
comme un élève paresseux, que tu négliges tes études... Or,
je te connais assez pour savoir qu'il y a là-dessous quelque
dégoût secret dont tu nous fais un mystère. »

J'étais devenu très rouge et je gardais le silence.

« Enfin, s'il nous restait un doute, acheva mon père en tirant un papier de sa poche, cette pièce de vers, que tante Aubert a trouvée ce matin à terre, où elle était tombée de la poche de la tunique, cette pièce de vers suffirait à nous éclairer sur ton état mental... *Malédiction !!!* tel en est le titre...

> Ah ! maudit soit le jour où sur la rive amère,
> O vie, un noir destin.....

— Pauvre petit ! cria tante Aubert, emportée par l'indignation. A dix-sept ans, en être déjà à maudire la vie !... Mais c'est donc à des vampires que nous t'avons livré !... »

A ce moment, l'émotion générale et la musique de ma propre poésie agirent sur moi avec une intensité si soudaine, que je me pris à m'attendrir sur ma destinée, et je mêlai mes larmes à celles de tante Aubert. Maman et grand-papa se mirent de la partie. Ce fut un déluge universel.

Mon père comprit qu'une diversion devenait indispensable.

« Si seulement les vers étaient de qualité ! reprit-il avec accablement en suspendant sa lecture. Mais, hélas ! nous n'avons même pas cette consolation. De ma vie je n'en ai vu de si pitoyables !... »

Je bondis comme un cheval sous l'éperon.

« Molécule les trouve pourtant fort bons ! répliquai-je.

— Molécule a sans doute ses raisons pour cela, mon cher enfant, mais je ne saurais partager son goût... Sans aller plus loin que le premier vers, par exemple, comment ne sens-tu pas le ridicule de cette épithète d'*amère* appliquée

à une rive quelconque, fût-ce la rive métaphorique de la
vie?... MALÉDICTION est une rapsodie, ne te le dissimule pas,
mon garçon. Si tu devais passer ton temps au lycée Montaigne à faire des vers de cette force, il vaudrait beaucoup
mieux pour toi entrer tout de suite en apprentissage chez
un épicier, et vendre en cornets le sucre que je fabrique...

Si rapide qu'eût été cette petite passe d'armes, elle avait
eu l'effet prévu par mon père, en changeant subitement le
cours de nos idées. Tante Aubert et grand-papa tentèrent de
prendre ma défense et d'alléguer que mes vers, tout désen-
chantés qu'ils étaient, n'étaient pas si mauvais qu'on voulait
bien le dire. Maman, comprenant combien cette discussion
était douloureuse à mon amour-propre, et voyant que je me
renfermais dans un silence farouche, fit signe aux combat-
tants de changer de sujet. On revint à la recherche des motifs qui avaient pu m'inspirer des accents si désespérés.

Sur ce terrain j'étais le maître de la situation. Avec la
perversité des boudeurs, je me refusai à tout aveu. Vainement on tenta de me faire dire pourquoi, moi qui avais toujours été un bon élève à Châtillon, je me classais volontairement à Montaigne parmi les cancres les plus endurcis. Je
persistai à ne plus desserrer les dents.

Le dîner s'acheva dans ces tiraillements.

Immédiatement après le dessert je me levai sans mot dire.

« Où vas-tu si vite? me demanda mon père avec une
pointe de malice.

— Je vais reprendre ma tenue d'ordonnance pour rentrer
au lycée, répondis-je avec un grand déploiement de dignité.

— Ta, ta, ta... qu'est-ce que tu nous chantes là?... Est-ce
qu'on s'en va ainsi en boudant?... D'abord, ce n'est pas

encore l'heure. Et puis j'ai un autre projet pour ce soir :
c'est que nous allions ensemble passer la soirée à la Comédie-Française. On donne les *Précieuses ridicules* et le *Misanthrope*... Je te ramènerai demain matin au lycée et j'arran-
gerai ton affaire avec qui de droit. »

J'avais bonne envie d'être héroïque et de refuser cette
partie de plaisir inattendue. Mais le moyen d'en avoir la
force ! *Les Précieuses ! Le Misanthrope !* Moi qui rêvais depuis
longtemps la joie qui s'offrait à moi !

Je crus du moins me devoir à moi-même de jouer l'indifférence.

« Ce sera comme vous voudrez, dis-je en me remettant à
table.

— Oh ! tu sais, si cela ne t'amuse pas, il faut le dire ! reprit mon père sans se prendre d'abord à cette petite comédie.
Peut-être, après tout, préfères-tu rentrer au lycée ? Ce serait
plus sage en effet.

— Allons, ne taquinez pas cet enfant, et partez bien vite,
dit maman en nous versant deux tasses de café. Vous aurez
à peine le temps d'arriver pour le lever du rideau... »

Chère petite mère ! Comme je l'aurais embrassée volontiers pour ce mot ! Mais ma dignité de boudeur m'interdisait
toute manifestation. Je restai figé sur ma chaise, austère et
immobile.

« Albert, fit tout à coup mon père, sérieusement je ne
veux de toi que si cela te fait un véritable plaisir. »

Il y avait dans sa voix une sorte de doute implicite et
contenu qui m'alla au cœur.

« Oh ! père, vous n'en doutez pas, » dis-je vivement, ou-
bliant ma pose.

Il me regarda avec une tendresse moins attristée.

« Eh bien ! reprit-il, si tu veux me donner un plaisir complet à ton tour, sais-tu ce que tu feras ? Tu reprendras, pour venir au spectacle, ta tenue de lycée, comme tu te disposais à le faire pour rentrer... Caprice si l'on veut, je t'aime mieux avec ta tunique. Il me semble que tu es davantage mon Albert, mon cher petit garçon d'hier, qui se dépêche tant de grandir et de s'émanciper.

— Rien de plus facile, murmurai-je assez déconfit. En tenue ! c'est chose dite... Le censeur lui-même n'aura rien à objecter si nous le rencontrons dans les couloirs. »

Je me hâtai de remonter dans ma chambre pour opérer ma transformation. Cinq minutes plus tard, nous avions pris place dans un coupé numéroté et nous roulions vers la rue de Richelieu.

Toute réflexion faite, je ne savais trop si je devais être de bonne ou de mauvaise humeur. Aller passer sa soirée à la Comédie-Française, au lieu de rentrer au lycée, était certes fort agréable. Mais je ne pouvais m'empêcher de songer par instants au jugement porté sur mes vers, et je le trouvais bien sévère. Comment croire que Molécule, auteur d'un poème épique en vingt-quatre chants, se fût trompé aussi grossièrement sur les mérites de ma poésie ? Sans doute mon père avait l'esprit prévenu. Comme tous les chefs de famille, il craignait de voir son fils s'engager dans la carrière des lettres, et cette crainte l'aveuglait sur les beautés de *Malédiction*. Est-ce que tous les grands hommes n'ont pas eu à lutter contre des préventions pareilles ? Quel est le poète qui a jamais été encouragé dans sa vocation par ses parents ?

Ainsi me disais-je dans mon coin, tandis que mon père,

silencieux lui aussi, fumait paisiblement son cigare à l'autre portière.

Mais nous voici sous le péristyle du théâtre, et bientôt installés au quatrième rang des fauteuils. A peine avons-nous le temps de jeter un coup d'œil sur la salle. La toile se lève; Alceste et Philinte entrent en scène.

> Laissez-moi là, vous dis-je, et courez vous cacher...

Dès les premiers mots je me sens saisi par la beauté mâle de ce langage, transporté dans la région sereine de l'art classique. Envolée l'humeur! Quelle ivresse d'entendre tomber de la bouche des meilleurs comédiens du monde ces vers si bien frappés, que depuis mon enfance j'ai appris à épeler! Je ne les écoute pas, je les bois. Avant qu'ils aient été articulés, ma mémoire les a chantés au dedans de moi-même et les a pour ainsi dire soufflés au personnage.

Maintenant c'est Oronte qui arrive. Tiens! tiens! Je n'avais pas songé à la coïncidence! Lui aussi est un poète amateur, et son sonnet lui vaut une mésaventure fort analogue à la mienne. Est-ce que mon père aurait eu la noire pensée?... Je le regarde du coin de l'œil. Il ne sourcille pas, et paraît absorbé tout entier par la scène qui se déroule.

Oronte lit son sonnet. Question: — Est-ce que je suis aussi ridicule que lui quand je communique mes pensées au public? Hélas! probablement beaucoup plus encore. Oronte est un homme du monde et de manières parfaites. Moi je ne suis qu'un lycéen mal léché. O mes illusions! Il me semble que je me vois là, sur les planches, dans un de ces miroirs globulaires qui accusent, en les exagérant, toutes vos difformités.

PHILINTE.

Je n'ai jamais ouï de vers si bien tournés.

C'est Molécule, parbleu! Molécule en personne.

ORONTE.

Vous me flattez et vous croyez peut-être...

PHILINTE.

Non, je ne flatte point...

ALCESTE.

Et que fais-tu donc, traître?

Serait-il possible que Molécule, en disant du bien de mes vers, n'eût eu en vue que d'être « payé de la même monnoie? » Cette pensée est terrible. Au tour d'Alceste maintenant :

ALCESTE.

Monsieur, cette matière est toujours délicate
Et sur le bel esprit nous aimons qu'on nous flatte.
Mais un jour à quelqu'un dont je tairai le nom,
Je disais, en voyant des vers de sa façon,
Qu'il faut qu'un galant homme ait toujours grand empire
Sur les démangeaisons qui lui prennent d'écrire ;
Qu'il doit tenir la bride aux grands empressements
Qu'on a de faire état de tels amusements ;
Et que par la chaleur de montrer ses ouvrages
On s'expose à jouer de mauvais personnages...

Ces vérités accablantes tombent sur ma tête comme autant de coups de massue. Je suis rouge comme si toute la salle pouvait savoir que le fouet du satyrique cingle en plein ma vanité. Mais ce n'est pas fini.

... Quel besoin si pressant avez-vous de rimer,
Et qui diantre vous pousse à vous faire imprimer ?
Si l'on peut pardonner l'essor d'un mauvais livre,
Ce n'est qu'aux malheureux qui composent pour vivre.
Croyez-moi, résistez à vos tentations...

UN GRAND DÉCHIREMENT DE SE FAIRE EN MOI.

Je suis mort, je suis écorché. Et la colère d'Oronte !

ORONTE.

Et moi, je vous soutiens que mes vers sont fort bons !

C'est presque textuellement ce que je disais des miens, il il y a une heure à peine. Et toute la salle de rire. Le pis, c'est que je ne puis m'empêcher d'en faire autant, quoiqu'il me semble que ces rires s'adressent à moi.

Quant à mon père, il a la bonté grande de ne pas me regarder. Je ne puis assez dire combien je lui en suis reconnaissant.

Ouf ! voilà cette horrible scène terminée. Bientôt le rideau tombe sur le premier acte.

« J'aime beaucoup X dans le rôle d'Oronte, remarque mon père. Il joue avec un naturel exquis, et son étonnement douloureux est absolument comique, quand Alceste lui dit son fait. »

Je voudrais bien répondre un mot ou deux, mais je n'en ai pas la force. Je suis comme anéanti. Un grand déchirement vient de se faire en moi et me laisse sans forces. Heureusement on frappe déjà les trois coups et le second acte commence. C'est l'usage au Théâtre-Français pour les pièces classiques. Les entr'actes ne durent que le temps strictement nécessaire aux changements de décors presque toujours fort simples. J'aime cette tradition ; elle est en harmonie avec le respect dû aux chefs-d'œuvre de notre littérature nationale, et fait couler sur la tête du spectateur attendri un courant continu de belles choses. Aussi, comme il applaudit de bon cœur, comme il entre corps et âme dans la fable du poète, comme il se passionne pour ses héros !

12

Dans l'état d'esprit où je me trouvais, cette douche inin-
terrompue de raisonnements serrés et de périodes élégantes
me fit un bien inexprimable. Petit à petit, les douleurs de
mon amour-propre se calmèrent. Je me laissai reprendre
au charme de cette action simple et logique, bercer par
l'harmonie des vers. Le dénouement arriva comme le
quai se présente devant un beau navire. Au moment où
la toile tombe pour la cinquième fois sur ces mots d'Alceste :

> ... Et je m'en vais chercher un endroit écarté
> Où d'être homme d'honneur on ait la liberté,

il me sembla que je sortais d'une autre vie et que je me
retrouvais moi-même après avoir été tour à tour Alceste,
Philinte, Oronte, Acaste ou Clitandre.

« Eh bien ! t'es-tu bien amusé ? demanda mon père.

— Que c'est beau ! puis-je seulement répondre. Quel malheur que ce soit fini !

— Mais ce n'est pas fini. Il y a encore les *Précieuses ridicules...* »

La bonne partie de rire cette fois, quand le rideau se leva
sur le logis du bonhomme Gorgibus, et qu'il était bon de
voir s'envoler de la bouche de Mascarille ces fusées de gaieté
étincelante ! J'y allais de si bon cœur maintenant, qu'il ne
me vint même pas à la pensée de m'appliquer certain passage assez cruel :

MASCARILLE : Tel que vous me voyez, je m'en escrime un
peu quand je veux, et vous verrez courir de ma façon dans
les belles ruelles de Paris deux cents chansons, autant de

sonnets, quatre cents épigrammes et plus de mille madrigaux, sans compter les énigmes et les portraits.

MADELON : Je vous avoue que je suis furieusement pour les
portraits; je ne vois rien de si galant que cela.

MASCARILLE : Les portraits sont difficiles et demandent un
esprit profond, vous en verrez de ma manière qui ne vous
déplairont pas.

CATHOS : Pour moi j'aime terriblement les énigmes.

MASCARILLE : Cela excite l'esprit, et j'en ai fait quatre
encore ce matin, que je vous donnerai à deviner.

MADELON : Les madrigaux sont agréables quand ils sont
bien tournés.

MASCARILLE : C'est mon talent tout particulier, et je travaille à mettre en madrigaux toute l'histoire romaine !

Tout cela est charmant à la lecture, je le savais depuis
longtemps. Mais quelle différence sur les lèvres des artistes
consommés que j'avais devant moi ! Jamais encore je n'avais
eu l'idée d'une telle hauteur de comique, de finesse et de
philosophie. Je riais, je riais sans désemparer, et en même
temps je me sentais pénétré d'une sorte de respect. Au
contraire de ce qui arrive si souvent, je ne me trouvais pas
tenté de mépriser ce qui m'amusait. Quand les coups de
bâton se mirent de la partie et tombèrent dru sur le dos
de Mascarille et de son ami Jodelet, j'étais près d'en vouloir
à ces benêts de Lagrange et de Ducroicy, d'interrompre
une si belle partie de danse et une causerie si brillante.

Mais cette fois c'était bien fini. Il était près de minuit,
et il fallait songer à reprendre le chemin du logis.

« Veux-tu que nous allions à pied jusqu'au Cours-la-

Reine ? me proposa mon père. Un bain d'air frais ne nous
fera pas de mal, en sortant de cette étuve... »

Tout au long de la rue de Rivoli et des Champs-Élysées,
les lanternes à gaz s'alignaient comme une traînée d'étoiles
fixes. J'étais silencieux sous le coup des fortes émotions que
je venais de subir, et mon père, qui avait toujours nourri un
culte véritable pour notre grand poète comique, n'était guère
moins ému que moi. Nous arrivâmes sans mot dire jusqu'à
la hauteur du Palais de l'Industrie.

« En somme, fit tout à coup mon père, es-tu aussi content de ta soirée que si tu l'avais passée avec ton ami Lecachey ?

— Oh ! père, comment pouvez-vous m'adresser une telle
question ! Vous savez bien que je n'aurai jamais de meilleur
ami que vous... »

J'avais pris sa main et je la serrais en marchant comme
quand j'étais tout petit. La sincérité et la chaleur communi-
cative de cet élan de tendresse lui firent plaisir. Il répondit
à mon étreinte et fit encore quelques pas en silence. Puis
reprenant la parole :

« Je n'accuse pas ton affection, mon cher enfant, et Dieu
me garde d'avoir jamais à le faire, reprit-il d'un ton de gravité qui me frappa. Mais conviens que, depuis quelques
dimanches, tu nous négliges un peu et tu cherches au dehors
de la maison des distractions moins saines que celles de la
famille et du travail... Il me revient de divers côtés des
jugements fâcheux sur ton camarade Lecachey... Tu vas me
dire que c'est moi qui l'ai mis sur ton chemin. J'ai découvert que ce n'est pas ce que j'ai fait de mieux. Plus je vois
sa famille, moins leurs façons de vivre à tous me plaisent.

On me dit que ce jeune homme n'a en tête que courses, chevaux et paris. S'il suit les classes du lycée, ajoute-t-on, c'est plus par manière d'acquit qu'avec le désir d'en retirer quelque avantage. A dix-huit ans, il n'est pas même bachelier...

— Sans compter qu'il a de fortes chances de ne pas l'être davantage à dix-neuf, ne pus-je m'empêcher de remarquer.

— Tout cela est triste, poursuivit mon père, et ce n'est pas là l'espèce de camarade que je puis me féliciter d'avoir procuré à mon fils... Il m'est parfois venu à la pensée que c'est une véritable calamité pour toi d'avoir été séparé de Baudouin.

— Oh! c'est bien vrai! m'écriai-je avec effusion. J'étais si bien habitué à partager avec lui tous mes travaux, tous mes plaisirs, toutes mes pensées, que je me sens comme désemparé depuis que je ne l'ai plus. Il était ma force et ma joie, — ma conscience vivante! si droit, si courageux, si bon, si plein de raison! Ah! les amis comme Baudouin sont rares, et je sens, maintenant que je ne l'ai plus, combien il m'était nécessaire!

— Mon cher enfant, je vois avec plaisir que tu apprécies ton ami à sa valeur; mais laisse-moi te signaler l'aveu de faiblesse qu'impliquent tes paroles. Quoi! parce que le camarade qui te servait d'exemple et d'appui n'est plus auprès de toi, tu te laisserais aller au découragement et à l'inaction! Parce que tu ne peux plus échanger avec lui ce commerce d'émulation et de bons avis mutuels dont vous aviez pris l'habitude, tu t'abandonnerais aux hasards d'une amitié vulgaire avec un paresseux et un inutile! C'est dans ton propre sentiment du devoir, dans le souvenir de ce que tu

dois à ta famille, à ton avenir, à toi-même, qu'il faudrait
puiser la force de suivre le droit chemin. »

Ici mon père s'interrompit pour héler un cocher qui passait et qui se chargea de nous conduire à Billancourt.

« Tout cela est bien juste, dis-je en prenant place dans le
coupé, et je vous promets, cher père, de faire mon profit de
cet avertissement. Mais comme il était plus facile de le suivre
ce droit chemin dont vous parlez, en compagnie de Baudouin ! »

CHAPITRE X

La température s'était sensiblement refroidie depuis quelques jours, et, un matin, en rentrant au quartier après la récréation de dix heures, nous fûmes agréablement surpris de trouver le poêle allumé.

Anselme, le garçon de salle qui venait de présider à cette opération délicate, était notre favori à tous. Il avait voulu rester à l'étude pour recueillir nos compliments, et se tenait debout au milieu de la salle quand nous remontâmes de la cour avec une collection de bouts de nez violets comme des aubergines.

« Du feu! du feu! » fut aussitôt la nouvelle qui courut de rang en rang.

« Anselme, voilà une fameuse idée!

— Bravo, Anselme!

— Vive Anselme!

— Messieurs, je propose de déclarer qu'Anselme a bien mérité de la patrie! »

Le brave homme, enchanté de ce succès annuel, sur lequel

quinze à vingt générations d'élèves ne l'avaient pas encore blasé, riait en ouvrant sa bouche jusqu'aux oreilles, quand un cri de terreur vint tout à coup glacer son honnête satisfaction.

Ce cri, c'est Molécule qui l'avait poussé.

« Mes papiers !... Qu'avez-vous fait de ce que vous avez trouvé dans le poêle ? articulait-il d'une voix étranglée par l'angoisse, en s'adressant à Anselme.

— Ma foi, j'ai déposé sur la chaire de M. Valadier sa calotte, ses pantoufles et ses manches de lustrine, répondit le pauvre garçon tout contrit, mais ces papiers que vous dites, j'ai vu que c'étaient seulement des *verses,* et je m'en suis servi pour allumer mon feu...

— Malheureux !... mon poème épique !... neuf chants entiers que j'avais confiés hier à M. Valadier !... » put à peine murmurer Molécule en chancelant sous ce coup terrible.

Il fléchissait sur ses petites jambes et paraissait près de tomber en syncope. Mais tout à coup, pris de rage et se redressant comme un ressort, il sauta à la gorge d'Anselme.

« Parle donc, bourreau ! vandale ! moderne Omar ! Il n'est pas possible que tu aies brûlé tout !... Réponds : qu'as-tu fait du reste ?

— Mon Dieu, monsieur, je suis bien désolé, disait le pauvre homme. Mais les cotrets étaient humides, vous comprenez, *rapport* à la cave où nous les tenons, et j'ai été plus d'une demi-heure à faire prendre le feu... Quand j'ai vu que c'étaient des *verses,* j'ai pensé que c'était un vieux pensum et je m'en suis servi... Oh ! fit-il tout à coup en fouillant dans ses poches, il se peut qu'il m'en reste encore quelque peu... »

MOLÉCULE FLÉCHISSAIT SUR SES PETITES JAMBES.

Un rayon d'espoir passa dans les yeux égarés de Molécule.

Anselme· fut bien deux ou trois minutes·à chercher dans ses habits. Il ramena successivement un lambeau de journal, un couteau à manche de corne, une·boîte d'allumettes, un mouchoir à carreaux, un·peloton·de ficelle, une·mèche·à quinquet, plusieurs plumes métalliques, un livret extraordinairement graisseux, deux ou trois clous, une pipe très courte et admirablement culottée, une bourse de caoutchouc pleine de tabac, un trousseau de clefs, enfin un paquet de papiers...

« Ça *c'est* des lettres de chez nous, » remarqua-t-il en le replaçant dans sa poche.

Les fouilles recommencèrent et amenèrent l'exhumation d'un volume de petit format intitulé *la Cuisinière de tous les jours*, d'un paquet de cartes à jouer, d'un dé à coudre en cuivre et d'un tire-bouchon. Aucun vestige du poème épique n'apparaissait au jour...

« Que je suis bête ! » s'écria Anselme en se frappant le front.

Il plongea ses bras dans la poche béante de son tablier bleu et cette fois ramena·deux ou trois cotrets, une petite bûche et une demi-feuille de papier, toute froissée et déchirée.

« Ah ! fit-il avec satisfaction, je savais bien qu'il devait m'en rester un petit bout ! »

Effectivement, on pouvait lire sur ce lambeau de papier ces mots tracés de la plus·belle écriture de Molécule : FIN DU CHANT VIIe.

« Plus de doute ! le misérable a anéanti le fruit de mes veilles ! » s'écria le malheureux auteur.

13

Il était tombé sur un banc et tenait sa tête dans ses mains, dans l'attitude d'un poétique désespoir.

« O Camoëns ! murmura-t-il, tu as pu du moins sauver ton manuscrit du naufrage en l'élevant au-dessus des flots en fureur, tandis que tu nageais pour l'apporter à terre !... Mais moi, quelle infortune est la mienne... Furies venge-resses, quel châtiment infliger à l'obscur myrmidon, au *famulus* odieux qui m'assassine dans ce que j'ai de plus cher ? »

Molécule s'était remis sur ses pieds.

« Oui, je me vengerai ! rugit-il en marchant sur Anselme. Je te clouerai au pilori de l'histoire ! J'épancherai la lave brûlante de mon indignation dans des ïambes qui voueront ta mémoire à l'exécration de l'avenir ! J'inscrirai ton nom abhorré à côté de celui d'Érostrate. Je te traînerai aux gémonies de la postérité !... »

Anselme, épouvanté de ces imprécations dont le sens pré-cis lui échappait, mais dont la véhémence n'agissait que plus fortement sur sa nature impressionnable, avait peu à peu re-culé jusqu'à la porte.

Tout à coup il s'y enfonça et disparut dans le couloir, se dérobant ainsi par la fuite aux conséquences immédiates de son forfait.

Tant de lâcheté amena un sourire sur les lèvres de Molé-cule. De furieux, il devint méprisant. Tirant de sa poche sa tabatière à queue de rat, il y puisa une prise énorme qui pa-rut exercer sur ses sens une action bienfaisante.

M. Valadier profita aussitôt de cette accalmie pour battre sur le bois de sa chaire un roulement de porte-plume et nous inviter ainsi à reprendre nos places, car nous étions restés au milieu de l'étude les témoins stupéfaits de cette scène tragique.

Si modeste qu'il fût, ce rappel au règlement eut sur les nerfs de Molécule un effet imprévu, en tournant sa colère contre M. Valadier :

« Après tout, j'ai tort de m'indigner contre Anselme, dit-il d'une voix qui sifflait entre ses dents. Anselme n'est que l'agent infime et sans doute inconscient de quelque atroce machination de l'envie !... Ce que l'histoire aura le droit de se demander, c'est la raison qui peut bien avoir poussé le dépositaire de mon manuscrit à le placer dans un appareil de chauffage !... Étrange coffre-fort pour des papiers !... Et s'il se trouve que ce dépositaire est un poète fourbu, un ri-mailleur impuissant, un auteur dédaigné, à quels soupçons sa conduite ne peut-elle donner prise ? »

Ici on put voir distinctement ce qui restait de cheveux sur le crâne de M. Valadier se hérisser d'horreur.

« Voilà une insinuation odieuse ! s'écria-t-il avec l'indignation de la vertu calomniée, une insinuation que je ne saurais laisser passer sans protester ! Tout le monde sait que de longue date j'ai l'habitude de déposer dans le poêle ce qui ne peut trouver place dans mon tiroir !... Mais nous nous expliquerons sur ce point à un moment propice !... Maintenant, messieurs, au travail ! »

Un second roulement sur le bois de la chaire accentua ce discours, le plus long sans nul doute que M. Valadier eût prononcé dans sa vie.

Peu à peu les chuchotements s'apaisèrent, tout le monde se mit à l'ouvrage, tandis que Molécule, abîmé dans son désespoir, cachait dans ses mains sa tête accablée.

Au bout d'un quart d'heure environ il la releva, et je le vis écrire un billet qui me fut bientôt transmis.

— J'ai un service à te demander, me disait-il. Tu m'as parlé un jour de l'intention que tu caresses de prendre pour devise le mot Ἀνάγκη. Il faut que tu me le cèdes. Car c'est bien à moi, hélas! qu'une telle devise convient maintenant.

— Je suis d'autant plus heureux de te faire ce plaisir, lui répondis-je sans délai, que j'ai pris la résolution de renoncer du même coup à la poésie et au désespoir. Affaire conclue donc. Ἀνάγκη est à toi. »

La douleur de Molécule parut un peu adoucie par ce sacrifice. En tête d'une page blanche il écrivit le mot que je venais de lui céder en toute propriété, et le prit pour titre de ses ïambes. Il avait évidemment hâte de battre le fer tandis qu'il était chaud et de ne pas laisser son indignation refroidir.

A la récréation de midi, M. Valadier, encore ému de l'accusation que Molécule n'avait pas craint de formuler contre lui, voulait à tout prix convoquer un jury d'honneur. De concert avec Dutheil, j'essayais de calmer ses honorables susceptibilités, et de lui faire comprendre que personne n'avait donné la moindre importance aux paroles du poète en miniature, quand je sentis tout à coup deux grosses mains me fermer les yeux.

« Allons, Thomereau, trêve à ces plaisanteries de fumiste! » dis-je en me débattant, convaincu que j'avais affaire au farceur en titre de la cour.

Les deux mains s'abattirent. Je me retournai. Comment dire ma stupéfaction?

C'était Baudouin que j'avais devant moi.

Un nuage passa sur mes yeux. Je crus à une hallucination.

Mais il fallut bien se rendre à l'évidence. Ce grand garçon, vêtu de son vieil uniforme de Châtillon, avec lequel juraient un peu d'énormes favoris et que semblaient prêtes à faire craquer des épaules d'athlète, — ce grand garçon qui me regardait en riant de son bon rire cordial, enchanté de sa malice, — c'était bien Baudouin, Jacques Baudouin, le vrai, le seul Baudouin !

Je commençai naturellement par me jeter à son cou.

Puis vinrent les exclamations.

« Ah ! par exemple ! Si je m'attendais à celle-là !... En voilà une surprise !... et une bonne ! Mais pince-moi donc, dis-moi que je ne rêve pas tout éveillé... »

Et enfin les questions :

« Par quel miracle?... Par quelle décision soudaine?

— Cette lettre te dira tout, » me répondit Baudouin quand il put enfin respirer.

Il me tendait un papier plié en quatre, qu'il venait de tirer de sa poche. Je reconnus à l'instant l'écriture de mon père. Sans m'occuper du cercle de curieux qui s'était formé autour de nous, je me hâtai de parcourir cette lettre, adressée à Baudouin. Voici ce qu'elle disait en substance :

« Mon cher enfant, je viens réclamer de votre amitié pour Albert un grand sacrifice, celui de votre liberté. Vous êtes au Bourgas, auprès de votre excellente mère, et encore indécis, je le sais, sur le choix d'une profession. Je vous demande d'ajourner encore votre décision pour venir passer une année supplémentaire au lycée Montaigne avec mon fils. Ne vous inquiétez pas des côtés matériels de l'aventure.

C'est moi que votre pension regardera, et, si cela vous paraît
avoir la moindre importance, vous me rembourserez un jour
de cette avance, quand vous vous serez donné l'indépendance par le travail. Soyez sûr que, de cette façon, c'est
encore moi qui serai votre obligé. Votre amitié avec Albert
a toujours eu sur lui une influence si heureuse et si bienfaisante, que je serais disposé à des sacrifices bien autrement
lourds pour lui en conserver les avantages. Ne voyez donc
dans ma proposition que ce qu'elle contient : d'un côté le
désir très intéressé de ma part de vous rapprocher de mon
fils ; de l'autre, celui de vous faciliter l'achèvement de vos
études classiques, dont une année de rhétorique à Paris
peut être pour vous le très précieux couronnement. Ce n'est
pas de votre mère que viendront les objections. Si j'en
crois ce que je sais de sa tendresse et de son dévouement
pour son fils, elle comprendra que cette année d'études sup-
plémentaires ne peut que vous être utile de toutes façons.
Laissez-moi donc espérer qu'il n'y aura pas d'empêchement
au plan que je vous soumets, — et, s'il n'y en a pas, ne
vous donnez même pas la peine de répondre, prenez le
train et arrivez droit chez nous à Billancourt. Deux heures
plus tard vous serez aux côtés d'Albert.

« A vous bien cordialement,

« J.-B. Besnard. »

« Tu peux penser si je me suis fait prier ! ajouta Baudouin en guise de commentaire, comme j'achevais cette
lettre. J'ai répondu par dépêche à ton père que j'acceptais
de grand cœur sa proposition, et je suis parti. Je voulais
d'abord te prévenir, puis j'ai pensé que ce serait bien plus

amusant de te tomber sur la tête comme une tuile... Et
voilà !... Maman seule n'était pas entièrement contente.
Elle s'était promis de me garder indéfiniment et parlait déjà
de me faire faire la moisson prochaine. Mais elle est prête à
tous les sacrifices, elle a dit oui, et écrit à ton père pour le
remercier. Quant à toi et moi, nous allons commencer par
une moisson de lauriers !

— Hum ! dis-je un peu assombri, *les lauriers sont coupés*
ici, ou du moins plus difficiles à cueillir qu'à Châtillon-sur-
Lèze.

— Bon ! tu vas peut-être me faire croire que ces Parisiens
te dament le pion en discours latin ! fit Baudouin qui avait
une foi aveugle dans mes mérites littéraires.

—S'ils me dament le pion ! Sais-tu quelle place j'ai eue
hier ? Dix-huitième ! Et ils ne sont pas tous Parisiens, je
t'assure, ceux qui sont avant moi. Il y en a de Rouen, de
Grenoble, de Bordeaux ; il y en a de Chartres et même de
Béziers...

— Vraiment, de Béziers? reprit Baudouin toujours incré-
dule. Eh bien ! tu ne m'ôteras pas de l'esprit que, si des
gens de Béziers sont classés avant toi, ce doit être de ta
faute !... »

J'allais essayer de combattre ce préjugé géographique,
quand Dutheil se rapprocha de nous.

« Il faut absolument que tu fasses comprendre à Molécule
la cruelle absurdité de sa conduite, me dit-il en s'excusant
d'interrompre notre conversation. Il n'y a que toi qu'il
écoute, et M. Valadier est vraiment très affecté de cette
sotte affaire...

— Mon Dieu, je ne demande pas mieux si j'y puis quelque chose, » dis-je après avoir présenté Baudouin et Dutheil l'un à l'autre.

Et je m'empressai de faire signe à Molécule de venir nous rejoindre.

Comme nos autres camarades, il avait suivi avec une vive curiosité mes embrassades avec le nouveau venu. Il ne se fit donc pas prier pour accourir. Je le mis tout de suite de bonne humeur en faisant à Baudouin un éloge pompeux de son talent poétique. Puis j'en pris naturellement texte pour raconter le terrible malheur dont la littérature française venait d'être frappée en sa personne.

Baudouin, qui avait son grain de malice, vit d'un coup d'œil où le bât blessait notre petit homme. Il se mit à faire chorus avec moi, déplora l'accident, comme il aurait pu se lamenter sur la perte de l'*Iliade*, et fit si bien qu'en moins de dix minutes, Molécule rayonnant lui avait promis de lui dédier son premier poème à venir.

« Eh bien ! tu ne croiras jamais ce qu'un garçon d'autant d'esprit s'est mis en tête ? dis-je à ce moment à Baudouin.

— Quoi donc ? fit Molécule un peu inquiet.

— Il a été s'imaginer qu'on a fait brûler son manuscrit par méchanceté, et qui a-t-il été accuser d'une pareille noirceur ? M. Valadier, notre maître d'étude que tu vois là-bas, le meilleur des hommes, et un poète, lui aussi.

— Ma foi, je comprends fort bien qu'une pareille idée soit venue à monsieur sur le premier moment de surprise et de désespoir, fit Baudouin de son plus grand sérieux. Il n'y a rien là d'extraordinaire. A ces heures de crise on soupçonnerait le monde entier... Mais ce qui m'étonnerait, c'est qu'un homme de cœur comme doit être nécessairement un vrai poète hésitât à reconnaître son erreur, aussitôt que sa colère est tombée, et n'allât pas en faire amende honorable. »

Molécule avait baissé la tête sous ce reproche indirect. Il en sentit la justesse, car il était bon, au fond, et avait plus de vanité que de malice.

« Eh bien ! dit-il tout à coup, il ne sera pas dit que j'en aurai le démenti. Je vais de ce pas faire mes excuses à M. Valadier, — et devant tout le monde encore ! »

Il fit comme il disait, en brave petit bonhomme qu'il était. Le pauvre M. Valadier en avait les larmes aux yeux, sous ses arcades sourcilières insondables.

Et voilà comment le premier pas de Baudouin au lycée Montaigne fut marqué par une bonne action.

CHAPITRE XI

« Allons, partez voir Paris ensemble ! » nous avait dit mon père après déjeuner, le premier dimanche qui suivit le grand événement de ma réunion avec Baudouin.

Nous ne nous l'étions pas fait dire deux fois.

Il faisait un beau temps gris mais sec, de ces temps qui vous invitent à la promenade et à l'activité physique. Nous suivîmes la grand'route jusqu'au Point-du-Jour, et de là nous regagnâmes le bord de la Seine.

Passe un bateau-mouche, nous nous embarquons. Baudouin était ravi, et je ne l'étais pas moins. L'air était frais, une petite brise mordante secouait à l'arrière le drapeau de l'embarcation comme elle eût fait d'un pavillon sérieux. L'hélice faisait entendre son fla-fla régulier. Avec un peu de bonne volonté on aurait pu se croire sur un navire au long cours, arrivant au port après un grand voyage. Du reste, peu de monde sur le pont : le flot des promeneurs sort de Paris à cette heure, au lieu d'y rentrer.

Baudouin ne cessait de m'accabler de questions auxquelles j'étais très fier de répondre.

« Ce dôme-là ?

— C'est celui des Invalides.

— Cette vaste construction de fer et de vitres?

— Le Palais de l'Industrie.

« Puis voici le quai d'Orsay, le Palais-Bourbon, l'Obélisque dressant sa pointe effilée au-dessus de la place de la Concorde invisible. Enfin le Louvre. »

A peine ai-je prononcé ce nom magique que Baudouin s'écrie :

« Le Louvre ! Est-ce qu'on peut le visiter aujourd'hui ?

— Sans doute.

— Eh bien ! descendons en ce cas. Allons-y sans plus tarder ! il y a si longtemps que je désire voir ce qu'il y a là dedans. »

Le bateau-mouche accoste. Nous franchissons la passerelle, nous voici au quai, à la porte des Lions, à la grande cour du Carrousel.

« Le Musée ?

— A droite, messieurs, ce perron que vous apercevez là-bas. »

Baudouin ne marche pas, il court. Avant même d'avoir gravi les marches, il est tout pâle d'émotion et de joie.

Nous ne faisons que traverser le vestibule et sa noble galerie de bustes.

C'est fort beau, mais passons vite, escaladons l'escalier sans nous retourner ; ne nous laissons pas séduire par les terres cuites du musée Campana et arrivons à la salle des Sept Cheminées...

« Tu es donc déjà venu pour si bien connaître les êtres ! ne puis-je m'empêcher de demander à Baudouin.

— Moi ? Tu sais bien que non ! Mais il y a six jours que j'étudie le plan du Louvre dans mon guide... Silence !... Voilà le *Radeau de la Méduse* et le *Cuirassier blessé,* de Géricault !

— Que c'est beau ! Et que c'est solide. »

C'est moi qui dis cela. Baudouin est bien trop « empoigné » pour parler. Il est là, les yeux grands ouverts, les dents serrées, admirant de toutes les forces de son être, buvant à longs traits la terrible poésie qui s'exhale de ces deux toiles prodigieuses.

Moi, je vois le beau feu de bois dans le foyer, l'ordonnance de la salle, les gardiens en livrée, à l'air diplomatique et grave, tout ce décor somptueux qui fait d'un musée un cadre si noble aux chefs-d'œuvre de l'art. Lui, il ne voit qu'une toile à la fois, une toile qui *troue le mur,* comme il le dit.

Après les Géricault c'est le *Déluge,* de Girodet, cette grappe humaine si désespérément accrochée à une branche qui casse ; c'est sa touchante *Atala au tombeau,* et ce *Sommeil d'Endymion,* d'une grâce si pénétrante et si religieuse, qui se partagent tour à tour le culte respectueux de mon ami.

Viennent ensuite cette tragique *Justice poursuivant le Crime,* de Prudhon ; les *Sabines,* de David ; la *Bataille d'Eylau,* de Gros, et les efforts plus modestes mais si attachants encore de Gérard, de Drouais, de Sigalon, de Mme Vigée-Lebrun.

Il y a plus d'une heure que nous sommes là, et j'ai déjà fait huit à dix fois le tour de la salle. Baudouin resterait jusqu'à demain, mais je finis par l'emmener. Tout en marchant il murmure quelques mots entrecoupés :

« Que je suis content !... Que je suis content !... C'est
mille fois plus beau que je n'espérais ! »

Un éblouissement d'or, de cristaux, de marbres, d'onyx,
de bleu de Sèvres, de pierreries, d'émaux, d'argent ciselé.
C'est la *Galerie d'Apollon*.

Passons sans nous arrêter devant ces vitrines. Passons
sans donner un coup d'œil à cette fenêtre adorable qui a vu
tant de drames sanglants et terribles. Passons sans même
lever la tête vers le merveilleux plafond de Delacroix, ce
feu d'artifice de lumière et de couleur si vraiment digne du
dieu du Jour qu'il met en scène. Si Baudouin l'apercevait, il
serait capable de ne plus vouloir sortir d'ici. Aux tableaux.
C'est au salon carré que j'ai hâte de le voir arriver.

Les Noces de Cana ! Comment dire le ravissement de Baudouin en face de cette admirable fête ? Par bonheur le sofa
qui s'arrondit au centre de la salle se trouvait inoccupé. Il
y tomba plutôt qu'il ne s'y assit, comme frappé de vertige.
Puis tout à coup je le vis sourire. Tous ses traits se déten-
dirent, s'illuminèrent.

« Quelle musique ! » murmura-t-il à demi-voix.

Moi profane, je pensais qu'il voulait parler du concert
exécuté au premier plan du tableau par le personnage en
dalmatique blanche qui joue de la viole et qui n'est autre
que Véronèse lui-même, accompagné sur la basse par le
Titien et sur la flûte par le Tintoret.

« Est-ce que tu l'entends? » lui demandai-je, à demi cré-
dule, à demi moqueur.

Baudouin ne se détourna même pas pour me répondre.

« Et toi, est-ce que tu ne l'entends pas ? fit-il avec une
passion contenue. Ne sens-tu pas comme tout ce monde vit,

cause et s'agite dans cette atmosphère enchantée? N'entends-tu pas le cliquetis de la vaisselle d'or, et les pas discrets des valets, et le murmure des conversations, et sur tout cela, comme une basse continue, les accords veloutés de la viole? Comment un homme peut-il être assez fort pour créer quelque chose de pareil!... Ah! c'est à désespérer de jamais rien faire de grand et de beau!... »

Il se tut et resta plongé dans un anéantissement profond.

Je respectai quelque temps son recueillement. Puis voyant qu'il n'en sortait pas, je voulus essayer d'une diversion. Je le forçai à se lever, à faire avec moi le tour du salon, m'arrêtant successivement devant les toiles de Raphaël, devant celles du Corrège, devant la *Sainte Famille*, d'André del Sarte, l'*Assomption*, de Murillo, le fier *Charles Ier*, de Van Dyck.

A tous ces chefs-d'œuvre, Baudouin donnait un regard, jetait un salut. Mais bientôt il se retournait vers les *Noces de Cana*.

Le *Duc de Ferrare*, de Titien, les Philippe de Champaigne l'arrêtèrent plus longtemps. La *Femme hydropique*, de Gérard Dow, l'amusa cinq minutes, et je crus avoir décidément cause gagnée quand je le vis contempler longuement, d'abord la *Monna Lisa*, de Léonard de Vinci, ensuite le merveilleux *Concert*, de Giorgione.

Mais derechef, comme attiré par un aimant invincible, il revint aux *Noces de Cana*. Je ne saurais dire combien de temps je m'amusai de ces oscillations, mais la scène se répéta bien dix ou douze fois.

« C'est une maladie, lui dis-je enfin en riant, il faut changer d'air. »

Il se laissa entraîner sans trop protester vers la salle des
Sept-Maîtres. Mais son cœur était resté au salon carré, et
c'est à peine s'il voyait les toiles qui défilaient maintenant
devant lui. Il fallut arriver à la grande galerie, le mettre en
présence de l'*Infante,* de Velasquez, et de l'*Embarquement,*
de Watteau, pour lui faire retrouver la parole. Puis, de nouveau quand nous fûmes parvenus à la hauteur des Rubens,
il retomba dans une sorte de stupeur d'admiration.

Véritablement l'état dans lequel ces émotions esthétiques
le plongeaient ne ressemblait à rien de ce que j'eusse vu ou
que je fusse jamais destiné à revoir. Comme à tout le monde
il m'est arrivé au Louvre, à Rome, à Florence, à Naples, à
Munich, à Madrid, d'être vivement saisi par la beauté d'une
œuvre artistique et de l'étudier longuement ; comme à tout
le monde, il m'a été donné de rencontrer soit dans les musées,
soit dans les expositions, des amateurs plus ou moins sérieux
en extase devant une toile ; j'ai assisté dans cet ordre d'idées
à des scènes curieuses et à des comédies simplement grotesques. J'ai vu des critiques influents prendre des notes en
tenant leur crayon comme un sceptre, et des Anglaises en
saule-pleureur se donner des torticolis à force de contempler
des plafonds peints par des gâcheurs de plâtre. Jamais je
n'ai rien vu de comparable à l'espèce de folie douce dans
laquelle cette revue de chefs-d'œuvre plongeait mon Baudouin.

Il n'en était pas affecté au moral seulement, mais au physique même. Je le voyais par instants trembler d'émotion,
et s'il m'arrivait de toucher sa main, je la trouvais brûlante.
Il riait, il avait des larmes aux yeux, il se précipitait, s'arrê-
tait, restait comme hébété.

Nul doute qu'il n'y eût dans son cas une sensibilité tout à fait extraordinaire aux impressions artistiques, et c'est surtout à la révélation de ces prédispositions exceptionnelles que les musées doivent servir.

Je profitai de son accablement pour le détourner vers l'école française. Le calme intense des Lesueur parut opérer sur sa fièvre une action rafraîchissante. Les immenses machines de Lebrun achevèrent de lui rendre son sang-froid.

Il se trouva bientôt en état de raisonner sur ce que nous avions vu.

« Où pouvais-je avoir la tête quand j'hésitais sur le choix d'une carrière? Je veux être peintre, parbleu! C'est une affaire arrêtée.

— Bon! tu dis cela parce que nous n'avons encore vu que des tableaux. Mais je t'attends aux antiques...

— C'est vrai! Il y a la sculpture à laquelle je ne songeais pas!... Allons-y tout de suite, veux-tu? »

Baudouin n'aurait pas été fâché, je pense, de repasser par le salon carré. Mais je me méfiais et j'eus soin de l'attirer, au sortir de la salle des Sept-Cheminées, vers les collections de vases grecs et de curiosités égyptiennes.

Une navigation rapide à travers ces séduisants écueils nous conduisit à l'escalier nord de la colonnade, que nous descendîmes pour nous trouver au rez-de-chaussée dans les salles d'Afrique et de Magnésie, puis dans les salles de sculpture égyptienne et assyrienne, et les traverser en courant aussi bien que les antiquités grecques venues d'Asie Mineure.

A chaque pas son enthousiasme grandissait. Nous n'avions pas encore vu le *Gladiateur*, qu'il avait brûlé, un à un, sur l'autel de la statuaire, presque tous les dieux de la peinture.

Quand nous nous trouvâmes en présence de ce chef-d'œuvre, l'autodafé fut consommé. Comme il avait fait au premier étage pour le salon carré, Baudouin ne voulait plus voir autre chose. Il fallut presque user de violence pour l'emmener vers la *Psyché*, vers l'*Adonis*, vers la *Médée* et par le corridor de Pan, vers les salles romaines et la collection des Césars.

Mais ici encore il paraissait glacé et se retournait instinctivement vers le beau lutteur grec qui restera à jamais la merveille des merveilles anatomiques.

J'avais ma malice prête, et je me laissai ramener vers la colossale Melpomène.

Tout à coup tournant à gauche, je soulevai une portière de velours rouge, et la *Vénus de Milo* nous apparut dans sa blancheur divine, au fond du sanctuaire qui lui a été réservé.

Jamais je n'oublierai l'effet foudroyant que cette vision soudaine produisit sur Baudouin. Quand j'en eus conscience, je regrettai presque de ne pas l'avoir préparé à un tel coup.

C'était plus que de l'admiration qui se peignait sur son visage, c'était presque de la terreur.

Les yeux fixes, la bouche ouverte, la gorge serrée par l'émotion, les mains en avant, il resta plusieurs minutes aussi immobile que les marbres de la galerie. Puis enfin il eut un cri pittoresque dans sa trivialité même :

« Ah !... ceci enfonce tout ! »

Cette fois je compris qu'il fallait respecter une ivresse sacrée.

« Assieds-toi là, lui dis-je en le poussant sur un des divans, et admire tout à ton aise. »

LA VÉNUS DE ... LEUR APPARUT.

Puis, sans ajouter un mot, je le laissai à sa contemplation et je m'éclipsai. J'avais entendu dire à maman qu'il faut être seul pour bien savourer ces joies-là. Catalogue en main, je m'éloignai jusqu'au bout de la galerie, et pas à pas, sans me presser, j'en fis le tour.

Quand je revins au seuil de la Vénus de Milo, Baudouin, comme je m'y attendais, n'avait pas bougé. Il était resté à la place où je l'avais poussé, noyé, perdu dans son ravissement.

« Allons! en voilà assez pour une fois, lui dis-je en le prenant affectueusement sous le bras. Sais-tu que tu es là depuis près d'une heure?

— Ne te moque pas de moi, fit-il en passant sa main sur ses yeux. Je suis si heureux!... Ah! que c'est beau, Albert, que c'est beau!... Je ne puis pas dire autre chose. J'avais bien vu des réductions, des plâtres et des dessins en photographie de ce chef-d'œuvre incomparable, mais que tout cela est pauvre à côté de ce marbre!

— Bon! tu en disais exactement autant tout à l'heure du tableau de Paul Véronèse.

— Le tableau de Paul Véronèse! s'écria Baudouin, sans doute, il y a du mouvement, de la chaleur, de la vie. C'est une œuvre superbe, adorable, tout ce que peut être une toile, en fait!... mais ceci!... mon cher, c'est la beauté éternelle, surhumaine, absolue...

— Eh bien! tu auras le temps de la revoir... Il faut pourtant garder un peu d'enthousiasme pour les modernes qui nous restent à passer en revue.

— Non, c'est fini, je ne puis plus rien regarder aujourd'hui. Allons-nous-en, je t'en prie. Je suis tout bouleversé, j'ai besoin d'air!

Nous gagnâmes les Champs-Élysées, pour rentrer à pied par la route de Versailles. Il était près de quatre heures et la nuit tombait déjà de ce ciel de décembre. L'air vif et froid nous fouettait la figure et nous brassait le sang, tandis que nous marchions.

Baudouin était dans une exaltation indicible. Ce garçon, d'ordinaire si calme, si posé, ne se possédait plus. Il faisait de grandes enjambées, l'œil brillant, les joues animées, parlant sans s'arrêter.

« C'est dit!... Je suis sculpteur! Rien ne m'en empêchera. Ce n'est pas la peine de lutter contre moi-même, vois-tu. Il n'y a que cela au monde qui m'intéresse. Je te l'ai dit, te le rappelles-tu, il y a six ans, la première fois que nous avons causé en promenade.

—Oui, mais tu m'as dit aussi que tu voulais choisir une carrière qui ne coûtât rien à ta mère, et je crois bien qu'il n'y en a pas de plus dispendieuse que la carrière de la sculpture, — tout au moins par le temps qu'il faut attendre avant d'en obtenir des résultats quelconques...

— Ça m'est égal!... Ne me parle pas de détails pareils, Je mangerai de l'argile s'il le faut, comme ces sauvages de la *Terre de Feu,* ou je ne mangerai rien du tout, — ou je ferai n'importe quel métier le matin, pour dessiner et modeler le soir, mais c'est une affaire réglée, je serai sculpteur! »

Sur ce thème, la conversation fut infinie. Nous en étions encore tout vibrants en arrivant à la maison, et à dîner nous ne pûmes parler d'autre chose. Mon père nous écoutait d'un air soucieux.

« Sculpteur! Vous voulez être sculpteur! dit-il à Bau-

douin. C'est une noble ambition. Mais pour votre bonheur et
pour celui de votre mère regardez-y à deux fois avant de
tenter une aventure aussi périlleuse. Savez-vous ce que
représente une de ces œuvres de bronze ou de marbre que
vous admirez? Elle représente quinze à vingt ans au moins
d'études acharnées, de privations, de déboires, la défaite de
trente concurrents, la mort de dix autres, — l'enfer en un
mot pendant la moitié de la vie, et peut-être pas un morceau
de pain pour l'autre moitié... Ah! mon enfant, si vous aviez
côtoyé comme je l'ai fait une ou deux fois quelqu'une de ces
terribles existences, vous sauriez quel sombre programme
précède et souvent accompagne jusqu'au bout la réalisation
d'un vœu comme le vôtre!... »

Baudouin avait voué à mon père le respect le plus entier
joint à l'affection la plus vive. Il fut atterré de ce lugubre
tableau et baissa la tête.

De ce jour il ne parla plus d'être sculpteur, mais je crois
bien qu'il n'y pensa pas moins.

CHAPITRE XII

PLAISIRS D'HIVER.

DE QUOI L'ON PARLE DANS LA COUR DES GRANDS.

UN COMMENCEMENT DE RÉHABILITATION.

DU DANGER DE FAIRE DE L'ESCRIME SANS MASQUE.

La présence de Baudouin me fit bientôt le bien qu'en avait attendu mon père. Au contact de cette amitié chaude et généreuse, je me retrouvais moi-même. La soirée aux Français m'avait déjà montré l'inanité et le ridicule de mes prétentions poétiques. Les plaisanteries de Baudouin me guérirent de mes aspirations vers le gandinisme.

Il était impitoyable pour Lecachey. La jalousie aidant, — car il avait reconnu du premier coup d'œil que c'était là le substitut que je lui avais donné en son absence, — il ne laissait pas passer une occasion de me signaler les ridicules de mon élégant ami.

Mais ce qui acheva ma cure, ce fut le goût des exercices virils que j'avais un peu perdu depuis mon arrivée à Paris et que Baudouin me fit reprendre. La leçon d'escrime, où Verschuren et lui avaient remplacé le « gommeux » qui s'en était bien vite fatigué, était la grande joie de notre journée.

Ce n'est pas que notre professeur, M. Goudonneix, y apportât une bien grande variété. L'excellent homme répétait une
heure durant la même chose :

« Allons, monsieur, en position !... Vous prenez la
poignée du fleuret de la main droite, le pouce à plat sur la
poignée, les ongles des autres doigts faisant face à gauche.
Évitez de serrer l'arme. Il suffit de la tenir du pouce et de
l'index... L'avant-bras bien fléchi, le coude en dedans et au
corps, l'épaule immobile, le poignet à la hauteur du sein... »

Il poursuivait ainsi, toujours du même ton, reprenant sa
mélopée quand je reprenais le mouvement. Je n'ai pas souvenir qu'il ait jamais rien changé à cette antienne, en
aucune occasion, ou qu'il ait jamais ajouté un seul mot à sa
théorie, telle qu'il l'avait reçue de son prévôt aux premiers
temps de son éducation régimentaire. Évidemment, elle se
confondait indissolublement dans sa pensée avec la pratique de l'escrime, et il ne croyait pas possible d'arriver à
donner ou à recevoir un coup d'épée autrement qu'avec
l'accompagnement mental de ce chapelet de formules.

Et puis, il y avait le mur, qu'il considérait à la fois comme
la partie fondamentale de l'escrime et le dernier mot de la
courtoisie française. De quel sérieux il nous faisait dire :

« Après vous, *mossieu!* — Je n'en ferai rien. — Ni moi
non plus. — Par obéissance donc ! »

Puis l'épée en bas, l'épée en haut, le salut à droite, le
salut à gauche, les trois coups d'appel, pan, pan, pan! et en
garde...

Mais tout cela ne servait que de prélude à ce qui était à
nos yeux la grande affaire, — l'assaut. Comme nous étions
fiers, quand, le masque au front et le plastron sur la poi-

trine, il nous était enfin permis de nous livrer à un simulacre
de combat !

« Touché !

— Non ! c'est à la cuisse seulement !...

— Messieurs, vous perdez votre garde !... A la parade
donc ! Il fallait arriver à la parade. Vous voyez votre adversaire découvert et vous n'en profitez pas ! »

Qu'il faisait bon rentrer au quartier, tout rouges et le
cœur palpitant de ce duel pour rire !

Bientôt nous ne nous contentâmes plus de nos leçons de
gymnastique et d'escrime. Il fut convenu que nos journées
du dimanche seraient utilisées pour cultiver nos forces physiques. A peine avions-nous déjeuné que nous partions pour
visiter l'un des grands musées. Puis, après une séance de
deux heures, ni plus ni moins, donnée à ce plaisir, — c'était
Baudouin lui-même qui avait eu l'héroïsme de fixer cette
limite, — nous courions au jardin du Luxembourg pour
jouer au ballon.

Il n'avait pas été bien difficile de nous faire admettre dans
un des petits clubs en plein air qui cultivent cet art charmant. Les membres étaient, pour la plupart, de jeunes
artisans des quartiers voisins, nullement exclusifs de leur
nature. Deux ou trois remarques élogieuses sur un coup
« bien envoyé », — un mot indiquant qu'on était du
« bâtiment », — et la glace avait été rompue. Ce premier
pas franchi, on nous avait invités à mettre habit bas et à
entrer dans l'arène. Cela nous amena bientôt à demander la
permission de contribuer aux frais hebdomadaires d'entretien du matériel. Bref, trois dimanches ne s'étaient pas
écoulés que nous étions en pied dans la « Société de l'Hiron-

16

delle », une de celles qui se réunissent sous les beaux arbres
du Luxembourg pour se livrer à ce noble exercice, — et
j'ose dire que nous n'en étions pas les membres les plus
maladroits.

Baudouin surtout s'était rapidement acquis une légitime
popularité par la vigueur de son « envoi », aussi bien que
par la gaieté de son caractère.

A quatre heures sonnant, nous prenions l'omnibus de
Grenelle et nous rentrions à la maison pour dîner, — avec
quel appétit, je le laisse à penser.

Au lycée aussi nous avions institué, dans la cour, des parties de balle qui, d'abord goguenardées par certains de nos
condisciples comme un plaisir indigne d'aussi grands garçons
que nous, finirent par triompher de ces préventions. Tout le
monde vit bientôt qu'à lancer la balle on gagnait au moins
de ne pas sentir le froid de la saison.

Une de nos premières recrues fut Payan. Il ne tarda pas
à être plus ardent au jeu qu'aucun autre.

« Rien de tel pour vous bien préparer à trois ou quatre
heures de calcul différentiel et intégral ! » disait-il avec
enthousiasme.

Toutes nos récréations ne se passaient pourtant pas à
jouer. Parfois nous préférions battre la semelle en nous
promenant et discutant l'éternelle question, celle qui avait
le privilège de nous intéresser toujours, — le choix d'une
carrière.

« Qu'est-ce que tu seras? » était à coup sûr l'interro-
gation qui revenait le plus souvent sur nos lèvres.

Rien de plus naturel, si l'on songe que, collégiens aujour-
d'hui encore, nous allons dans quelques mois faire notre

entrée dans la vie d'homme. Il ne s'agira plus alors d'une
place de premier ou de second, d'un prix de vers latins ou
de thème grec. C'est le grand combat qui va s'ouvrir et où
il importe d'entrer armé de toutes pièces. *Qu'est-ce que tu
seras?* Le miracle n'est pas que la question fût posée dans
nos causeries familières, mais bien plutôt qu'elle ne le fût
pas plus fréquemment. N'est-ce pas la conclusion suprême
et le but même des études scolaires?

Les réponses, il est à peine nécessaire de le constater,
étaient des plus variées. L'humanité n'avait pas attendu
qu'Horace formulât en vers immortels son fameux

> *Sunt quos curriculo...*

pour exhiber une aussi grande variété de vocations qu'elle
montre de visages et de caractères différents. Mais ce qui
me frappe le plus dans le souvenir de ces discussions où tant
de rêves étaient ébauchés, tant de châteaux en Espagne bâ-
tis et rebâtis, c'est le sérieux parfait, le patriotisme sincère
que nous y apportions.

Certes, chacun y mêlait un élément de préoccupation personnelle. Mais la grandeur, la force et la gloire de la France
y tenaient la première place, il faut le dire hautement. Il
n'était pas un de nous qui, en se promettant le succès, ne le
rapportât dans son cœur à sa famille d'abord, ensuite à
cette famille élargie qui est la patrie.

Notre défaut était de ne pas savoir mesurer nos aspirations
à nos forces, bien plus que de manquer d'élan dans ces envo-
lées vers l'avenir. Il est certain que plusieurs d'entre nous
étaient surtout séduits par les côtés extérieurs de leur carrière de prédilection.

Molécule, par exemple, aurait infiniment mieux fait de se destiner à l'administration des finances, — où il aurait apporté une fort belle écriture, un goût décidé pour la régularité et une puissance singulière de travail, — que de s'obstiner à rimer malgré Minerve et à faire des poèmes épiques où il n'y avait pas plus de poésie que dans un état d'émargement.

Chavasse avait incontestablement plus d'aptitude pour la dégustation que pour l'École des Chartes, où il parlait d'aller s'inscrire en sortant du lycée, et aurait bien plus sûrement réussi dans l'étude des grands crus du Bordelais ou de la Bourgogne que dans celle des palimpsestes.

Tel autre était fou de musique et jouait fort joliment du violon : au lieu de se préparer tranquillement à se faire attacher à une chancellerie, pour devenir selon toute apparence un fort piètre diplomate, — sous prétexte qu'il avait un oncle consul général, — il aurait bien mieux fait d'entrer au Conservatoire !

Je ne parle que pour mémoire de ceux qui voulaient être médecins et qui n'en étudiaient pas mieux leur physique et leur chimie; avocats, et qui négligeaient tous les jours ces modèles incomparables : Démosthène et Cicéron.

Toutes ces vocations flottantes et lâches rendaient plus frappantes celles qui étaient véritablement définies, comme chez Payan et Baudouin, par exemple. De mes anciens condisciples, ce sont assurément ceux qui ont le mieux réussi; j'entends le mieux réussi à remplir le rôle spécial qu'ils se sont choisi dans la société; et quand je fais un retour sur le passé, il m'est impossible de ne pas reconnaître que ce succès a été dû à l'ardeur généreuse avec laquelle ils s'étaient dès le premier moment mis à la tâche.

Payan, qui se préparait à l'École polytechnique, n'était
pas de ceux qui se contentent d'être admis, et qui s'en réfè-
rent au hasard des concours du soin de désigner ultérieure-
ment la carrière dans laquelle ils seront jetés. Il s'était dit :
Je veux sortir ingénieur, — c'est-à-dire dans les premiers
rangs, — et il travaillait en conséquence.

Je me rappelle encore le jour où il se laissa aller, en marchant à grands pas dans la cour, à nous esquisser son rêve,
et je ne puis m'empêcher d'admirer, maintenant que sa
noble ambition s'est réalisée, combien elle était motivée,
clairvoyante, presciente de l'avenir.

« Ce siècle, nous disait-il, est le siècle de l'industrie :
c'est son honneur et sa mission. Quand toutes les montagnes
seront percées, tous les isthmes coupés, tous les marais des-
séchés et assainis, tous les déserts explorés et franchis, tous
les peuples unis par un réseau de voies ferrées, nous serons
sûrement plus près de l'âge d'or. Mais ce n'est pas encore là
ce qui me séduit dans le rôle de l'ingénieur. Je suis surtout
attiré par cette lutte de l'esprit mathématique contre la matière inerte, par cet asservissement des forces naturelles,
qui font de son pouvoir le triomphe même du génie humain.
Quelle puissance intellectuelle représente à l'origine le moindre progrès mécanique ! Et comme ce progrès a été poussé,
en deux ou trois cents ans ! L'ingénieur s'enfonce aux en-
trailles du globe pour lui arracher ses trésors, il franchit les
mers, enrégimente les vents et dompte la foudre. Sa tarière
perce le Saint-Gothard et percera demain l'Himalaya ; son
fil électrique met New-York ou Calcutta à la portée du premier passant parisien venu ; ses machines à vapeur ont réa-
lisé le tapis enchanté des *Mille et une Nuits.* Donnez-lui un

bloc de fonte : il en fera un ruban pour vous mener sans cahots à Pétersbourg, un canon pour défendre votre foyer, une presse pour vulgariser les chefs-d'œuvre de la pensée ou les merveilles de l'art. Que sont les hommes pour lui, du plus humble jusqu'au plus grand? Des agents, des instruments qui ne pourraient rien sans lui, qui ne sont forts que par lui, et qui, s'il venait à disparaître, seraient réduits du coup à la condition du plus misérable sauvage de l'Océanie!

— Sais-tu, s'écria ici Dutheil, que tu es tout à fait éloquent! Tu vas me faire honte, à moi qui me destine tout simplement au barreau. En t'écoutant je serais presque tenté de jeter par avance la toge aux orties! Et pourtant, la science du droit a bien sa grandeur aussi! Tout ne se réduit pas en ce monde à des intérêts matériels et à des conquêtes brutales. Il y a une philosophie de la vie à approfondir et à formuler, des rapports nécessaires, comme dit Montesquieu, à déduire de la nature des choses, l'idée du juste à monnayer et à mettre en pratique. Conviens que le rôle du légiste a sa noblesse, pour laquelle les splendeurs de ton rêve ne doivent pas te rendre injuste.

— Eh bien! et le professeur! disais-je. Croyez-vous que son ministère, à lui aussi, ne soit pas glorieux? Toi, Payan, tu ambitionnes d'asservir la nature : mais ne se montre-t-elle pas bien souvent rebelle aux efforts les plus héroïques, et dans ce combat acharné l'ingénieur n'est-il pas aussi souvent vaincu que victorieux? Toi, Dutheil, tu nous parles de justice absolue. Mais quand le légiste descend des hauteurs sereines de la théorie pour entrer dans la pratique, crois-tu qu'il serve toujours bien dévotement cette déesse austère? Ne se heurte-t-il pas sans cesse à des impossibilités ou à des

droits contradictoires? Ah! que le rôle de professeur me
paraît plus noble et plus beau dans sa modeste sphère. Sa
matière malléable, à lui, ce n'est pas le fer ou l'or, c'est
l'homme même. Il modèle à son image les générations qui
viennent, c'est-à-dire l'avenir de la nation. Selon la nature
et la valeur de ses enseignements, le pays sera demain puissant ou humilié, libre ou asservi, heureux ou misérable. Il
prépare l'histoire, il pétrit les cerveaux, il donne le souffle et
la vie morale au peuple tout entier. Cet ingénieur, ce soldat, ce légiste dont vous parlez, c'est lui qui les crée ; sans
lui ils ne sortiraient jamais de l'enfant où ils sont en
germe.

— Et l'artiste ! disait ici Baudouin, qu'est-ce que vous en
faites ? Sans doute il ne vaut pas seulement une mention, lui
qui fait tout de rien, lui qui crée au sens propre, pourtant !...
Aussi, comme il se moque de votre opinion ! Il ne travaille
pas dans la pratique, lui, et les intérêts d'aujourd'hui ou de
demain sont le cadet de ses soucis. Son domaine est l'infini ;
son rêve l'absolu. D'un coup d'aile, il s'élève au-dessus de
l'humanité, de ses luttes et de ses misères, pour s'absorber
dans la contemplation du beau éternel et l'exprimer dans
ses œuvres... »

Ainsi nous discourions à perte de vue, sans nous lasser de
rompre des lances pour nos carrières de prédilection. Est-il
besoin de dire que nos conversations n'avaient qu'exception-
nellement ce caractère philosophique ? Plus souvent nous
discutions sur les petits côtés matériels, les concours, les
limites d'âge. Personne mieux que nous n'était fixé sur les
programmes. Nous savions combien d'admissions chaque
lycée avait eues l'an dernier à chaque école ; à quel choix

donnait droit tel ou tel rang sur la liste de sortie ; quel
chiffre de places vacantes aurait vraisemblablement la promotion prochaine ; combien d'inscriptions il fallait pour un
doctorat déterminé...

C'étaient des dissertations à perte de vue sur l'importance
relative de telle ou telle partie des matières exigées, des
anecdotes à n'en plus finir sur quelque *ancien* que les élèves
actuels de Montaigne avaient connu dans leurs rangs et qui
était présentement à « Polytechnique », à la « Centrale »,
ou à « Saint-Cyr ».

Et puis encore toute une collection de prétendus petits
moyens de succès, des traditions de concours, des renseignements plus ou moins authentiques sur les examinateurs en
renom. Celui-ci était doux et aimable. Celui-là tout justement le contraire. Il y avait surtout un certain M. Lefebvre !...
Un ogre véritable. Il ne faisait de vous qu'une bouchée.
Autant valait s'avouer vaincu d'emblée quand on avait
affaire à lui. Ce M. Lefebvre ! Je ne l'ai jamais vu, jamais je
n'ai eu l'honneur de tomber sous sa coupe ; mais je puis dire
qu'il a passé bien souvent dans mes rêves d'écolier comme
l'image de ce qu'il y a de plus puissant et de plus redoutable.

Un sujet qui avait encore le privilège de nous passionner
singulièrement, c'était la prééminence des lettres sur les
sciences ou des sciences sur les lettres. Notre querelle
à nous des anciens et des modernes. Dutheil et Payan surtout avaient sur ce terrain des abordages terrifiques.

S'il fallait en croire le plus éminent de nos *taupins,* les
sciences seules étaient vraiment dignes d'occuper un esprit
supérieur. Les lettres étaient tout au plus une amusette,

un délassement un peu puéril, à la portée des intelligences moyennes. Volontiers il aurait fait fi de la gloire d'un Homère ou d'un Virgile. En tout cas, celle d'un Copernic ou d'un Lavoisier lui paraissait infiniment plus éclatante. Mais il trouvait à qui parler !

Aux yeux de Dutheil, au contraire, les sciences en général n'avaient qu'une importance de troisième ordre. Seuls, les grands monuments de l'esprit humain, l'histoire, les littératures étaient des sujets d'étude intéressants. Très injustement, à mon sens, il tombait dans l'excès opposé à celui de son adversaire et se laissait aller à rabaisser la valeur des découvertes scientifiques.

« Que m'importe une découverte de plus ou de moins ! s'écriait-il. Ce qui n'a pas été trouvé hier peut être trouvé demain. Les sciences sont un enchaînement de déductions logiques qui doivent fatalement jaillir d'une civilisation et d'une familiarité suffisamment prolongée de l'homme avec son cadre naturel. Suppose toutes les sciences détruites par un cataclysme : dans quelques années, tout au moins dans quelques siècles, elles seront reconstituées. L'humanité fera comme Blaise Pascal : il lui suffira de connaître les deux ou trois premiers théorèmes pour en déduire les autres. C'est arrivé plusieurs fois, et il est parfaitement certain par exemple que les Égyptiens et les Assyriens savaient leur géométrie comme tu peux la savoir. Ce qui ne se refait pas, c'est un Homère, un Virgile, un Horace ; c'est l'expression parfaite du génie même d'une race d'élite, ainsi condensée en quelques pages. Cette expression, il n'y a pas d'autre moyen de la connaître que d'en posséder le texte, et si tu supposes que ce texte ait péri dans un incendie, celui de la bibliothèque

17

d'Alexandrie, par exemple, rien ne pourra le reconstituer.

— Je m'en moque joliment ! répondait Payan. Crois-tu que si le monde était privé de l'*Iliade,* il s'en trouverait plus mal ? Le moindre perfectionnement au robinet de la machine pneumatique est bien autrement important !

— Voilà justement en quoi tu te trompes ! reprenait Dutheil indigné. Celui qui introduit ce perfectionnement ou tout autre est assurément un membre utile de la société, il contribue à notre bien-être, et à ce titre il a droit à notre reconnaissance. Mais à tout prendre c'est un simple rouage de la machine, un artisan de première classe, un outil animé, ce n'est pas, du moins en tant que mécanicien, un homme accompli, en possession de la haute sagesse générale et de la culture supérieure que peut seule donner l'étude des grands écrivains... Va, ce n'est pas sans raison qu'on a appelé les lettres du beau nom d'*humanités.* C'est qu'elles seules, comme elles sont le miroir de l'homme éternel, peuvent servir à former des hommes complets, en les imprégnant des pensées les plus hautes que les grands esprits de tous les âges aient formulées. Newton, Copernic, Lavoisier et les autres n'embrassent jamais qu'un côté de la tâche, si vaste que soit le domaine de leurs recherches. C'est à un Homère, à un Dante, à un Shakspeare, à un Molière, qu'il est donné de planer non seulement sur toutes les connaissances de leur temps, mais sur toutes les conquêtes réunies de l'homme, d'en faire la synthèse et de nous la léguer, parfois dans un seul mot... C'est pourquoi, jusqu'à nouvel ordre, j'aime mieux pour mon compte vivre dans leur intimité que dans celle de tes spécialistes. Qui dit spécialité dit borne et limite.

— Tu nous la bailles belle avec tes limites ! Comparer le

domaine de Newton, qui est l'espace, au domaine de Molière,
qui est le ménage d'Harpagon ou le petit mémoire de
M. Purgon...

— Et justement, mon cher, tu vois bien que Molière avait
tout prévu, puisqu'il t'a mis en chair et en os, il y a deux
cents ans, dans le *Bourgeois gentilhomme.* Tu n'as qu'à
l'ouvrir, si tes précieuses équations t'en laissent le temps,
tu y verras les spécialistes, chacun très fier de sa science et
criant sur les toits que c'est la meilleure... »

Il fallait le tambour pour mettre le holà et suspendre ces
débats passionnés.

En somme, le travail comme la santé se trouvaient bien
de ce nouveau régime.

Depuis que j'avais renoncé à mes fumées poétiques, au
grand désespoir de Molécule qui rimaillait de plus belle en
dépit de son désastre, je m'étais remis sérieusement à l'étude,
et mon séjour au lycée avait cessé d'être aussi inutile que
pendant les premiers mois. Mes places se ressentaient de ce
nouvel état de choses. Mais je n'avais pu me décider encore
à vaincre mon sot amour-propre au point de présenter un
nouveau devoir au terrible M. Auger.

Cela me pesait comme un remords, par instants, et m'empêchait de me trouver complètement heureux comme j'aurais dû l'être entre des parents aussi tendres que l'étaient
les miens, un ami aussi cher que Baudouin et des maîtres
aussi distingués que ceux du lycée Montaigne.

Mais quoi ! on n'est pas parfait, et j'ai moins qu'un autre
la prétention de l'être. Ma maudite vanité était toujours en
éveil, et je crois bien que ma seule consolation, en pensant
après coup à l'accueil qu'avait reçu mon premier essai litté-

raire, était que Baudouin, témoin de ma gloire à Châtillon, n'eût pas été à Paris témoin de ma honte.

Un incident inattendu vint heureusement bientôt mettre fin à cette absurde situation.

Nous avions composé en version grecque, et quoique je me fusse appliqué de mon mieux, et que j'eusse conscience d'avoir bien saisi le sens, je ne comptais guère sur des compliments.

Je fus donc agréablement surpris, quand M. Auger, en arrivant à ma copie, qui était cette fois classée la troisième, dit tout à coup :

« Le devoir de M. Besnard est bon en lui-même. Il n'y a pas de contre-sens ; on y trouve une intelligence juste de la valeur du mot, et si seulement le style en avait été plus serré, je n'aurais pas hésité à le classer un rang ou deux plus haut... Je me demande pourquoi M. Besnard, qui témoigne ainsi de ce qu'il peut faire quand il le veut bien, ne me remet presque jamais de devoirs à lire... Sa copie d'aujourd'hui montre qu'il pourrait et devrait prétendre à de bonnes places. »

J'avais rougi jusqu'aux oreilles et n'avais eu garde de répondre. Mais cinq minutes plus tard, M. Auger revint à la charge. Cette fois, c'était à propos d'une explication d'auteur, un passage de Tite-Live, pris dans les *Conciones*.

« Voyons, monsieur Besnard, prenez la suite, me dit le maître. Je suis curieux de voir comment vous vous tirerez d'une traduction improvisée... »

On peut penser si je mis tous mes efforts, toute mon attention, à bien m'acquitter de ma tâche. Je fus assez heureux pour y réussir, bien saisir le sens, trouver à point le mot propre.

« Voilà décidément qui n'est pas mal! reprit M. Auger
quand je fus arrivé à la fin de mon paragraphe. Vous avez
évidemment fait de bonnes études, monsieur, et je ne puis
que m'étonner de l'incognito singulier dont vous semblez
vous envelopper. Il ne faut pas s'abandonner ainsi à la pa-
resse. Remettez-vous au travail, apportez-moi des *Lege
quæso;* je l'exige formellement... »

Il n'y avait pas à dire : c'était une réhabilitation positive.
Je ne pouvais plus, après une invitation si obligeante, avoir
l'ombre d'un prétexte pour me soustraire au devoir qui
m'était si nettement tracé.

Et pourtant ! je ne sais si une sotte fausse honte ne m'aurait pas empêché d'affronter à nouveau les foudres de la
critique publique, si Baudouin, cette fois, n'était venu à la
rescousse.

« Il a joliment raison, M. Auger, me dit-il à la récréation suivante. Pourquoi ne lui donnes-tu pas de devoirs
à lire? »

J'essayai d'argumenter, de faire entendre que je préférais
me réserver pour les compositions. Mais comme je ne donnais
pas mon véritable motif, — lequel d'ailleurs en lui-même ne
valait pas le diable, — il ne fut pas bien difficile à Baudouin
de pulvériser mes raisonnements.

Le résultat de cette discussion et d'une lutte intérieure
avec moi-même qui se prolongea toute une journée et une
partie de la nuit, c'est que je finis enfin par prendre la résolution héroïque de tenter de nouveau la fortune du *Lege
quæso.*

Mais un accident qui se produisit sur ces entrefaites vint
subitement interrompre pour quelque temps le cours de ma

vie scolaire et m'empêcher de donner à M. Auger la primeur de mes nouveaux efforts.

Nous étions à la salle d'armes et, contre son habitude, le père Goudonneix, qui était l'exactitude incarnée, n'avait pas encore fait son apparition. Fort sottement, j'avais profité de son absence pour entamer avec Verschuren un grand assaut sans masques. Il nous semblait que c'était plus crâne.

J'étais fort animé. Verschuren avait rompu d'abord, ce qui ne faisait que m'exciter davantage. Il jouait serré, tenait son épée dans la ligne du corps, parait avec soin, ne s'exposait pas.

Tout à coup, il se fendit sur moi avec tant de force, au moment où je lui portais une botte, que son fleuret se cassa net, et le tronçon qu'il tenait vint me raser le cou au-dessous de l'oreille droite.

Baudouin poussa un cri en se précipitant sur nous.

« Arrêtez !

— Qu'y a-t-il donc ? » disais-je.

Au même instant, je m'aperçus que j'étais couvert de sang et je sentis une impression de chaleur sur l'épaule.

« Tu es blessé ! » me dit Baudouin en me prenant dans ses bras.

On s'empressait autour de moi. Verschuren désolé donnait son mouchoir pour étancher le sang. Je voulus le rassurer, mais il me sembla que tout tournait autour de moi ; j'eus un éblouissement et je perdis connaissance.

Quand je revins à moi, je sentis qu'on me portait en me soutenant sous les bras et sous les jambes. J'éprouvais une sensation de faiblesse assez agréable et je tenais mes yeux fermés. On s'arrêta. J'entendis qu'on parlementait. Avec qui ?

VERSCHUREN SE FENDIT SUR MOI AVEC TANT DE FORCE.....

Cela m'était fort égal. Puis des exclamations; une ascension d'escalier pendant laquelle il me semblait que j'avais la tête en bas et les pieds en l'air; une marche qui me parut infinie; un brouhaha de voix, puis une chute sur un lit qui me parut d'une mollesse exquise. Je m'endormis.

. . . .

Quelque chose d'humide et de chaud, qui coulait sur ma main gauche, me réveilla. Je soulevai mes paupières alourdies.

J'étais dans un petit lit à rideaux blancs, à l'infirmerie du lycée.

« Le voilà qui ouvre les yeux, pauvre cher enfant ! » murmura une voix bien connue, celle de tante Aubert, tout près de moi, à mon chevet. Elle tenait ma main, et c'étaient ses larmes qui la mouillaient.

Je regardai vivement. Maman, mon père, Baudouin, grand-papa, Verschuren étaient là, et plus loin le proviseur, le censeur, deux ou trois autres personnes. J'ai donc dormi bien longtemps que tout ce monde a eu le temps d'arriver? Un gros monsieur, frais rasé, avec des favoris gris très courts, se détache du groupe et se rapproche de mon lit.

« Eh bien? mon garçon, me dit-il en me tâtant le pouls, nous ne voulons pas, pour si peu, renoncer à la vie, n'est-ce pas?... Cela ferait trop de peine à notre maman... Allons, mesdames, rassurez-vous, reprit-il après un instant, ce sera l'affaire de quelques jours. Le pouls est bon, tout juste ce qu'il faut de fièvre pour montrer que nous ne sommes pas affaibli. La ligature est bien faite ; il n'y a pas d'hémorragie interne à craindre. Il suffit que ce grand gamin se tienne tranquille dans son lit pour que tout marche bien...

— N'y aurait-il pas moyen de le transporter à la maison?
demanda ma mère d'une voix suppliante.

— Nous en reparlerons dans quatre ou cinq jours, dit le docteur. Pour le moment il lui faut du repos, rien que du repos.
Je crois même qu'il vaudrait mieux le laisser se rendormir... »

Deux baisers me fermèrent les yeux. J'entends un piéti-
nement assourdi sur le tapis, comme des souris qui auraient
trotté vers la porte. Tout le monde se retirait sans doute,
tout le monde, excepté deux formes chères que j'entrevoyais
vaguement à travers mes cils à demi fermés, assises de
chaque côté de mon chevet.

Maman et tante Aubert avaient obtenu de ne pas me
quitter. Elles me veillèrent la nuit, me gardèrent le jour avec
un dévouement qui ne se lassait pas. Ce n'étaient que caresses, tasses de bouillon, verres de malaga, douces paroles
et larmes de bonheur en voyant que ma guérison s'accentuait.
Il faut passer par une crise pareille pour savoir ce que ren-
ferme de tendresse le cœur d'une mère et d'une tante Aubert.

Deux fois par jour mon père venait me voir, et, à la récréation de midi, Baudouin et Verschuren ne manquaient pas
de faire leur apparition. Je ne me rappelle pas avoir été jamais plus heureux dans ma vie que pendant ces quelques
jours passés à l'infirmerie du lycée. Tous ces soins me faisaient si bien apprécier l'affection de ma famille et de mes
amis !

La blessure, par grand'chance, n'avait pas de vraie gravité, et deux semaines passées à Billancourt eurent bientôt
complété ma convalescence. Mais on peut penser quel argument un tel exemple fournissait à maman et à tante Aubert

pour maudire l'escrime. Il ne fallut rien moins que la ferme volonté de mon père et ma promesse formelle de ne plus faire assaut sans m'entourer des précautions nécessaires, pour que l'autorisation me fût rendue de retourner à la salle d'armes.

CHAPITRE XIII

Il n'y avait guère plus de huit jours que j'étais rentré au lycée, quand la classe de rhétorique fut péniblement impressionnée, un matin, de la grosse nouvelle par laquelle M. Auger ouvrit sa leçon.

« Messieurs, nous allons aujourd'hui pour la dernière fois procéder ensemble à nos exercices habituels. Un arrêté ministériel vient de m'appeler aux fonctions d'inspecteur général de l'enseignement secondaire. Mon successeur est nommé. Il prendra demain possession de sa chaire... »

Un murmure courut aussitôt sur tous les bancs. M. Auger poursuivit :

« Cet avancement, vous l'admettrez, messieurs, n'est pas de ceux qu'un père de famille comme moi peut envisager sans satisfaction. C'est le couronnement de ma carrière, — le bâton de maréchal de notre armée, à nous, — et je serais coupable d'hypocrisie si je feignais de le recevoir sans un plaisir véritable... D'autre part, vous comprendrez aisément qu'après avoir, pendant dix ou douze ans, expliqué à cette

même place les beautés de Sophocle et de Tacite, je ne puis
guère être désespéré de passer à d'autres travaux... Et pourtant, en dépit de tout, un regret se mêle à ces sentiments...
En me séparant d'une classe que j'ai conduite presque à moitié chemin, j'éprouve ce déchirement que vous cause la
rupture soudaine d'une habitude, de travaux entrepris en
commun, d'espérances caressées ensemble. J'aurais aimé de
vous conduire jusqu'à la fin de l'année scolaire, de partager
jusqu'au bout vos efforts et votre fortune au concours... Mes
chefs en ont décidé autrement; je n'ai qu'à m'incliner. Mais
ce serait pour moi, je vous l'avoue, une pensée bien douce
si je pouvais croire que parmi vous il y en aura quelques-
uns pour regretter leur vieux maître... »

Ici il fut interrompu par une acclamation générale.

« Tous! tous! » criait-on avec un enthousiasme auquel je
me laissai gagner comme les autres; c'en était fait du levain
de rancune qui avait trop longtemps fermenté en moi.

C'est bien spontanément que ce cri sortit de nos poitrines.
Nous ne nous méprenions pas à l'ironie superficielle du petit
discours prononcé par M. Auger, et nous savions démêler
ce qu'elle recouvrait d'émotion vraie. Jamais nous n'avions
senti aussi profondément comme il avait su conquérir notre
estime et presque notre admiration, en dépit de sa rude franchise et de sa brusquerie.

Mais lui presque aussitôt : ·

« Allons! c'est bien... Je vous remercie, messieurs... Maintenant, puisqu'il ne nous reste que deux heures, tâchons de
les employer utilement. »

Il ouvrit son livre et commença les exercices du jour.

Mais l'agitation où nous avait jetés la nouvelle ne pouvait

aisément se calmer. Une sorte de houle courait sur la classe comme il arrive en mer après un coup de vent. On répondait aux questions directes, on écoutait à demi les explications du maître, mais on ne pensait qu'à son départ prochain.

Presque au même instant, des quatre coins de la salle, partirent des billets à l'adresse de Dutheil, pour le charger de présenter à notre professeur, au moment de la séparation, les adieux de toute la classe.

En sa qualité de premier des vétérans et de concessionnaire à perpétuité du banc d'honneur, il ne pouvait guère se dispenser de se rendre à notre requête, et il nous fit signe qu'il acceptait la commission. Nous le vîmes pendant toute la classe prendre des notes, griffonner des bouts de phrase, fourbir son armure en passant sa grosse main puissante dans ses cheveux ébouriffés.

Enfin l'heure sonna. Le roulement de tambour se fit entendre. Aussitôt Dutheil, nous retenant d'un signe à nos bancs, se leva et s'adressa à M. Auger.

Son petit discours fut très court, un peu emphatique peut-être, mais exprimant bien les sentiments de la classe entière. A deux ou trois reprises nos applaudissements unanimes le soulignèrent.

M. Auger était manifestement ému. Il descendit de sa chaire et « nous embrassa tous en la personne de Dutheil », comme il le dit affectueusement, ajoutant presque aussitôt de son air goguenard :

« Ce sont mes adieux de Fontainebleau. »

Tout était fini. Nous quittâmes la classe. M. Auger n'était plus notre professeur.

On peut penser si ce gros événement défraya pendant

tout le jour les conversations du quartier. Dans l'après-midi, nous avions classe d'histoire, et c'est pour le lendemain que le nouveau professeur nous était annoncé.

Cet intrus, qu'allait-il être? A coup sûr, bien inférieur comme savoir et comme esprit. Ce n'est pas lui qui explique. rait Tacite comme le faisait notre vieux maître, nous en étions bien certains d'avance. Et le grec? Il saurait le grec comme lui apparemment! Et les développements philologiques : il allait avoir beau jeu à les donner dans cette chaire-là! Ah! Ah! nous le détestions d'avance! Comme on se préparait à le passer au crible, à l'analyser, à n'accepter ses théories que sous bénéfice d'inventaire!...

Ce n'étaient pas soixante-quinze élèves, c'étaient soixante-quinze juges austères et impitoyables qui vinrent s'asseoir le lendemain sur les bancs de la classe de rhétorique.

Le nouveau professeur, la toque sur les yeux et le nez sur ses papiers, paraissait fort affairé dans sa chaire. Ah! Ah! timide par-dessus le marché!... On ne voyait de sa face qu'une grande paire de favoris en nageoire, d'un noir de jais et qui ne disaient rien qui vaille.

Tout à coup, s'apercevant que la classe était au complet, il releva la tête et ôta sa toque.

O surprise! C'était M. Pellerin...

C'était bien le coup de théâtre le plus imprévu. La joie me coupa la respiration. J'avais peine à croire le témoignage de mes sens.

Il n'y avait pourtant pas de doute possible. M. Pellerin avait quelque peu changé depuis quatre ans que je ne l'avais vu. C'était maintenant un homme mûr, plus fort, plus carré et plus solide que mon souvenir ne me le représentait. Mais c'était bien lui toujours avec sa bonne figure loyale et fine à la fois, son œil clair, ses cheveux soigneusement brossés, le calme et la distinction de sa physionomie.

D'un mouvement instinctif, je me tournai vers Baudouin, qui était à deux bancs au-dessus du mien. Je le vis aussi surpris et aussi ravi que moi-même.

Mais, chut! Le maître parle.

Presque rien, quelques mots seulement, pour nous dire qu'il sait la difficulté de la tâche qui lui incombe. Il connaît, il apprécie à sa valeur le profond savoir de M. Auger, la sûreté et l'élégance de sa méthode, le charme de son enseignement. Certes, il ne se flatte ni d'égaler un pareil modèle, ni même d'en approcher. Tout ce qu'il peut dire, c'est qu'il n'épargnera ni ses peines ni ses efforts pour nous être utile dans la mesure de ses forces, et, sinon nous faire oublier, du moins suppléer dans les parties essentielles le maître incomparable que nous n'avons plus...

Tout cela dit simplement, d'une voix douce mais ferme, sous laquelle perce une teinte d'autorité modeste.

D'un coup d'œil jeté sur la classe, je vis qu'elle était séduite par cette entrée en matière. En faisant l'éloge de M. Auger, M. Pellerin était allé droit au but, et avait touché le point sensible. Le charme d'un regard pénétrant avait fait le reste. La jeunesse est facile à toucher pour peu qu'on l'attaque par une note juste. Tous les cœurs allaient déjà vers lui, cela se sentait.

Du reste, il aurait fait beau essayer de résister! Baudouin et moi nous étions sur nos ergots comme deux coqs de combat. Je crois que nous aurions sauté à la gorge du premier imprudent qui aurait hasardé une réflexion mal sonnante. Mais il n'y eut rien de tel. Ils étaient tous mâtés.

La récitation des leçons commença. A ce moment, M. Pellerin, parcourant la classe des yeux, me reconnut. Je lui adressai de la tête un petit salut qu'il me rendit avec bonté, et qui m'encouragea à lui montrer Baudouin du coin de l'œil. Un vif sentiment de plaisir se peignit aussitôt sur sa figure, et je crus m'apercevoir qu'il avait à faire un effort sur lui-même pour ne pas perdre contenance. Il y parvint toutefois.

Après les leçons vint la correction du devoir du jour. C'était une ode de Pindare qui nous avait été donnée en version par M. Auger. Aucun de nous ne l'avait très bien traduite, car elle était terriblement alambiquée et difficile.

M. Pellerin commença par nous en donner le sens exact avec une facilité et une abondance qui édifièrent tout d'abord la classe sur l'étendue de sa connaissance pratique du grec. Puis il prit texte du sujet pour entrer sans affectation dans des développements historiques de l'intérêt le plus neuf et le plus puissant. Il était aisé de voir que non seulement il savait à fond la langue dans ses origines et dans ses règles intimes, mais qu'il l'aimait avec passion et qu'il avait fait son étude spéciale de tout ce qui s'y rattachait.

Monuments et costumes de la Grèce ancienne, mythes, ethnologie, esthétique, philosophie, aspect des paysages mêmes, tout renaissait sur ses lèvres avec une telle profusion de détails, un luxe si magique de *couleur locale,* que nous aurions pu nous croire transportés au temps du poète.

La classe était ravie, conquise. Peu s'en fallut, je crois, que nous n'éclatassions en applaudissements. Dès ce moment, je le vis bien, M. Pellerin avait pris possession de son auditoire. Il lui porta le dernier coup, après nous avoir dicté

une nouvelle version grecque, en expliquant un chapitre de
Tacite comme M. Auger lui-même ne l'aurait pas fait, —
car l'érudition de notre ancien maître, nous le reconnûmes
bientôt, — retardait un peu sur les derniers résultats de la
critique contemporaine.

Cependant la classe avait pris fin. Comme nous nous levions
pour sortir, M. Pellerin nous fit signe, à Baudouin et à moi,
d'approcher de sa chaire. Nous n'attendions certes que ce
signal, et bien volontiers nous nous serions jetés dans ses
bras, si une telle effusion, en pareil lieu, n'eût été tout à
fait opposée au décorum scolaire.

« Par quelle heureuse fortune vous retrouvé-je ici ? » nous
demanda notre professeur.

En quelques mots il fut mis au courant de la situation. Lui,
de son côté, il nous apprit qu'il était rentré de Grèce depuis
quatre mois déjà ; le succès d'un mémoire qu'il avait présenté
à l'Académie des inscriptions, sur des fouilles récemment
entreprises aux environs d'Olympie, avait déterminé sa nomination au lycée Montaigne.

« C'est un avancement prodigieux et dont je suis presque
honteux, nous dit-il en terminant, mais que je tâcherai de
me faire pardonner à force de travail et de soins... J'ai été
un peu surpris de ne pas vous voir au banc d'honneur,
voulut-il bien ajouter en me regardant ; il va falloir changer
tout cela sous mon consulat... Nous aurons à en causer...
Allons, rejoignez vos camarades, maintenant... »

Il nous congédia d'une affectueuse poignée de main.

Dans la cour, l'effervescence était extrême. On discutait
ardemment les mérites du nouveau professeur, et Dutheil,
un des plus emportés dans ses regrets du départ de M. Auger,

19

était déjà le plus enthousiaste dans son admiration pour M. Pellerin.

« Tu le connais donc? » me dit-il en me voyant arriver.

Je lui donnai sur notre cher maître et ami tous les renseignements dont j'étais en possession. Son étonnement redoubla en apprenant que M. Pellerin avait été maître répétiteur en province, et n'était même pas sorti de l'École normale.

« Eh bien ! s'écria-t-il, il faut qu'il soit doué d'une fière énergie et d'une intelligence véritablement peu commune ! »

On peut penser si je récusai ce jugement.

Nous avions fait le projet, Baudouin et moi, d'aller, le dimanche suivant, faire une visite à M. Pellerin, chez lui, et nous nous promettions mille agréments de cette démarche. Il arriva que mon père, à qui j'avais écrit sans tarder pour l'informer du gros événement, nous réservait une surprise plus agréable encore.

« Qui pensez-vous que nous avons à dîner ce soir? » nous dit-il en venant nous prendre au lycée.

Nous eûmes un regard interrogateur.

« M. Pellerin lui-même, que je suis allé voir hier et qui a bien voulu accepter mon invitation. Il m'a même chargé de vous dire que, si vous n'avez rien de mieux à faire, il vous sera très obligé de passer le prendre chez lui, ce soir à cinq heures. »

Inutile de dire que nous ne nous fîmes pas prier.

M. Pellerin occupait, dans l'avenue des Ternes, un petit appartement de cinq pièces où nous fûmes introduits par une bonne vieille femme, son unique domestique.

Le logis était simple, mais il suffisait d'en franchir le seuil pour s'apercevoir qu'on entrait chez un homme de goût.

M. PELLERIN NOUS EUT BIENTÔT MIS A L'AISE.

Des moulages de quelques-unes des plus belles métopes du musée d'Athènes, des fragments de marbres antiques, deux ou trois eaux-fortes, une jolie lampe gallo-romaine donnaient à l'antichambre même l'air d'un petit sanctuaire. Le cabinet de travail, qui était en même temps le salon de réception, avait un bon tapis rapporté de Smyrne, un grand bureau, quelques fauteuils ; les murs disparaissaient sous des rayons chargés de livres, tandis que sur la cheminée un grand triptyque de l'école de Bologne tenait lieu de glace. Des rideaux aux couleurs gaies, un balcon garni de fleurs, des guéridons garnis de souvenirs de voyage, albums, dessins, photographies, achevaient de donner à cet appartement une physionomie aimable et bien vivante.

Tous ces détails nous intéressaient pour eux-mêmes, mais ce qui nous intéressa bien plus encore, ce fut de trouver M. Pellerin, notre maître et notre héros, en costume de travail, c'est-à-dire en veste de molleton bleu, pantalon gris à pieds et pantoufles, et qui plus est fumant une grande pipe !

Que n'aurait pas donné toute la classe de rhétorique du lycée Montaigne pour contempler son professeur dans ce déshabillé !

Nous sentions notre bonheur et nous étions si profondément émus qu'à peine avions-nous la force de parler. Mais M. Pellerin nous eut bientôt mis à l'aise et fait retrouver le bienveillant compagnon de nos promenades de jadis.

« Je ne vous invite pas à fumer même une cigarette, nous dit-il en riant, quoique mon tabac turc soit des meilleurs. Vous connaissez mon principe : laisser fumer des jeunes gens qui n'ont pas achevé leur croissance est un véritable

crime. Il est évident que le tabac, comme tous les narcoti-
ques, arrête le développement physique : c'est beaucoup
plus qu'on ne croit à ses effets que, selon toute apparence,
nous devons la décroissance de la taille moyenne constatée
tous les ans par les conseils de recrutement militaire. Un
très savant physiologiste avec qui j'ai fait la traversée du
Pirée à Alexandrie me disait un jour : « — Je ne donne pas
cent ans aux peuples de l'Europe pour descendre à la taille
des Lapons, s'ils continuent à laisser leurs enfants fumer avant
l'âge d'homme... » — Vous regardez ce presse-papier, reprit
M. Pellerin en voyant les yeux de Baudouin fixés sur son
bureau. C'est un pied de statue antique que j'ai acheté trois
drachmes d'un pêcheur à Chios... Superbe, n'est-il pas vrai?...
Mais à propos de statues, est-ce que vous modelez toujours?

— Pas aussi souvent que je le voudrais.

— Tant pis, car, si je ne me trompe, c'est bien là votre
véritable vocation.

— Quoi ! demanda aussitôt Baudouin avec ardeur, est-
ce que vous êtes d'avis, monsieur, que, si l'on se sent attiré
vers une carrière particulière, c'est vers celle-là qu'il faut
se tourner, sans tenir compte des difficultés qui peuvent en
obstruer l'entrée?

— Sans doute. C'est presque un devoir, non seulement
envers soi-même, mais envers le pays... Entendons-nous !
Il faut que la vocation soit sérieuse, qu'elle repose, non
sur des rêves futiles, mais sur des faits; que le candidat
puisse s'en prouver à lui-même et en prouver aux autres la
réalité. Il faut aussi que des devoirs impérieux, pressants,
un père infirme, une famille à soutenir, ne lui fassent pas

une obligation rigoureuse de profiter, dans une direction peut-être contraire à ses goûts, d'une chance exceptionnelle... Mais, hors ce cas très rare, étant donné qu'il y a une fonction spéciale, définie, à laquelle il est plus propre qu'à toute autre, je dis que son devoir est de se porter de ce côté, et le devoir de ceux qui l'entourent, de le laisser faire !

— Et vous me conseilleriez, reprit Baudouin d'une voix tremblante d'émotion, de me porter du côté de l'art, de préférence à toute autre carrière?

— Assurément, si vous vous en sentez le courage, et si, comme je le crois, vous êtes né pour ce combat !... Il faudra que vous me donniez de vos dessins et de vos essais de sculpture, pour les montrer à des juges compétents : je vous en dirai leur avis... Mais vous permettez que je passe dans ma chambre pour m'habiller? »

M. Pellerin fut bientôt prêt, et, descendant à pied les Champs-Élysées, nous prîmes ensemble le chemin de Billancourt.

« Eh bien ! reprit-il quand nous fûmes en marche, causons un peu de nos affaires... Vous n'êtes pas très content de vos places au lycée, n'est-il pas vrai, et ce n'est pas tous les jours fête, maintenant, quand on compose en discours ou en vers latins?... Ah ! vous avez des concurrents sérieux ! La classe n'est pas précisément des plus fortes dans son ensemble, mais il y a quelques élèves hors ligne... Voyons, la main sur la conscience, dites-moi cela : est-ce que vous avez beaucoup travaillé depuis le commencement de l'année?

— Je ne suis que depuis un mois au lycée Montaigne, fit observer Baudouin.

— Je le sais, et je m'adresse particulièrement à Besnard.

— Ma foi, répondis-je, ce serait peut-être exagéré de l'affirmer. Mais c'est si décourageant quand on arrive de province avec l'habitude d'être un des premiers de la classe, de se trouver tout à coup relégué dans le centre!

— Oui, je connais cette sensation : c'est très désagréable. Mais il y a quelque chose de plus fâcheux, c'est de se résigner à ce rang secondaire.

— Je ne demanderais pas mieux que d'en sortir, croyez-le bien, monsieur, mais comment faire?

— Comment faire? C'est très simple. Rappelez-vous la réponse de Newton à la dame qui lui demandait comment il avait pu découvrir l'attraction universelle : — « En y pensant, » dit-il. Eh bien, quand vous vous proposez un problème infiniment moins difficile, convenez-en, celui d'être premier en discours latin ou en histoire, le procédé est le même pour le résoudre : il faut y penser !

— Mais je ne fais guère autre chose du matin au soir, et pourtant...

— C'est que vous n'y pensez pas comme il faut. Il ne suffit pas de se dire : « Je voudrais bien être premier, » quoique ce vœu n'ait rien que de sain en lui-même. Il faut par-dessus tout se demander constamment : « Comment pourrais-je bien arriver à être le premier?

— Oui, mais c'est la réponse qui est difficile à trouver.

— Pas le moins du monde. Demandez-vous pourquoi vous étiez premier en discours latin à Châtillon.

— Parce que je faisais moins de barbarismes ou de solécismes que mes camarades.

— Fort bien. Faites-vous plus de barbarismes ou de solécismes à Paris que vous n'en faisiez à Châtillon?

— Je me plais à croire que non.

— En faites-vous plus que Dutheil, par exemple?

— Je ne pense pas. M. Auger lui-même a bien voulu
reconnaître que j'écris correctement en latin.

— Bon. Vous écrivez aussi correctement qu'un autre, et
pourtant vous n'êtes pas premier. C'est donc qu'à Montaigne
il ne s'agit plus de ne pas faire de solécismes ou de barbarismes, — ce qui est le cas de vingt élèves dans la classe, —
mais d'écrire un latin plus élégant que celui des autres, des
choses mieux dites encore et mieux pensées.

— Évidemment.

— Eh bien! voilà tout le secret. Écrire le latin du grand
siècle.

— C'est facile à dire, m'écriai-je en riant, mais c'est moins
facile à faire!

— Pourquoi? Quel est à votre avis le meilleur prosateur
latin! »

Je réfléchis un instant; puis je hasardai, non sans hésitation :

« Cicéron, dans ses *Lettres?*

— Vous n'avez pas mauvais goût!... Eh bien! il faut
écrire comme Cicéron, vous serez sûr de ne pas vous
tromper.

— Mais, encore une fois, comment y arriver?

— Tout uniment en faisant votre lecture habituelle des
Lettres de Cicéron, en remarquant et notant ses façons habi-
tuelles d'écrire; ses expressions préférées, ses tours de
phrase, les mots qu'il évite, les locutions caractéristiques

qui reviennent fréquemment chez lui. Petit à petit, ces par-
ticularités vous seront familières, au point de s'incorporer
à vous. Un tour de phrase latin donnera à vos idées un
tour latin aussi. Votre style prendra une allure plus large
et en quelque sorte plus authentique. Vous vous habituerez
à *penser en latin cicéronien,* ce qui est la grande affaire. Et
alors, selon que vous aurez apporté dans cette préparation
une ardeur plus ou moins intelligente, le résultat pourra être
bon ou médiocre, mais en tous cas, il sera supérieur comme
latinité au style que vous auriez tiré de votre propre fonds.

— Mais alors c'est tout uniment un travail d'imitation?

— Pour ce qui concerne la forme, oui. Est-ce que vous
auriez la prétention d'inventer une nouvelle langue latine,
meilleure que celle de Cicéron? Que pouvez-vous faire
mieux que de le suivre? Demandez à Baudouin comment il
apprend à dessiner? En copiant de bons modèles, parbleu! »

Les écailles tombaient de mes yeux. Je commençais à
entrevoir la lumière.

« Ce que je vous dis là ne se rapporte qu'au style, reprit
M. Pellerin, et le style n'est pas tout. Il y a le fond du discours, sa trame fondamentale à établir ou plutôt à disposer,
puisqu'on vous en fournit les matériaux, et cela aussi néces-
site une gymnastique spéciale. Il faut vous habituer à bien
analyser le sujet, à en extraire tout ce qu'il contient, à y
introduire les éléments nouveaux que votre mémoire et
votre imagination vous fourniront, et il va sans dire que de
fortes études historiques, des lectures variées, vous seront
à cet égard singulièrement utiles. Mais le style a une grande
importance, ne l'oubliez pas. Un discours bien écrit et bien
pensé n'est jamais banal... »

M. Pellerin s'était tu, et je réfléchissais en silence aux conseils qu'il venait de me donner. Je me promettais d'en faire mon profit sans retard. J'entrevoyais enfin la possibilité d'arriver à sortir, grâce à ce fil d'Ariane, du labyrinthe dans lequel je tournais depuis trois mois.

Pour Baudouin, sa pensée était restée tout entière fixée sur ce que notre cher maître lui avait dit du choix d'une carrière. Quand il vit que nous ne parlions plus, il s'empressa de ramener la conversation sur le sujet qui lui tenait tant au cœur.

« Monsieur, demanda-t-il, vous disiez tout à l'heure qu'il faut suivre sa vocation?

— Oui, je le crois. Mais ce que je crois surtout, c'est qu'il faut rechercher en quelque sorte scientifiquement quelle est cette vocation, et ne pas la confondre avec le caprice ou la fantaisie d'un jour... Voulez-vous que je vous dise quel est à mon sens le grand malheur qui pèse sur la vie des hommes? C'est qu'ils n'approfondissent pas assez les raisons qui les portent à embrasser telle carrière plutôt que telle autre. C'est souvent le hasard, une circonstance accidentelle, un détail insignifiant de costume, une question d'aiguillettes ou de galons, qui décide de leur choix. Quelle misère! Entrer sans cause suffisante dans la fonction qu'on doit exercer toute la vie! Tandis qu'il ne devrait pas y avoir de décision plus raisonnée, mieux délibérée, plus sérieusement mûrie, s'abandonner à une sorte de tirage au sort! C'est déplorable non seulement pour l'individu, mais pour le corps social tout entier. Car enfin, il y a bien peu d'hommes qui ne soient pas propres à bien faire une certaine chose, et le point important, pour eux comme pour le prochain, c'est

20

qu'ils soient chargés précisément de celle-là et non pas d'une autre. Eux, ils y trouveront le plaisir de la bien faire et les avantages matériels qui résultent toujours de la supériorité dans un genre quelconque ; le corps social y trouvera l'avantage auquel il a droit pour son argent, d'être bien servi.

— C'est évident, s'écria Baudouin.

— N'est-il pas lamentable, poursuivit M. Pellerin, de voir un jeune homme qui serait propre tout au plus à copier des adresses dans un bureau, servir comme lieutenant dans un régiment de cavalerie? ou cet autre qui aurait fait un marin de premier ordre, passer sa vie à faire des additions chez un banquier? La perte est double : pour la nation et pour l'individu. Je dis que tous les soins du corps enseignant devraient tendre à découvrir chez chaque enfant sa véritable vocation, et à le pousser de ce côté. Ce n'est pas trop pour y arriver des efforts réunis de la famille, des maîtres et de l'élève lui-même.

— Mais comment faire pour s'édifier sur les capacités spéciales de chacun? demandai-je.

— Oh! il y a un moyen bien simple, entre vingt autres! C'est celui des « coefficients » qu'on emploie dans les concours pour les écoles de l'État. J'ai toujours été surpris que cette pierre de touche ne fût pas plus largement utilisée.

— On nous parle en physique des coefficients de dilatation...

— Eh bien! ces coefficients-ci sont du même ordre, appliqués aux facultés intellectuelles. Chaque concours a son programme particulier, n'est-ce pas, selon la nature des connaissances requises pour chaque école? Prenons, par exemple, le programme de Saint-Cyr. L'examen porte sur l'arith-

métique, la trigonométrie, la géométrie, la mécanique, la
géographie et beaucoup d'autres choses encore. Mais toutes
les parties de ce programme n'ont pas aux yeux des juges la
même importance : le poids que chacune doit avoir dans le
jugement porté sur l'aspirant est fixé par un chiffre qu'on
appelle sa cote. L'histoire est cotée 6, la version latine 5, le
thème allemand 3, le lavis à l'encre de Chine 2, telle ou
telle autre partie de l'examen un chiffre plus haut ou plus
bas. D'autre part, le candidat reçoit sur chaque objet une
note qui correspond à son mérite, Cette note, représentée
par un nombre de points, peut être *très mal* de 0 à 4 points,
— *mal* de 4 à 7, *médiocre* de 7 à 10, — enfin, *très bien*, de
18 à 20. Les examinateurs multiplient le nombre de points
obtenus par le candidat sur chaque partie, par la cote du
coefficient correspondant, et la somme des produits ainsi
obtenus donne le nombre total des points du candidat, et
détermine son rang sur la liste des concurrents. Comprenez-
vous ce mécanisme de classement?

— Fort bien. Mais je ne vois pas...

— Attendez. Nous arrivons à notre affaire... Chaque profession repose sur l'application de facultés ou de connais
sances spéciales auxquelles une importance toute particulière est attribuée. Eh bien ! chacun devrait procéder dans
son for intérieur à de fréquents examens ayant pour but de
déterminer les cotes auxquelles il peut prétendre sur les dif-
férentes parties de l'éducation scolaire, et d'établir son choix
sur les résultats de cet examen. Attiré par un goût plus ou
moins raisonné, je suppose, vers la carrière militaire, il ne
devra se décider à la suivre que s'il possède, avec l'aptitude
physique indispensable, des chances d'obtenir un nombre de

points respectable en trigonométrie, en géographie, en allemand, puisque ces parties ont un fort coefficient à la cote
du concours. Sa meilleure cote est-elle en mécanique, il
devra se tourner de préférence vers les professions industrielles. N'obtient-il du succès qu'en littérature, en histoire,
pourquoi ne pas se diriger vers une carrière libérale, au lieu
de se condamner à végéter dans les derniers rangs d'une
carrière scientifique ?

— Mais enfin, monsieur, tout le monde ne peut pourtant
pas aspirer à arriver dans sa carrière aux premières situa-
tions ?

— Si vous voulez dire que tout le monde ne peut pas se
flatter de les atteindre, vous avez parfaitement raison. Mais
je ne verrais pour ma part aucun inconvénient à ce que tout
le monde y aspirât, au moins à l'âge heureux où l'on en commence l'apprentissage. L'ambition de bien faire ce que l'on
a à faire est le grand ressort, non seulement de la fortune
des hommes, mais de celle des nations. C'est par la concur-
rence héroïque que les personnalités sont mises en relief et
que les mérites supérieurs sont obligés de se produire.
Croyez-vous que, si tous les jeunes gens qui entrent à Saint-
Cyr étaient bien résolus à faire tous leurs efforts pour devenir généraux de division, et bien convaincus qu'ils y arri-
veront seulement par le travail, le mérite et les services
rendus, le niveau général de l'armée ne s'en trouverait pas
plus haut ? De même dans toutes les carrières. Et c'est pourquoi il importe tant de bien choisir celle où l'on veut entrer,
et, le choix une fois arrêté, de se dévouer corps et âme à la
poursuite du but... »

M. Pellerin nous entretint longtemps encore de ce sujet

si intéressant et si important pour l'avenir des jeunes gens,
quoiqu'ils lui prêtent en général une attention si superficielle. Puis, toujours chemin faisant, nous causâmes de
Châtillon, de nos anciens camarades. L'un était à l'École
navale, l'autre faisait déjà son droit ou sa médecine; celui-ci
était entré comme surnuméraire dans une administration de
l'État; celui-là avait choisi le commerce. Verschuren était le
seul qui fût avec nous au lycée Montaigne.

« Et Mounerol? » demanda M. Pellerin.

C'était un de nos condisciples qu'il avait jadis puissamment
contribué à faire entrer comme boursier au lycée de Châtillon, — un pauvre enfant des rues, — devenu bientôt un de
nos concurrents les plus redoutables.

« Mounerol a eu cinq prix l'an dernier, mais j'ignore ce
qu'il est devenu, répondis-je. Il était question de le garder
au lycée comme aspirant répétiteur.

— C'est un brave petit garçon, et qui fera son chemin de
toutes façons, reprit M. Pellerin. Vous rappelez-vous comme
il était drôle à l'époque où toute la ville l'appelait *Criquet,*
et où il passait son temps à faire la « chandelle » sur les
places de Châtillon?... Son brave homme de grand-père vit
toujours, j'espère?

— Le père Plaisir! Plus guilleret que jamais et très fier
des succès de son garçon. Il vend toujours ses gaufres au
bout du Cours. Encore un qui ne vous oublie pas, monsieur!
La dernière fois que je l'ai vu, il m'a demandé de vos nouvelles... »

CHAPITRE XIV

GRANDEUR ET DÉCADENCE DE L'ÉLÈVE-FANTÔME.

Avec M. Pellerin pour maître et Baudouin à mes côtés, je me retrouvais enfin moi-même et je m'étais mis au travail d'arrache-pied. Que la tâche me semblait douce désormais, et comme je me serais reproché de ne pas mettre tous les jours *Lege quæso* sur mes devoirs ! M. Pellerin n'était pas tendre pour mon style, tant s'en faut. Mais je ne sais pourquoi rien de lui ne me blessait. Toutes ses observations étaient les bienvenues au contraire, et me paraissaient marquées au coin du goût le plus pur.

Je ne tardai pas à obtenir des places plus avouables que celles du premier trimestre, et ce fut pour moi un nouveau motif d'émulation. Dès lors, je renonçai sans retour aux longues flâneries, aux lectures désordonnées, à tous les genres de dissipation. Molécule ne me reconnaissait plus. Le nez toujours baissé sur mes livres ou sur mes cahiers, je ne cherchais pas seulement à bien faire les exercices que nos maîtres nous avaient assignés, je prenais à tâche d'aller au fond de toutes les questions, de vaincre toutes les difficultés, par-dessus tout de ne jamais laisser une minute inoccupée.

Il semble que personne n'avait rien à voir à une telle réforme et que j'étais bien libre de travailler autant que bon me semblait. Pourtant, il était un de mes condisciples, Lecachey, qui ne pouvait pas me pardonner cette métamorphose. Elle prenait à ses yeux les proportions d'une injure personnelle.

D'abord il se contenta de m'adresser d'assez sottes plaisanteries en voyant que je ne me plaçais plus en classe auprès de lui et que je prenais assez évidemment soin de l'éviter soit à la salle d'armes, soit au dehors du lycée.

« Est-ce que sérieusement tu vas te mettre à devenir un savant en *us ?* me disait-il quand il pouvait m'attraper à la sortie. C'est très mal porté, mon cher. Il faut laisser cela aux pédants, » etc., etc.

Quand il vit que ces niaiseries n'avaient pas le don de me convaincre et que je persistais à préférer à son étincelante conversation les leçons de M. Pellerin et même les lectures de M. Aveline, il finit par devenir presque impertinent.

Je relevai vertement ces velléités, et nous en arrivâmes vite à nous trouver, sinon tout à fait brouillés, du moins très piqués l'un contre l'autre.

Sur ces entrefaites, un incident grave se produisit dans la classe de mathématiques.

Thomereau, toujours à l'affût de quelque mystification, en avait imaginé une du plus fort calibre contre M. Desbans. Celle-là, je dois le dire, était vraiment drôle, et notre cher maître lui-même m'en a souvent parlé depuis comme l'une des inventions les plus ingénieuses qu'un galopin d'élève eût jamais pu mettre en œuvre contre son professeur.

Elle consistait à supposer l'existence d'un élève imagi-
naire, appelé *Forestons* et qui en arrivait à jouer dans la
classe un rôle absolument fantastique.

La mise en train de la plaisanterie avait été des plus simples. Il avait suffi à Thomereau de préparer pour la leçon de
mathématiques un devoir, d'ailleurs très médiocre, en tête
duquel il écrivait très lisiblement le nom de Forestons. Cette
copie était relevée avec les autres au commencement de la
classe et remise à M. Desbans. A la leçon suivante, elle
revenait dans la liasse du professeur annotée de sa main, et
elle était, en même temps que les autres copies, l'objet d'observations critiques. A ces observations peu flatteuses,
Forestons n'avait garde de répondre, et pour cause. M. Desbans passait à une autre copie, et le tour était joué.

La troisième fois que l'invisible Forestons revint ainsi au
tribunal de la classe, nous dûmes faire des efforts héroïques
pour ne pas éclater de rire. Encore y parvînmes-nous si
imparfaitement que M. Desbans nous regarda tout étonné.

Vainement Baudouin, qui prenait maintenant avec moi
des leçons particulières de mathématiques et qui partageait
mon affection pour notre maître, avait exprimé sa désappro-
bation d'une plaisanterie aussi déplacée et aussi prolongée.
Tout avait été inutile.

Or, il advint que M. Desbans, en parcourant les copies,
s'arrêta un jour sur celle de l'élève-fantôme.

« Monsieur Forestons, votre devoir est aujourd'hui meilleur qu'à l'ordinaire, dit-il ; je ne serais pas fâché de m'assurer que vous avez trouvé tout seul la solution de votre
problème. Veuillez venir au tableau en répéter la démonstration... »

21

Forestons n'avait garde d'obéir, et pour cause. M. Desbans renouvela son invitation.

« Forestons vient de sortir à l'instant ! » dit Thomereau, et aussitôt un rire étouffé courut dans la classe. On ne se blasait pas sur la plaisanterie.

« Ah ! M. Forestons est sorti ? répondit M. Desbans. Eh bien ! allez me le chercher. »

Que faire ? A quel parti s'arrêter ? Le mieux, sans aucun doute, aurait été qu'une voix courageuse s'élevât pour révéler à M. Desbans l'absurde mystification dont toute la classe s'était rendue complice. Mais aucun de nous n'osait prendre un tel parti.

Plusieurs minutes s'écoulèrent ainsi. Comment Thomereau parviendrait-il à se tirer d'affaire ? Cependant nous commencions à reprendre courage et à nous dire que M. Desbans, avec sa distraction ordinaire, ne penserait bientôt plus à sa requête, quand tout à coup la porte de la classe se rouvrit, et Thomereau reparut, mais un Thomereau transformé, un Thomereau de seconde manière que très peu d'entre nous reconnurent tout d'abord.

Ses instincts de clown l'avaient admirablement servi, le malheureux ! Il avait réussi à se rendre presque méconnaissable. Affublé, sur sa tunique, du pardessus d'un externe, le col de sa chemise relevé jusqu'aux oreilles, ses longs cheveux mouillés à la fontaine de la cour pour les rabattre sur son front et les ramener sur ses tempes, il avançait ses lèvres et son menton pour les déformer, plissait son nez, faisait loucher ses yeux. Il était grotesque et affreux.

A sa vue, un rire à peine contenu éclata bientôt sur tous les rangs.

M. Desbans s'arrêta un instant dans sa démonstration, regarda le nouveau venu de ses grands yeux distraits, puis reprit le fil de son discours et arriva à la conclusion de son raisonnement.

Nous espérions encore que les choses en resteraient là et qu'il ne songeait plus à sa fantaisie. Mais cette fois, il avait la mémoire tenace.

« Eh bien ! monsieur Forestons, dit-il, vous voilà de retour de votre excursion? Veuillez venir au tableau. »

Personne ne riait plus. Thomereau, avec un front d'airain, se leva, descendit les gradins qui le séparaient du tableau, et, toujours armé de son effroyable grimace, vint se placer au poste de combat.

« Comme je l'ai dit tout à l'heure à vos camarades, reprit M. Desbans, j'ai quelques doutes sur l'originalité de votre devoir. Il m'est revenu que vous vous faisiez parfois aider par vos camarades, et je ne serais pas fâché de voir comment vous vous tirez d'un problème très élémentaire. Veuillez écrire la donnée suivante... »

Thomereau prit la craie et se tourna vers le tableau de manière à cacher son visage au professeur, tout en nous le laissant voir de trois quarts. Il feignait d'être fort à l'aise, mais je crois bien qu'il commençait à regretter amèrement son équipée.

« Dix élèves de rhétorique, reprit M. Desbans, ont écrit sous la dictée, en deux heures de retenue, un total de trois mille six cent soixante vers. Combien de vers soixante-quinze élèves, écrivant au même taux que les premiers pendant quatre retenues de trois heures, arriveront-ils à avoir écrit?... Vous voyez que c'est un problème très facile, une simple règle de trois… Je vous écoute. »

Nous écoutions aussi, et nous commencions même à penser que cette règle de trois pourrait bien contenir une menace à notre adresse. Thomereau le pensait aussi sans doute, car sa main était mal assurée en traçant ses chiffres au tableau.

Il entama néanmoins tant bien que mal le raisonnement classique :

« Si dix élèves ont écrit en deux heures trois mille six cent soixante vers, commença-t-il d'une voix caverneuse, un élève aurait écrit en deux heures ce total divisé par dix, et en une heure le quotient de cette première division divisé par deux…

— Fort bien raisonné, monsieur Forestons, plaça ici M. Desbans. Je vois que vous avez profité de vos leçons d'arithmétique. Poursuivez… »

Thomereau semblait renaître en voyant les choses prendre une tournure aussi satisfaisante. Il haussa la voix sans cesser de la faire partir du fond de son gosier et reprit :

« Maintenant que nous savons combien de vers un élève aura écrits en une heure, il est aisé d'arriver à la solution : soixante-quinze élèves écrivant au même taux pendant quatre retenues de trois heures, c'est-à-dire pendant douze heures, en accumuleront douze fois plus, c'est-à-dire le produit précédent multiplié par douze…

— Parfait ! s'écria M. Desbans. Exécutez vos opérations, que nous connaissions ce total. »

Thomereau se mit à exécuter ses divisions et multiplications. Cela prit quelques minutes. Enfin, il donna le résultat : cent soixante-quatre mille sept cent douze.

M. DESBANS EMPOIGNANT THOMBREAU...

« C'est fort bien, reprit le professeur, et je suis enchanté de vous trouver aussi ferré sur la règle de trois, monsieur Forestons. Vous êtes sans doute un élève de province? Je ne me souviens pas de vous avoir jamais vu jusqu'à ce jour... »

Ici toute la classe se sentit incapable de retenir le fou rire qui montait, et s'abandonna à l'hilarité. Ce fut comme un coup de fouet donné au besoin inné dans Thomereau de faire le pitre.

« Oui, monsieur, répondit-il d'un ton plus nasillard que jamais; je suis de Brives-la-Gaillarde, où mon père exerce l'honorable profession de vérificateur des poids et mesures, et m'a nourri dès l'âge le plus tendre dans le culte de la règle de trois... »

Notre joie approchait du délire, quand soudain nous vîmes M. Desbans se redresser, s'approcher de Thomereau abasourdi, — puis, l'empoignant par le collet et le jetant à la porte, lui dire d'une voix claire :

« Eh bien ! monsieur Forestons, allez porter mes compliments à M. le Censeur et lui dire comment vous avez été reconduit hors de ma classe ! »

Un silence de mort avait succédé à cette conclusion inattendue. Tous, nous nous sentions coupables dans une certaine mesure des méfaits de Thomereau; nous comprenions maintenant combien nous avions été coupables de nous associer à la mystification poursuivie pendant deux ou trois semaines consécutives contre un homme de grand cœur et de profond savoir. Cela nous allait bien, à nous misérables blancs-becs et ignorants gamins, de rire aux dépens d'un savant éminent comme M. Desbans ! Mais son tour était

venu maintenant, et il ne nous restait plus qu'à courber le
front devant la tempête.

« Vous pensez bien, messieurs, fit-il en se retournant
vers nous, que je ne vous ferai pas l'honneur de me fâcher
d'une aussi pauvre plaisanterie ; il n'y a en vérité ni courage ni esprit à l'avoir tentée contre moi qui ne soupçonne
jamais le mal, et qui songe seulement à vous instruire !
Vous vous êtes mis soixante-quinze pour cette entreprise ;
je ne vous en fais pas mon compliment. Quand vous serez
des hommes et non plus des *polissons,* vous comprendrez
ce qu'elle avait de peu glorieux... En attendant, je constate
que vous avez manqué en ma personne au respect que vous
devez à vos maîtres, et à ce titre je suis obligé de vous
punir. Je vais demander à M. le Censeur d'infliger à toute
la classe, pendant quatre jeudis consécutifs, trois heures
de retenue, et vous serez ainsi en état de vérifier si la solution de la règle de trois donnée par votre camarade est la
bonne. »

Cela dit, M. Desbans revint au tableau, prit la craie et
s'engagea avec le plus grand calme dans la démonstration
d'un théorème nouveau.

Nous étions restés comme pétrifiés. Pour mon compte,
je me sentais profondément honteux d'avoir pris part, même
par mon silence, à cette ridicule affaire, et je me demandais
comment j'oserais me représenter désormais à la leçon particulière de M. Desbans.

Mes camarades paraissaient, pour la plupart, agités de
tous autres soins, tandis que la démonstration se poursuivait, et, jusqu'à la fin de la classe, les chuchotements
furent continuels. J'en eus l'explication à la sortie.

« Il est assez singulier, disait-on, que Tronc-de-Cône ait ainsi tout à coup découvert le pot aux roses.

— Parbleu, il est bien incapable de l'avoir découvert tout seul! dit une voix derrière moi, celle de Lecachey. C'est sans doute un de ses élèves particuliers qui l'aura mis au fait. »

Je me retournai, pâle d'indignation.

« Est-ce pour moi que tu dis cela? » lui demandai-je.

Il parut surpris que j'eusse entendu son insinuation et balbutia que je n'étais pas le seul élève particulier de M. Desbans.

« Avec Baudouin, je suis le seul de la classe ! » m'écriai-je.

Nous nous étions arrêtés à trois pas de la porte, et un groupe s'était aussitôt formé autour de nous. La présence de ces spectateurs ne fut pas sans agir sur l'amour-propre de Lecachey.

« Ma foi, s'il faut tout dire, fit-il insolemment, oui, je crois que c'est Baudouin qui a révélé l'affaire à Tronc... »

Il n'avait pas achevé sa phrase, que je lui avais envoyé en pleine figure la plus mirifique calotte que j'aie jamais appliquée dans ma vie. Je ne sais comment cela se fit. Le coup était parti avant même que j'eusse formé la résolution de le décocher. Entendre insulter Baudouin par ce « gommeux », par ce niais, était plus que je n'avais pu supporter.

Lecachey s'attendait si peu à cette attaque, qu'il en resta comme suffoqué.

« *Qu'est ça? Qu'est ça?* » disait-il.

On nous sépara. J'écumais de fureur.

« Si tu en veux encore, j'en ai d'autres à ton service, lui criai-je. Et si tu n'es pas content après que j'aurai eu mon tour, Baudouin prendra le sien ! »

Au même instant, le censeur faisait son apparition sur le champ de bataille.

On m'entraîna vers le quartier. Lecachey fut de son côté emmené par les externes. Je le vis arrêté par le censeur qui l'interrogeait.

Baudouin était justement resté en arrière pour causer avec M. Desbans, — peut-être de l'incident de la matinée, — et ne savait pas ce qui venait de se passer au dehors de la classe. Je recommandai à mes camarades de ne rien lui dire.

« Il assommerait Lecachey, s'il apprenait de quoi ce misérable s'est permis de l'accuser. Baudouin n'a jamais fait mystère du dégoût que lui inspirait cette mystification. Mais en parler à Tronc-de-Cône, jamais! Il en était plus incapable que moi-même et qu'aucun autre. »

Je vis avec plaisir que, parmi mes condisciples du quartier, il n'en était pas un qui ne partageât à cet égard mon opinion. Il n'avait fallu que peu de jours à Baudouin pour devenir le favori de toute l'étude, précisément par la franchise et la droiture de son caractère. On promit de me garder le secret.

« Eh bien! que t'a dit le censeur? demandâmes-nous en chœur à Thomereau, en le retrouvant au quartier.

— Le censeur? est-ce que vous me croyez assez sot pour avoir été le trouver? répliqua notre homme d'un air triomphant. Je suis tranquillement venu achever la classe ici, et je gage que Tronc-de-Cône, avec sa distraction habituelle, ne pense déjà plus à l'affaire. »

Il avait l'air enchanté de son idée comme d'un trait de génie.

« Que Tronc-de-Cône n'y pense plus, me disais-je *in*

petto, libre à lui! mais toi, mon bon Thomereau, pour prendre si philosophiquement le traitement qu'il t'a si justement
et si vertement octroyé, il faut que ta conscience t'ait enfin
crié que tu ne les avais pas volés. »

Jamais, à voir Thomereau, on n'aurait pu croire qu'il
venait d'être le triste héros d'une pareille aventure. Cette
légèreté de cœur est sans doute une grâce d'état chez les
farceurs de profession. J'ai souvent remarqué plus tard que
personne ne se console aussi vite qu'eux des conséquences
variées où ne manque guère de les entraîner leur manie de
s'amuser aux dépens du prochain.

Baudouin ne pouvait revenir de cette effronterie, quand
il en eut à son tour le spectacle.

« Mais vois donc la mine réjouie de ce giflé de tout à
l'heure, » me disait-il avec un étonnement sincère.

Pour moi, je savais bien qu'on n'est pas très content même
quand on a joué le rôle actif dans une exécution de ce
genre, et qu'on en garde toujours une impression pénible.
Mais je songeais surtout en récréation à occuper l'attention
de Baudouin pour qu'aucun écho de mon affaire avec Lecachey ne pût arriver jusqu'à lui.

Du reste, toute l'étude fut parfaite. Personne ne fit allu-
sion à ce qui s'était passé à la sortie de la classe.

Malheureusement l'incident ne devait pas en rester là. A
peine venions-nous de rentrer au quartier, quand Anselme
en ouvrit la porte, et dit :

« Monsieur Besnard!... Monsieur Thomereau!... chez
M. le proviseur!... »

22

CHAPITRE XV

Être appelé chez le proviseur était en tout temps une grosse affaire. Depuis mon entrée au lycée Montaigne, un tel honneur ne m'avait jamais été conféré; mais le partager avec Thomereau était de bien mauvais augure.

Il fallait pourtant faire contre mauvaise fortune bon cœur, et c'est d'un pas assez ferme que je m'engageai, sous la direction d'Anselme, dans le dédale de couloirs qui conduisait au redoutable prétoire.

Quant à Thomereau, son aplomb semblait tout à coup l'avoir abandonné. Il ne riait plus du tout et ne songeait pas à risquer le moindre calembour. Je crus même m'apercevoir que ses genoux semblaient prêts à se dérober sous lui. En tout cas, il marchait très lentement et paraissait peu pressé d'arriver au terme de son voyage.

« Que diable peut nous vouloir le proviseur? demandait-il d'un ton dolent.

— Eh! parbleu, lui dis-je, assez inquiet moi aussi, c'est
ton bête de Forestons qui nous vaut l'invitation, ce n'est que
trop certain... »

Si nous avions pu conserver à cet égard le moindre doute,
nous l'aurions perdu en pénétrant chez le proviseur. Calme
et grave, il était assis devant son grand bureau de chêne
blanc, au milieu d'un vaste cabinet de travail dont les murs
disparaissaient sous des rayons chargés de livres et de car-
tons. A ses côtés, M. Desbans et le censeur avaient pris place
sur des chaises. Lecachey était debout près de la fenêtre,
l'air assez penaud et la joue gauche encore toute chaude.

« Approchez, messieurs, » nous dit M. Montus à notre
entrée. Puis s'adressant sans transition à Thomereau :

« Voilà plusieurs fois déjà, reprit-il sévèrement, que l'on
me signale vos plaisanteries. Mais celle-ci passe toutes les
bornes... Où avez-vous pu trouver la triste audace d'imaginer et de poursuivre une aussi effrontée mystification contre un de vos maîtres, — et quel maître ! celui-là même qui
honore le plus le lycée par son mérite supérieur et sa haute
renommée scientifique !... Oh ! monsieur, vous devez être
bien honteux, s'il vous reste au cœur le moindre sentiment
des convenances, de vous être laissé aller à une action... je
ne dirai pas aussi injurieuse, car de votre part rien ne saurait atteindre M. Desbans..., mais aussi basse, — disons le
mot, aussi *impudente*. »

Thomereau était d'une pâleur livide. Du geste, M. Desbans demandait grâce pour lui.

« ...Votre faute est d'une telle gravité, poursuivit le proviseur, que mon premier mouvement a été de télégraphier
à votre famille pour l'inviter à venir vous reprendre sans

XV

HONTEUX COMME UN RENARD Q'UNE POULE AURAIT PRIS.

délai. Si je n'ai pas immédiatement obéi à cette impulsion,
c'est que M. Desbans lui-même intercède en votre faveur et
me demande instamment de surseoir à cette exécution.
Croyez bien que si je me rends à sa requête, ce n'est assurément pas par égard pour vous. Peut-être, au lieu de me
laisser fléchir, devrais-je saisir avec empressement l'occasion
de débarrasser le quartier n° 1 d'un élève qui est une cause
permanente de désordre et de dissipation... Mais enfin, votre
professeur lui-même insiste pour que vous soyez épargné.
Par un sentiment qui l'honore, il lui répugne d'être la cause,
même indirecte et à coup sûr bien innocente, d'une sen-
tence d'expulsion qui pèserait sur tout votre avenir. Je ne
dois pas vous laisser ignorer, monsieur, qu'il aurait même
dédaigné de se plaindre de votre méfait si l'attention de
M. le Censeur n'avait été attirée sur cette triste équipée par
la rixe qui en a été la conséquence... »

Ici M. Montus m'adressa un regard qui me donna fort à
penser.

« ...Je consens donc pour une fois encore à vous faire
grâce. Vous serez seulement consigné jusqu'à la fin du trimestre... Mais rappelez-vous que vous n'avez plus une seule
faute à commettre, et qu'à la première plainte sérieuse,
votre expulsion sera prononcée sans miséricorde... Allez,
monsieur; remerciez M. Desbans de sa bonté sans doute
excessive, et rentrez en étude. »

« Honteux comme un renard qu'une poule aurait pris, »
Thomereau fit un pas vers M. Desbans et balbutia quelques
mots indistincts. Notre cher maître semblait au moins aussi
embarrassé de son rôle que le coupable même. Mais son excellent cœur lui fournit aussitôt un mot gracieux :

« Ne m'en veuillez pas plus que je ne vous en veux moi-même, dit-il à Thomereau en lui tendant sa main loyale, et je vous promets que nous resterons bons amis. »

Puis, comme mon tour arrivait, il voulut m'épargner l'humiliation d'être tancé en sa présence, et, saluant tout le monde, il quitta le cabinet, accompagné jusqu'à la porte de l'antichambre par le proviseur.

« Pour vous, monsieur Besnard, reprit M. Montus d'un ton plus radouci quand il fut revenu s'asseoir à son bureau, votre faute n'est pas de même nature que celle de Thomereau, mais elle ne saurait pourtant passer inaperçue. Je n'ai pas à rechercher le motif qui a pu vous amener à une démonstration aussi violente, aussi brutale, envers un de vos camarades. »

Lecachey assistait sans mot dire à ce débat peu flatteur pour son amour-propre. Il tenait ses regards obstinément fixés sur le parquet et semblait étranger à ce qui se passait.

Je ne sais quel instinct m'avertit qu'il devait s'être plaint au censeur, et que sans sa dénonciation l'affaire ne serait pas arrivée en haut lieu. Au même instant, le souvenir de l'ignoble accusation qu'il avait portée contre Baudouin revint à ma pensée. Ces sentiments tumultueux m'inspirèrent une audace que je ne me connaissais pas.

« Monsieur le proviseur, dis-je tout à coup, je dois vous avouer très franchement que je ne peux pas me résoudre à croire que j'ai eu tort, et je ne suis pas sûr que, le même cas échéant, je saurais retenir un mouvement selon moi trop justifié. Ce n'est pas de moi qu'il s'agissait, mais d'un ami que je ne pouvais de sang-froid entendre outrager dans ce qu'il a de plus inattaquable : la loyauté de son caractère. »

Le proviseur jeta un regard sur Lecachey, qui n'osait pas
lever les yeux, et je crus voir un sourire s'ébaucher sur ses
lèvres. Mais il ne le laissa pas s'épanouir.

« Je n'ai pas à examiner vos motifs, dit-il d'un ton moins
sévère que ses paroles, je ne dois considérer que le fait en
lui-même. Vous vous êtes, de votre propre aveu, rendu coupable d'une violence que sous aucun prétexte je ne puis
autoriser dans le lycée. Il ne me reste qu'à appliquer le
règlement, en vous infligeant deux mois de consigne sans
exemption, et vous pouvez vous estimer heureux d'en être
quitte à si bon marché... Je sais que vous travaillez et que
vous êtes maintenant un des meilleurs élèves de votre classe,
voulut bien ajouter M. Montus. C'est à cela que vous devez
d'échapper à une punition plus sévère. »

Il me congédia d'un signe de tête et je me retirai avec
Thomereau, maintenant à peu près revenu de sa belle peur.

« Tronc-de-Cône est tout de même bon diable ! » me dit-il
comme nous revenions sans nous presser vers le quartier
n° 1.

Le couloir que nous suivions était très long, et à peine
allions-nous achever de le parcourir, quand le bruit de la
porte qui se rouvrait derrière nous nous fit nous retourner,
et nous vîmes Lecachey sortir à son tour de chez le proviseur. Sans doute il avait eu à son tour un compliment bref,
mais net.

A ce moment Lecachey leva les yeux et nous reconnut.

Il eut un moment d'hésitation et sembla se demander s'il
passerait devant nous. Mais tout à coup, prenant son parti,
il rebroussa vivement chemin et se réfugia dans l'antichambre du proviseur.

Il n'en fallut pas plus pour nous faire prendre à notre tour le galop dans la direction opposée et rentrer au quartier.

C'est la dernière fois de ma vie que j'ai vu Lecachey.

Soit que l'autorité centrale lui eût infligé, pour avoir occasionné une rixe à la sortie de classe, une punition à laquelle il préféra se soustraire; soit qu'il ne se souciât que médiocrement de se retrouver face à face avec Baudouin et moi, il cessa brusquement, à dater de ce jour, de venir au lycée.

J'appris bientôt qu'il avait expliqué à son père comme quoi il se trouvait bien assez savant pour ses besoins particuliers et ne voyait pas la nécessité d'achever sa rhétorique. M. Lecachey n'avait jamais su résister aux caprices les plus déraisonnables de son illustre rejeton. C'était, au dire de tout le monde, un homme d'une haute intelligence et d'une remarquable aptitude aux affaires; il avait su faire en quelques années de sa maison de banque une des premières de Paris; mais son caractère péchait par la fermeté, et il se laissait entièrement gouverner par sa femme et par son fils : celui-ci, paresseux et volontaire; celle-là, coquette, frivole, avide de bruit et d'éclat, toujours emportée par un tourbillon de fêtes et possédée du désir d'éclipser toutes ses rivales par la richesse de ses toilettes et la splendeur de ses équipages.

Encore ce dernier point pouvait-il en apparence se justifier par la prospérité de la maison et de prétendues nécessités de représentation extérieure.

« C'est ma femme qui porte mon luxe, » disait le banquier à ses amis.

Mais sa faiblesse envers son fils n'avait pas d'excuse, car ce n'en était pas une de croire qu'en sa qualité d'héritier unique d'une belle fortune, il pouvait pour toute sa vie rester un ignorant et un inutile.

Quoi qu'il en soit, dans cette occasion M. Lecachey fit quelques objections timides, parla de baccalauréat, d'école de droit, mais se laissa, en fin de compte, persuader par les arguments de son fils, à la condition qu'il entrerait immédiatement dans sa maison de banque.

Nos vacances de Pâques n'étaient pas encore arrivées qu'il avait déjà été élevé aux fonctions de chef du cabinet particulier de son père. J'aime à croire qu'un correcteur spécial de ses fautes d'orthographe et autres fautes était spécialement attaché à sa personne.

Pour moi, en rentrant à l'étude avec Thomereau, je ne pensais plus à mes consignes.

Mais hélas! il fallut bien y penser quand, dimanche après dimanche, le paquet d'*exeat* arriva aux mains de M. Valadier sans contenir le mien!

Baudouin avait fini par être mis au courant de l'affaire Lecachey et de ses suites. Il avait prétendu d'abord que son devoir était de partager ma captivité, mais il avait fini par céder à mes instances et par reconnaître l'inutilité de s'enfermer au lycée pendant des journées qu'il pouvait mieux employer. Depuis longtemps il désirait visiter à fond dans nos musées certaines collections d'estampes et de dessins originaux où j'aimais moins que lui à passer de longues heures, ce qui l'amenait souvent à se priver de ce plaisir pour ne pas m'infliger un ennui. Il fut convenu qu'il consacrerait mes jours de consigne à ces études.

23

De leur côté, maman, tante Aubert, mon père et grand-
papa, qui étaient bien plus punis que moi par cette longue
privation de sortie, prirent l'habitude de venir deux fois par
semaine passer au parloir avec moi la récréation de midi.

Tante Aubert ne manquait pas dans ces occasions de
m'apporter certains pots de confitures ou de conserves que
Baudouin, Verschuren et surtout Chavasse appréciaient encore bien plus que moi. J'ai toujours eu au cours de ma vie
scolaire l'excellente habitude de tout partager avec mes camarades, dans la limite du possible. Indépendamment du
plaisir très réel que je tirais de ce partage, j'y trouvais un
avantage que je n'avais pas prévu, une réciprocité de bons
offices de la part des autres. Si on savait combien on se fait
de tort par l'égoïsme, personne ne se laisserait atteindre par
ce vice odieux.

Pour en revenir à ma consigne, ce n'était pas un mince
crève-cœur, le dimanche matin de voir tous mes camarades,
pimpants et bien brossés, reluisants, cravatés avec soin,
s'égrener un à un par la porte, à l'appel retentissant d'Anselme, et partir dans leur gloire.

Même quand ils s'abstenaient de plaisanter sur mon misérable sort, ou sur le plaisir que je ne pouvais manquer
d'éprouver à rester au lycée pour déguster le gâteau de riz
dominical, mes réflexions étaient des plus mélancoliques et
je n'étais pas éloigné de me considérer comme un jeune
martyr de l'amitié.

Mais cette pensée même soutenait mon courage, et m'inspirait quelque résignation. N'était-ce pas pour Baudouin que
j'étais consigné? En somme, je n'avais pas cherché cette affaire; j'avais obéi à un sentiment très naturel en relevant

une calomnie publiquement formulée contre mon ami. J'avais eu tort envers moi-même sans doute d'aller aussi loin dans la répression : mais ne rien faire eût été manquer à l'affection dévouée que j'avais pour Baudouin. Puisque j'étais réduit à passer ma journée au lycée, je n'avais qu'une chose à faire : en profiter pour piocher de mon mieux et prendre de l'avance sur mes camarades...

C'est ce que je me mettais en devoir de faire, le cœur un peu gros, il faut en convenir.

Un samedi, — c'était celui de la semaine qui suivit ma première consigne, — il me vint une idée que je ne craindrai pas de qualifier de lumineuse dans sa simplicité.

Dutheil et moi, nous avions l'habitude pendant la récréation de quatre heures de monter pour quelques minutes à la bibliothèque du lycée. C'était une grande salle aux murs tout couverts de livres, meublée d'une table à tapis vert et de quelques chaises, et placée sous la garde spéciale d'un jeune maître-répétiteur. Elle n'était ouverte qu'aux élèves de rhétorique et de philosophie, et seulement une heure par jour. Il fallait monter en toute hâte, demander les volumes qu'on désirait consulter, et sans désemparer, au grand galop, prendre ses notes.

Toutes rapides qu'étaient ces séances entre un goûter expédié chemin faisant et l'étude du soir, elles me laissaient toujours une impression délicieuse. La belle ordonnance de ces livres aux riches reliures, rangés sur des tablettes de bois noir verni, les titres dorés, le calme de la salle, le parfum même des vieux bouquins poussiéreux, — tout contribuait à me pénétrer d'une sorte de respect et de joie profonde, et l'un de mes regrets était qu'il ne nous fût pas permis de rester plus longuement dans ce sanctuaire. Que n'aurais-je pas donné pour pouvoir y passer une journée tout entière et fourrager à mon aise sur les rayons !

Ce samedi-là, comme le tambour venait de rouler et de nous rappeler à l'étude, j'eus l'inspiration de demander au jeune maître de garde s'il ne pourrait pas m'être permis de venir à la bibliothèque le dimanche, puisque j'étais consigné.

« Il n'y a qu'un obstacle, me répondit-il en riant, c'est que la bibliothèque est fermée ce jour-là. Dieu merci, je ne suis pas consigné, moi, et c'est mon jour de sortie ! »

Je rentrai à l'étude l'oreille assez basse. Une minute d'espoir avait suffi pour me faire une peinture délicieuse de la joie que ce serait de passer mon dimanche parmi ces livres, au lieu de le passer au quartier.

« Pourquoi n'écrirais-je pas au proviseur pour lui soumettre mon vœu? me dis-je tout à coup. En somme, il n'a rien que de légitime, et en supposant que le règlement s'oppose à la faveur que je demande, elle n'a rien que d'avouable, en elle-même... »

Me voilà aussitôt à l'œuvre et rédigeant une pétition motivée.

« Il faut l'écrire en latin! » m'écriai-je mentalement en poursuivant mon idée. « Elle en aura plus de chances d'être écoutée. »

J'exposai donc à M. Montus, *eximie prætor*, que me trouvant par ses ordres consigné jusqu'à Pâques (ou le sixième jour après les ides d'avril), je serais bien aise d'utiliser ce temps d'épreuve en étendant le cercle de mes lectures. Bref, l'autorisation de passer la journée du dimanche à la bibliothèque comblerait tous mes désirs, et s'il voulait bien accéder à ma requête, il prendrait rang dans mon cœur parmi les bienfaiteurs de l'humanité.

Il était près de sept heures quand j'eus achevé de donner le dernier poli à ma supplique, et en descendant souper, je chargeai Anselme de la remettre sans délai.

Justement le proviseur était descendu ce soir-là au réfectoire et se promenait avec le censeur dans l'allée qui séparait nos tables.

Je le vis ouvrir le large pli qu'Anselme lui apportait, et sourire en parcourant ma lettre. On peut penser si j'étais impatient de connaître sa décision.

Il était trop bon pour me la faire attendre, et me fit signe comme nous nous levions après le souper.

« J'accède à votre requête, me dit-il en souriant. C'est une très bonne idée que vous avez là, et je vois avec plaisir que vous vous proposez de mettre à profit les leçons de l'adversité. Il doit seulement rester entendu que vous userez avec la plus grande discrétion de la bibliothèque, où vous serez seul, car il ne serait pas juste d'infliger ce surcroît de besogne à un maître pour votre convenance unique. Demain matin, à dix heures, la clef vous sera remise par Anselme, et c'est à vous de mériter la même faveur pour les autres dimanches... »

Je m'inclinai respectueusement, et suivis ma division. Mes pieds ne touchaient pas à terre, tandis que je remontais au quartier. Nargue la consigne, maintenant! J'étais sûr de bien employer mon temps.

CHAPITRE XVI

Le lendemain, vers deux heures, j'étais installé dans l'embrasure d'une des fenêtres de la bibliothèque, et si profondément absorbé dans ma lecture que je n'entendis même pas la porte s'ouvrir. Une voix bien connue me fit relever la tête.

« Tiens, c'est vous qui êtes là, monsieur Besnard? me disait M. Aveline, j'ai une recherche à faire dans la collection des bollandistes. Peut-être aurez-vous l'obligeance de me donner un coup de main. »

On peut penser si je me mis avec plaisir à la disposition de mon professeur d'histoire. En un clin d'œil j'eus trouvé le gros volume qu'il me désignait, je l'eus ouvert sur la table, et M. Aveline put rechercher le texte qui lui était nécessaire. Ce fut l'affaire de quelques minutes, pendant lesquelles j'étais resté à ses côtés et nous continuions de causer à bâtons rompus.

« Comment se fait-il que vous êtes au lycée aujourd'hui? » me demanda-t-il.

J'eus à expliquer les motifs de ma consigne.

« Ah !... Et vous employez bien votre temps, je le vois avec plaisir. Que lisiez-vous là quand je suis entré ? »

M. Aveline regardait un grand tas de livres placé sur une chaise près de la place que j'occupais à son arrivée et où j'avais entassé quinze à vingt volumes de Rollin, l'*Histoire* de Mézerai, les *Chroniques* de Froissart, les *Martyrs* de Chateaubriand et je ne sais plus quels ouvrages encore.

« Laissez-moi vous donner un conseil en échange de votre obligeance, reprit-il en souriant. Si vous voulez employer utilement vos loisirs, je dis au point de vue scolaire aussi bien qu'en vue du développement de votre intelligence, n'éparpillez pas vos efforts et ne lisez pas au hasard. Tracez-vous un plan d'études historiques. Prenez séparément chaque jour une époque, une période, un événement particulier ou une série d'événements, choisissez deux ou trois historiens qui en aient traité pertinemment, et lisez successivement dans chacun les chapitres qui se rapportent à votre objet spécial, en ayant soin de prendre des notes principalement sur leurs différences. Enfin, ce travail préliminaire une fois accompli, résumez pour vous-même aussi brièvement, mais aussi nettement que possible, la conclusion que vous tirez de la comparaison. Vous me donnerez des nouvelles de cette méthode quand vous l'aurez appliquée systématiquement à toutes les parties de votre programme.

— Mais comment choisir mes autorités ?

— Je me chargerai même très volontiers de vous les indiquer au début, mais cela vous deviendra bientôt inutile.

Vous ne tarderez pas à savoir à quelle source recourir dans chaque cas particulier et à y aller de vous-même.

— Comment, monsieur, vous auriez la bonté...?

— Je suis votre professeur pour cela, et vous savez que c'est la base de ma méthode d'enseignement. A chaque classe je vous indique les auteurs principaux à consulter sur l'objet de la leçon. Si vous désirez des renseignements plus détaillés soit sur certaines parties de cette leçon même, soit sur un programme que vous vous êtes tracé vous-même, il ne faut pas craindre de vous adresser à moi. Un professeur est toujours heureux d'aider de ses conseils un élève laborieux et qui montre de la bonne volonté... »

Un quart d'heure après que M. Aveline m'eut quitté, j'avais déjà conçu et formulé pour moi-même tout un plan d'études et de lectures que je me promettais de poursuivre le dimanche. Jusqu'à ce moment, je n'avais songé qu'à utiliser le plus agréablement possible cette retraite forcée. Je comprenais tout à coup quelle supériorité pouvait m'assurer pendant ces heures de travail supplémentaire des recherches méthodiques et bien dirigées.

De ce jour, la vie scolaire changea pour moi, je puis le dire, et la consigne même se transforma en plaisir. J'avais un but défini, spécial, à atteindre. Je m'étais assigné pour chaque semaine une tâche déterminée et je pus bientôt constater aux compositions quels avantages pratiques j'en retirais déjà. Ces lectures du dimanche devinrent pour moi un véritable besoin. J'éprouvais un plaisir extraordinaire à me trouver ainsi, moi simple écolier, moi hier encore gamin, à même de remonter aux sources, de comparer les textes, d'obtenir sur tous les événements de l'histoire, non pas des

24

renseignements de seconde main, non pas des sommaires
arides et secs comme on en trouve dans les manuels et dans
les précis ordinaires, mais l'opinion raisonnée, détaillée,
développée des meilleurs esprits.

Dans cette familiarité fortifiante, je sentais mon intelligence
mûrir comme un fruit se dore aux rayons du soleil. Mon
style y gagnait autant que ma raison. Il ne se passait pas de
jour qui ne fût marqué en quelque sorte par un progrès et
un pas en avant. Je voyais clair devant moi ; je savais où je
voulais aller, et j'y marchais résolument.

Ce goût d'étudier *à fond* ce que j'avais à ma disposition ne
se réduisait pas à l'histoire. Il s'étendit bientôt à toutes mes
autres études. Je compris combien il était sot de vivre plusieurs années durant côte à côte avec les plus grands écrivains de l'antiquité et de ne pas en tirer tout ce qu'ils
contiennent. Je pris à tâche de les lire avec attention, et,
d'un bout à l'autre, de m'informer de leur biographie, de parcourir les principales études qui ont été faites sur leurs
œuvres, de pénétrer dans l'intimité de leur pensée plus inti-
mement que je n'avais jusque-là songé à le faire. Et je m'aperçus alors à ma grande joie que ce qui était si terne, et,
disons le mot, si ennuyeux, en s'en tenant à la routine quotidienne de la classe, devenait du coup la plus intéressante et
la plus haute des études. Toutes choses s'éclairaient pour
moi d'une lumière subite. Comme Aladin, muni de sa lampe
merveilleuse, je marchais dans la caverne classique d'enchantements en enchantements.

Cet élargissement de mes travaux et de mes idées n'était
pourtant pas sans son inconvénient. Il m'inspirait, à mon
insu même, un certain dédain des exercices ordinaires de la

classe, en particulier, il m'en souvient, de la récitation des leçons.

Je n'allais pas jusqu'à ne pas les apprendre; d'abord parce que cela m'était facile, car j'avais une très bonne mémoire, et puis parce que, pour rien au monde, je n'aurais voulu me mettre en faute et m'exposer à une réprimande. Mais si je les apprenais, c'était sans conviction, et je ne pouvais m'empêcher *in petto* de protester contre ce que je considérais comme une perte de temps.

Je m'en expliquai très franchement avec M. Pellerin, un jour qu'il avait dû punir un élève pour n'avoir pas su le premier mot de sa leçon de *Conciones*.

« Monsieur, lui dis-je à la sortie de la classe, dans une de ces causeries familières où il aimait à nous grouper à cinq ou six autour de lui, j'ai un scrupule que je désire vous communiquer... Pensez-vous réellement qu'il soit bien utile à des élèves de rhétorique d'apprendre des leçons par cœur, et ne pourraient-ils pas mieux utiliser leur temps? Par exemple, ne vaudrait-il pas mieux lire une centaine de pages d'un bon auteur que de s'évertuer à savoir mot à mot vingt lignes de *Conciones?* »

M. Pellerin se mit à rire.

« Voilà, me dit-il, une objection que je n'aurais pas attendue de vous. Comment pouvez-vous supposer que je vous impose, à vous et à vos camarades, un seul exercice dont l'utilité ne me soit pas absolument démontrée? Non, certainement, la lecture pure et simple, si attentive qu'elle fût, de cent pages d'un bon auteur, ne vaudrait pas une leçon apprise par cœur... D'abord, il faudrait être sûr que les cent pages seront lues, et ce ne serait guère possible, tandis qu'il m'est aisé de m'assurer si la leçon a été apprise ou non... Mais, indépendamment de cette question de conscience et de pratique, ne sentez-vous pas la différence entre une lecture hâtive ou même raisonnée et l'assimilation complète que représente la leçon apprise? Pour apprendre une page par cœur, vous êtes obligé de la lire et de la relire, de la pénétrer à fond, de la saisir dans ses moindres détails; vous vous appropriez non seulement les idées, mais le style même de l'écrivain, et ces idées, ce style deviennent partie intégrante de votre être. C'est déjà, n'est-ce pas, un assez beau résultat? Eh bien! ce résultat n'est encore qu'une très minime fraction du bien que vous fait la leçon... »

Je regardai M. Pellerin avec un étonnement non dissimulé.

« ... En premier lieu, reprit-il, le travail nécessaire pour la retenir a exercé votre faculté d'*attention* et vous a habitué à concentrer vos forces mentales sur un sujet donné. En second lieu, il a exercé votre *mémoire,* un des dons les plus précieux de l'intelligence sans contredit, et celui de tous qui a le plus grand besoin de gymnastique. Enfin, il a apporté des éléments à la formation de votre *goût,* il a augmenté votre provision de faits et de jugements. Tout cela ne vaut-il pas la peine légère que vous donne chaque jour une leçon à apprendre?

— Sans doute, répondis-je, vivement frappé de cette démonstration. Mais ne pourrait-on pas du moins apprendre autre chose que le *Conciones?*

— Le *Conciones!* s'écria M. Pellerin. Eh quoi! seriez-vous encore de ceux qui n'apprécient pas ce beau livre à sa valeur? Tombez-vous dans l'erreur commune à tant d'élèves, et qui

leur fait regarder avec dédain tout ouvrage que la tradition
scolaire met à leur disposition? N'avez-vous pas remarqué
combien celui-ci est de tous points admirable, parfait et surtout adapté à son objet?... Mais songez donc, mon enfant,
que le *Conciones* c'est la moelle même de Tite-Live, de
Quinte-Curce, de Salluste et de Tacite, c'est-à-dire des
quatre historiens les plus purs de la littérature latine. Or la
littérature latine, je n'ai pas à vous le rappeler, est la mère
non seulement de notre langue, mais de nos idées, de nos
mœurs, de notre génie même. Eh bien! c'est la philosophie
même et l'histoire de ce grand peuple romain, notre prédé-
cesseur et notre législateur, que vous avez en substance dans
le *Conciones* exposées par la plume de ses prosateurs les
plus illustres... »

M. Pellerin s'était arrêté un instant; mais il reprit presque
aussitôt :

« ... Il y a plus. Ce résumé n'est pas une narration sèche
et impersonnelle, un précis des événements et des faits. C'est
une discussion passionnée, vivante, des plus grands intérêts
de la politique romaine. Avec les consuls, les généraux, les
sénateurs de la grande république, vous pénétrez au cœur
même des questions qui les ont mis en mouvement. Vous
vous trouvez transporté au conseil, au forum, à la tête des
armées. Vous les suivez dans la discussion des motifs qui
les font agir et les guident. Vous vous mettez en quelque
sorte à leur place. Tout s'anime, tout revit. C'est le siècle
entier, c'est la situation même qui surgissent à vos yeux.
Croyez-vous qu'il serait aisé de trouver un autre livre aussi
bien fait pour développer votre imagination en même temps
que votre jugement et servir de couronnement à vos études

classiques? Croyez-le bien, le *Conciones* ne serait pas facilement remplacé. Pour le produire, il n'a fallu rien moins que la science profonde, la connaissance intime des littératures antiques et le génie didactique d'un Henri Estienne, second du nom.

— Quoi! c'est Henri Estienne, le grand imprimeur et érudit du XVIᵉ siècle, qui est l'auteur du *Conciones* ?

— Assurément. C'est lui qui le premier a conçu l'idée de réunir ainsi en un volume la fleur des quatre grands historiens romains, et ce n'est pas le moindre des services qu'il a rendus aux lettres françaises. Je n'hésite pas à dire que tout Corneille, tout Racine, tout ce grand théâtre des raisonneurs politiques et tout le siècle de Louis XV montrent très nettement l'influence du *Conciones*. Sans qu'on le sache en général, c'est un des livres qui ont le plus puissamment contribué à donner à la pensée classique son empreinte définitive. A ce titre, et à bien d'autres encore, il mérite la grande place qu'il tient dans notre enseignement et qu'il gardera toujours, je l'espère bien... »

C'est ainsi que M. Pellerin rectifiait à l'occasion ce que l'emportement de mon zèle pouvait avoir de trop exclusif, comme il arrive si aisément chez les néophytes.

Avec M. Aveline et M. Desbans, il n'était pas d'ailleurs le seul maître dont les conseils me profitassent. J'avais entrevu depuis quelque temps dans les leçons d'anglais un nouveau renfort à utiliser pour battre en brèche la supériorité de Duthoil, le plus redoutable de mes rivaux. Il manifestait, en effet, pour les langues vivantes un dédain assez difficile à expliquer pour un garçon aussi intelligent et aussi laborieux, suivait le cours d'anglais comme par manière d'acquit, sans

y faire le moindre effort, et, comme à la classe de mathématiques, n'y occupait qu'un rang secondaire.

Notre professeur, M. Murchison, était pourtant un fort
aimable homme, très doux, très intelligent, avec une belle
paire de favoris blancs sur un teint rosé comme celui d'un
albinos. Sa méthode était renommée à juste titre dans l'université, et il pouvait se flatter d'avoir enseigné aux jeunes
générations parisiennes plus d'anglais à lui tout seul que
trente éditions réunies du dictionnaire le plus répandu. Il
parlait le français aussi bien que sa langue maternelle, et si
l'on excepte les deux mots *syllabe* et *possessif*, qu'il s'obsti-
nait à prononcer *syllable* et *pozè-ssif*, il n'avait presque pas
conservé l'accent d'outre-Manche. Joignez à cela beaucoup
de cette fierté nationale, qui distingue à un degré si éminent
tous ses compatriotes, l'opinion bien arrêtée que l'anglais étant
parlé par environ deux cent cinquante millions d'hommes, a
droit au premier rang dans la hiérarchie linguistique, et la
conviction inébranlable que Shakspeare est le plus puissant
des génies littéraires passés, présents et à venir. Au demeu-
rant, un maître de premier ordre.

Il avait un certain nombre de petits moyens, à lui person-
nels, pour nous faire prendre goût à son enseignement.

Par exemple, il pensait avec raison que dans l'étude des
langues vivantes tout ou presque tout doit se faire par
l'oreille, et c'est pourquoi il était très exigeant sur le chapitre
des leçons, mais en revanche nous donnait des devoirs très
courts.

En classe, presque tout se passait au tableau.

Un autre de ses principes était que l'attention des élèves
se trouvant beaucoup plus fraîche au commencement de la

leçon qu'à la fin, il importe d'utiliser cette précieuse disposition. Aussi choisissait-il ce moment pour nous faire faire
les exercices qui nécessitent le plus de contention d'esprit,
au lieu d'employer les vingt premières minutes à des récita-
tions ou à des corrections de devoirs.

Il croyait indispensable de faire chaque jour un pas en
avant et trouvait qu'une classe était perdue si chaque élève
n'en emportait pas une certaine provision de notions posi-
tives. Il avait donc soin de formuler, dès notre arrivée,
soit une règle, soit un exemple frappant qu'il écrivait au
tableau et qu'il nous faisait répéter ou appliquer jusqu'à
ce qu'il se fût bien convaincu que toute la classe en avait
profité.

Pour la prononciation, il avait une méthode bien simple,
mais absolument spécifique, et que j'ai été bien souvent
étonné de ne pas voir plus généralement adopté. Cela consistait tout uniment à écrire au tableau deux lignes de prose
anglaise, sans plus, à les lire à haute voix, puis à nous les
faire répéter successivement à tous, depuis le premier élève
jusqu'au dernier. C'était l'affaire de sept à huit minutes à
chaque classe, et l'on ne peut pas imaginer à quel point cet
exercice régulier nous avait, après quelques mois, rompus
à la prononciation anglaise.

M. Murchison disait à ce propos que le grand défaut des
professeurs de langue est en général de vouloir enseigner à
leurs élèves le son d'un mot séparé, au lieu de procéder
toujours par phrases entières, comme cela a lieu dans la
pratique ordinaire : système qui a pour résultat de faire
prendre autant de mal pour retenir le son du mot isolé,
c'est-à-dire à l'état exceptionnel, qu'il en faut pour saisir le

mot fondu dans la phrase et lié aux mots voisins, ce qui est son état normal.

Que de fois j'ai vu des gens qui lisaient couramment un journal anglais ou allemand ne rien comprendre à ce qu'on leur disait dans l'un de ces idiomes! C'est simplement que leur oreille n'avait pas été rompue de bonne heure aux modifications que la liaison rapide d'une suite de syllabes semble imprimer à des mots isolément familiers.

Enfin, M. Murchison avait pour les compositions une règle inflexible qui était de ne pas autoriser l'usage du dictionnaire.

« Où est la preuve que vous avez acquis un vocabulaire suffisamment étendu, disait-il, si vous n'êtes pas capable de tirer de votre propre fonds les mots nécessaires à une traduction? Le travail à coup de dictionnaire est le fait d'un manœuvre : selon que vous vous serez donné plus ou moins de peine à le feuilleter, votre thème ou votre version sera plus ou moins réussi ; mais rien ne prouvera que vous possédez véritablement en propre les mots dont vous vous servez. Donc, à bas le dictionnaire, quand il s'agit d'une épreuve de forces !

Telles étaient quelques-unes des idées particulières de M. Murchison. Jointes à sa figure exotique, à ses manières froides et réservées, l'allure extra-britannique de toute sa personne, elles formaient un ensemble plein de saveur et d'originalité, qui ressortait sur le ton un peu gris de] nos classes et qui me faisait toujours arriver à sa leçon avec un véritable plaisir.

Bon gré mal gré, il fallait bien absorber avec lui une certaine dose d'anglais ; mais, comme je l'ai dit, Dutheil n'y

mettait aucun entrain, et cela me donna l'idée de me porter
avec toute mon énergie sur le terrain qu'il semblait
négliger.

« N'aimerais-tu pas savoir l'anglais? lui disais-je un jour.
Il me semble qu'il doit pourtant être fort agréable de parler
une langue étrangère.

— Mon cher, me répondait-il d'un air goguenard, je ne
suis pas si ambitieux, et je me contenterai de bien parler la
mienne.

— L'un n'empêche pas l'autre. Tu peux savoir le français
à fond et n'en pas moins bien connaître l'anglais.

— Je n'en ai aucune envie. L'anglais n'est guère utile que
dans le commerce et je n'ai pas l'intention de devenir négo-
ciant.

— Tu peux t'y trouver forcé. Et puis il y a une littérature anglaise assez digne, ce me semble, de tenter ta curiosité.

— Je la lirai dans des traductions.

— Un quart du globe parle anglais et tu voyageras un
jour ou l'autre.

— Bon ! quel est le pays civilisé où l'on ne trouve pas un
cuisinier français pour vous donner à déjeuner et un garçon
d'hôtel suisse pour vous servir d'interprète? »

Je n'insistai pas, mais je gardai mon opinion, et je me mis
de si bon cœur à l'étude sous la direction de M. Murchison,
qu'en quelques mois je lisais très couramment la prose
anglaise sans le secours du dictionnaire. Mon père, qui voyait
avec grand plaisir ce goût décidé, voulut le favoriser et me
fit cadeau des œuvres complètes de Dickens et de Thackeray
qu'il fit exprès venir de Londres. Ce que je pouvais en lire

à mes moments perdus m'amusa plus que je ne saurais dire et en même temps me fut un exercice excellent.

Or, il arriva qu'un de mes dimanches de captivité je découvris dans la bibliothèque du lycée les œuvres historiques de Hallam et de Macaulay. C'étaient là des sources où mes condisciples et spécialement Dutheil ne devaient pas souvent puiser. Je les mis dès lors au nombre de mes autorités de prédilection et je les trouvai si riches en vues larges et nouvelles, j'en tirai un tel trésor d'informations, que mes rédactions d'histoire en prirent aussitôt la trace et me valurent les compliments de M. Aveline.

Très heureux de ce succès, je redoublai d'efforts, sans me vanter de ma découverte, et deux ou trois fois, coup sur coup, j'eus le bonheur d'enlever à Dutheil la première place.

Quand les congés de Pâques arrivèrent, avec la fin de ma consigne, je m'étais fait une si douce habitude de ces longues séances dans une salle pleine de livres, avec toutes les sources à ma disposition, que ce luxe intellectuel était devenu pour moi une nécessité.

Aussi chaque matin, après le déjeuner à la table de famille, où je me retrouvais enfin avec tous les miens, on nous voyait partir, Baudouin et moi, pour le centre de Paris. Lui, il se rendait au Louvre, où il avait obtenu la permission de dessiner, et passait sa journée à copier les plus beaux marbres antiques. Moi, je courais à la bibliothèque Sainte-Geneviève, et je dévorais les œuvres de Sismondi, d'Augustin Thierry, d'Henri Martin ou de Michelet.

A quatre heures, nous nous retrouvions au Luxembourg pour une rapide partie de ballon ou de promenade, et à six nous étions rentrés pour le dîner.

C'étaient là des congés ! Tous deux nous aurions voulu les
voir durer jusqu'à la fin des temps ! Mais, hélas ! la vie n'est
pas faite de vacances...

Au surplus, comme me l'avait annoncé M. Aveline, j'étais
maintenant si bien familiarisé avec les principaux ouvrages
historiques qui pouvaient me renseigner sur le programme
de l'année, qu'il m'était aisé de prévoir, une semaine ou
deux à l'avance, les volumes que j'aurais à lire : quand ils
ne se trouvaient pas à la bibliothèque du lycée ou quand le
temps me manquait pour les parcourir pendant la rapide
séance quotidienne, je n'avais qu'à les signaler à mon père,
qui se faisait un plaisir de me les procurer.

Je connus bientôt la joie d'avoir une petite bibliothèque à
moi, avec mes auteurs favoris, que je pouvais tout à mon
aise lire et savourer le dimanche ; et c'est autour de ce premier noyau que s'est formée la collection de livres encore
modeste, mais à mes yeux précieuse, au milieu de laquelle
je passe toujours de si douces heures.

Et, à ce propos, je me suis souvent demandé comment,
depuis que l'imprimerie a été inventée, il peut encore se
trouver des gens pour prononcer ce mot vide de sens : *Je
m'ennuie !* quand il est si facile de trouver dans un livre, à la
minute même, un plaisir, une distraction et une leçon utile !

Pour moi, je le déclare, je ne me suis jamais ennuyé dans
ma vie qu'une seule fois : c'est dans une petite station de
chemin de fer, par un temps affreux, un jour que j'avais
oublié mon sac de voyage avec tous mes livres dans un train
que je venais de quitter. Encore ai-je trouvé quelque amu-
sement pendant une heure ou deux à lire les règlements
variés qui se trouvaient affichés sur tous les murs.

Mais revenons au lycée Montaigne. Si le premier semestre avait été pour moi aussi fécond en consignes qu'en enseignements, je suis heureux de constater que dans le courant des trois mois suivants je devins le modèle des vertus scolaires, et je ne me fis consigner qu'une seule fois. Encore était-ce bien innocent. Qu'on en juge plutôt!

Je venais de faire consciencieusement honneur, contre mon habitude, au déjeuner de *panade* qui constituait notre premier repas, quand Chavasse, un de mes camarades de table, pris d'une fâcheuse inspiration, s'avisa de dire assez haut :

« Au diable la *panade!*... A-t-on jamais vu une colle aussi *infecte!* »

Le mot fut entendu d'un surveillant général, qui se retourna sur nous comme s'il avait été mordu par une vipère.

« Voilà une expression peu parlementaire et qui vaut une demi-consigne! dit-il. Il me faut un « responsable. » »

C'était l'usage, au lycée Montaigne, de toujours prendre un responsable pour les délits de ce genre, afin d'intéresser tout le monde au maintien du bon ordre. Par suite d'un accord tacite entre nous, il était d'ailleurs entendu qu'en pareil cas le coupable ne devait *jamais* se déclarer. On tirait au sort le responsable, qui empochait la punition sans broncher. L'expérience avait souvent montré que ce système coupait court à toute hésitation et à toute querelle, en même temps qu'il facilitait singulièrement la position de la victime expiatoire vis-à-vis de l'administration et des familles elles-mêmes.

Comment en vouloir à un pauvre garçon qui disait :

« Théoriquement, je suis innocent. En pratique, nous avons tiré la punition au sort, et c'est moi « qui l'ai gagnée! »

Le surveillant général n'avait pas plus tôt prononcé son arrêt, que Thomereau, avec un empressement d'un goût douteux, rafla tous les ronds de serviette de la table, et, les agitant dans son képi, les présenta à son voisin Molécule pour le tirage au sort.

Molécule amena le numéro 1132. C'était le mien !

« Monsieur Besnard, vous êtes consigné jusqu'à deux heures, » me dit le surveillant général en écrivant mon nom sur son carnet.

Voilà assurément une consigne dont je n'avais pas à rougir, et celle-là n'a jamais pesé sur ma conscience.

MOLÉCULE AMENA ... 1132, C'ÉTAIT LE MIEN.

CHAPITRE XVII

LE TEMPS DE PIOCHE. — UNE PLEINE EAU.

L'été est de retour. Quelques semaines à peine nous sépa-
rent des compositions finales et des concours d'admission aux
grandes écoles. Il faut voir comme on travaille maintenant
au quartier n° 1 ! C'est un *coup de collier,* un *temps de pioche*
universel.

Ségol ne parle plus qu'en vers latins. Dutheil pâlit sur les
livres, à la lettre, et dans toute sa large face n'a plus que
les yeux de rouges. Il est certain qu'il ne dort pas la moitié
de la nuit et se lève en secret pour travailler au dortoir, à
la lueur de la veilleuse.

Molécule ne se permet plus qu'un sonnet ou deux par
jour.

Verschuren lui-même voit avec terreur approcher le moment où des juges intègres vont comparer ses mérites avec
ceux des autres candidats à Saint-Cyr, et passe la récréation
à se faire « poser des colles ». En géographie il devient
d'une force extraordinaire sur les « bassins » et n'a pas de
rival sur les « chefs-lieux de sous-préfecture ».

Peut-être doit-il cette supériorité à une géographie spéciale que Thomereau a mise en circulation : les départements
français soumis au traitement que le marquis de Mascarille
voulait infliger à l'histoire romaine et arrangés non seulement en vers, mais en à peu près !

« Les Mans-Sarthe souvent ont logé des poètes », cela veut
dire : département de la Sarthe chef-lieu le Mans. Il y en a
ainsi autant que de départements.

Cet ingénieux système de mnémotechnie n'est d'ailleurs
pas limité à la géographie. Thomereau, qui n'a pas d'ambition et qui se contente d'accrocher tant bien que mal le
bachot, applique des moyens analogues à toutes sortes de
sujets. Par exemple, au lieu de retenir la série des douze
Césars romains, il trouve infiniment plus piquant de graver
dans sa mémoire les trois cabalistiques :

Césautica, Claunégalo, Vivestido

qui signifient : César, Auguste, Tibère, Caligula, Claude,
Néron, Galba, Othon, Vitellius, Vespasien, Titus, Domitien.

Pour Baudouin, c'est toujours le dessin qui a ses préfé-
rences. A peine a-t-il fait ses devoirs qu'il se met à copier
avec délices des photographies de statues antiques, des gravures, des tableaux d'anatomie.

Quant à moi, c'est plus particulièrement au discours français, au discours latin et à l'histoire que je donne mes soins.
Tous les jours une page de Bossuet, une page de Pascal et
une page de Cicéron à apprendre par cœur, sans préjudice
des leçons et devoirs courants et des lectures historiques.

Le temps coule avec une rapidité prodigieuse. Il semble
qu'on n'arrivera jamais à « repasser » tout ce qu'on tient à

savoir avant les épreuves suprêmes. On se reproche comme un crime de perdre une heure le dimanche, et sans en rien dire aux camarades on emporte subrepticement, pour « potasser » chez soi, un volume ou deux.

Voici le mois de juin. Il fait une chaleur accablante. A l'étude, en dépit des fenêtres et de la porte entre-bâillées, il semble qu'on voit fumer les crânes sous la tension du travail acharné. La mode du jour est de se faire tondre de très près, et nous avons l'air d'une collection de fromages de Hollande.

« C'est plus sérieux, assure Dutheil, et cela donne tout de suite aux examinateurs une excellente idée de vous. »

C'est aussi bien plus commode pour le bain froid, — et le bain froid est le défaut de notre cuirasse. Nous l'aimons à la folie.

Deux fois par semaine, le mardi et le vendredi, on se lève à quatre heures du matin. On s'habille à la hâte, on suit les quais, et l'on remonte jusqu'au pont d'Austerlitz où un grand établissement, à fond de bois, est retenu jusqu'à sept heures pour l'usage exclusif du lycée. C'est loin, mais c'est bien plus propre qu'au Pont-Neuf et au Pont-Royal, où les égouts de la grande ville ont déjà dégorgé leur tribut.

Oh! la bonne eau fraîche! et qu'il fait bon piquer une tête, voire même un *ventre* dans ce courant encore limpide! La *Girafe* ne désemplit pas, c'est une chaîne continue de nageurs qui la prend d'assaut pour arriver à la plate-forme. Gare aux têtes et tant pis pour les retardataires! A peine un plongeur a-t-il fendu *l'onde*, comme dit Molécule qui est très classique dans ses goûts, qu'un autre arrive déjà sur ses talons. Et l'on crie et l'on rit! Pourquoi n'est-ce pas tous les matins fête?

« Moi j'ai une idée, me dit un jour Baudouin. As-tu remar-

qué le ciel ouvert qui éclaire la salle de toilette au fond du
dortoir? Eh bien! ne manque pas de te suspendre par les
mains à ce ciel ouvert, à la première occasion, et tu me diras
des nouvelles de ce que tu verras. »

Je fis comme Baudoin me disait, et j'aperçus immédiatement au-dessous de moi... le plus magnifique bain froid qu'il
fût possible de rêver à Paris. C'était une citerne de quartier,
d'une centaine de mètres de long sur quarante à cinquante
de large, pleine d'une eau fraîche, limpide, admirable, au
niveau du second étage du lycée.

Or, nous n'étions qu'au troisième étage. L'idée de Baudouin n'avait pas même besoin d'explication. Il faut croire
que la passion du bain peut rendre enragé.

Dès la nuit suivante nous étions à l'œuvre.

Trois heures du matin venaient de sonner et le ciel commençait à peine de se colorer des premières blancheurs de
l'aube, quand, nous glissant sans bruit dans la salle de toilette, dont la porte restait toujours ouverte sur le dortoir,
nous nous hissâmes sur le toit par le ciel de vitres.

Dévaler de là sur le large quai formé par le massif de ma-
çonnerie qui entourait le bassin et protégeait les constructions voisines n'était qu'un jeu pour nous; il nous suffit de
nous suspendre à la gouttière et de nous laisser tomber à la
hauteur de deux mètres à peine.

Notre retraite était d'ailleurs assurée par un magnifique
tuyau de conduite dont nous comptions nous servir en guise
de perche pour remonter. L'architecte avait même eu l'obligeance de le garnir d'un anneau de renforcement qui en
faisait une véritable échelle. Nous en escaladions bien d'autres au gymnase !

Vue de près, la citerne ressemblait à l'un de ces grands bassins de radoub qu'on voit dans les ports. Tout autour de nous rien que de hauts murs blancs sans fenêtres, le silence de la nuit et la fraîcheur matinale. Une petite brise folle, en ridant la face de cette eau muette, lui donnait un air de lac.

En un clin d'œil nous nous étions dépouillés de ce que nous avions gardé de nos vêtements. Une, deux, trois! Nous voilà plongeant ensemble la tête la première.

Brrr!... que c'était froid! Cette eau de source renouvelée et amenée là par des conduits souterrains, de fort loin sans doute, pour la consommation du quartier, était de dix degrés au moins plus fraîche que celle de la Seine... Mais bah! le plaisir n'en était que plus vif par cette canicule!

Le temps passa si vite que nous fûmes tout étonnés en entendant sonner quatre heures. Il faisait grand jour maintenant.

Revenir au quai, revêtir tout frissonnants nos vêtements de toile et reprendre le chemin aérien qui nous avait amenés là, fut l'affaire de quelques minutes.

Quand le tambour roula, nous avions déjà trouvé moyen de faire un somme. Personne ne s'était douté de notre expédition.

Nous en étions si contents que nous ne manquâmes pas de la renouveler les nuits suivantes, avec quelques perfectionnements. Ayant remarqué, par exemple, que nos exercices aquatiques nous procuraient un appétit dévorant, et que nous avions beaucoup souffert de ne pouvoir le satisfaire avant le déjeuner de sept heures et demie, nous prîmes désormais le soin de faire dans la journée des provisions de pain. Un petit lunch matinal vint ainsi fort heureusement ajouter une diversion pleine d'intérêt à nos évolutions natatoires.

Dès lors notre satisfaction fut sans mélange, et nous ne regardions plus qu'avec dédain les pâles nageurs du pont d'Austerlitz, dans leur bain à fond de bois. Nous en arrivâmes même à négliger complètement ce vulgaire bouillon, comme nous appelions maintenant l'école de natation, et à rester au lycée les mardi et vendredi matin, à l'extrême surprise de nos camarades.

Il y avait déjà trois semaines que nous faisions ainsi servir à nos ébats l'eau potable des naturels de Chaillot, et aucun contre-temps n'était encore venu se mettre à la traverse de nos escapades, quand un matin, au beau milieu de la partie, Baudouin s'écria tout à coup :

« C'est singulier, on dirait que le bord du bassin est plus haut que tout à l'heure ! »

Je regardai du même côté que lui. Il n'était pas possible de s'y tromper : le niveau de l'eau avait considérablement baissé. Tout à l'heure il n'y avait entre sa surface et le bord du quai, qu'un intervalle de vingt-cinq à trente centimètres. Maintenant cet intervalle était de deux mètres au moins !

Le peu de jour qu'il faisait encore pouvait seul expliquer que nous n'eussions pas remarqué plus tôt ce phénomène, car le bassin semblait maintenant n'être qu'à moitié rempli, comme le réservoir d'une écluse en train de se vider.

« Alerte ! dis-je à Baudouin, ou nous ne pourrons plus remonter. »

Nous nageâmes vivement vers le quai.

Hélas ! il était déjà trop tard ! Le bord était hors de notre

atteinte, et les parois glissantes du bassin, faites de pierres
de taille, parfaitement unies, ne nous offraient aucune
prise...

« Il doit y avoir un anneau quelque part, une ferrure
quelconque, s'écria Baudouin sans s'émouvoir. Faisons tranquillement le tour de l'enceinte et nous ne pouvons manquer
de trouver un point d'appui. »

Nous nous mîmes à nager autour du bassin, à la façon
des poissons rouges qui longent les parois de leur globe de
verre.

Pas le moindre anneau, pas le moindre appui ne s'offrit
à nos regards. En revanche, le niveau de l'eau baissait toujours, quoique insensiblement. Nous étions maintenant sé-
parés du quai par une surface perpendiculaire d'au moins
trois mètres, admirablement lisse. Le bassin commençait à
paraître singulièrement étroit et encaissé.

« Il est évident que le réservoir se vide, dis-je à Baudouin,
et que plus nous attendrons et plus il nous sera difficile de
nous hisser là-haut.

— C'est parfaitement clair. Si clair que nous n'avons
plus qu'une chose à faire : attendre patiemment que le niveau remonte, — me répondit-il avec son beau sang-froid.

— Il n'a pas beaucoup l'air d'y songer, répliquai-je en
m'allongeant sur le dos et faisant la planche.

— Tu as là une bonne idée ! reprit Baudouin en m'imitant.
Nous pouvons avoir quelques heures à attendre, et le mieux
sera de ne pas nous fatiguer. »

Nous voilà flottant de conserve dans un état d'immobilité
à peu près parfaite, et attendant la suite des événements ; de
temps à autre, nous nous retournions pour jeter un coup

d'œil sur les parois du bassin. Elles s'élevaient de plus en plus, comme la coque d'un navire échoué laissé à sec par la marée basse, tandis que le soleil montant déjà au-dessus des maisons voisines, commençait d'en dorer l'arête.

Nous avions entendu rouler le tambour et les divisions d'internes descendre bruyamment l'escalier des dortoirs.

Sept heures sonnèrent. Nous commencions à perdre toute gaîté.

Le froid nous gagnait peu à peu. Nos membres commençaient à se raidir. Il devenait de plus en plus pénible de nous soutenir sur l'eau.

« Si seulement nous avions eu l'esprit de prendre nos provisions avec nous, disait Baudouin d'un air rêveur, au lieu de les laisser avec nos pantalons! »

Mais ce n'était là qu'un vain regret. Il fallait nager, nager encore. Certes, nous étions bien punis par où nous avions péché !...

. . . .

Depuis longtemps déjà nous ne disions plus mot. J'ignore quelles pouvaient être les pensées de Baudouin, mais pour moi je me sentais faiblir à vue d'œil. Non seulement je n'avais plus la force d'agiter mes membres pour me maintenir à la surface, mais c'est à peine si je désirais encore l'avoir.

Le soleil qui dardait en plein ses rayons sur nos têtes nues, troublait mes idées, m'aveuglait, me rendait fou...

Je sentais confusément que j'allais couler bas, il me restait précisément assez de jugement pour me dire vaguement qu'il était sot de mourir ainsi, sans gloire et sans profit, au fond d'une citerne.

XVII

C'ÉTAIT UNE ARMÉE DE SÉCUREURS D'ÉGOUTS.

Nos cadavres seraient-ils jamais retrouvés seulement ? Saurait-on jamais comment nous avions disparu ?

. . . .

Tout à coup un cri triomphant éclata au milieu du bourdonnement de mes oreilles :

« J'ai pied ! Nous sommes sauvés !.. Le bassin est presque vide !...

C'est Baudouin qui parle, et son appel me rend la force de me traîner au bord, de m'accoter à la muraille. C'est tout ce que je puis faire. Sans lui, je crois bien que je sombrais et que j'étais en train de me noyer dans les quatre pieds d'eau qui restaient encore. Mais il me soutient, m'encourage...

Un quart d'heure encore, et le bassin s'est complètement vidé. Nous sommes à sec, parmi les débris de tout genre que le hasard et le vent ont apportés là : vieux chiffons, feuilles mortes, restes sans nom de la civilisation voisine. Nous sommes tombés de tout notre long sur les dalles du fond, rôtis par le soleil comme des caïmans dans le lit desséché d'un torrent africain. La lassitude et la faim ont raison de notre résolution. Nous luttons vainement contre le sommeil et nous allons être vaincus, au risque de nous endormir dans la mort, sous les ardeurs de ce globe de feu, quand un bruit de sabots se fait entendre, là-haut à quinze mètres au-dessus de nous...

Ah ! la douce musique !... C'est une armée de balayeurs, de récureurs d'égouts qui arrive pour nettoyer le fond du bassin...

Sauvés encore ! Mais au prix de quelle humiliation ! Comme nous nous serions volontiers volatilisés quand il

fallut donner au chef d'escouade l'explication de notre pi-
teuse situation ; attendre sous les rires cruels de ces Auver-
gnats l'échelle qui nous tira de là, et rentrer au lycée sous
l'œil sévère du concierge...

La triple consigne qui couronna dignement nos hauts
faits n'était rien auprès de ces deux épreuves. J'ai dit comment je m'étais aguerri aux affres de cette punition. Je ne
parle que pour mémoire des quatre à cinq jours de fièvre
qui nous tinrent grelottants et frémissants sur un lit d'infirmerie, à un moment de l'année où toutes les heures
comptaient. Fièvres et consignes nous étaient bien dues.

Et pourtant où êtes-vous, fatigues, dangers et chagrins de
ces jours heureux !

CHAPITRE XVIII

L'heure de l'effort suprême était arrivée, et les compositions du concours général avaient commencé. En dépit du temps perdu, j'avais si bien utilisé les derniers mois de mon année, sous la direction de M. Pellerin, que j'avais presque le droit de n'être pas sans espérance. Cinq à six fois j'avais été premier en discours français ou latin, en histoire, en version grecque ; second plus fréquemment. Avec Dutheil et Ségol, j'étais maintenant considéré comme un des champions sérieux de Montaigne.

A six heures du matin, à peine descendus du dortoir, nous partions pour la Sorbonne. Notre brigade se composait de seize rhétoriciens, — cinq vétérans, dix nouveaux, — les titulaires, — plus un *bouche-trou,* — sous la conduite d'un maître d'étude. Chacun de nous avait déjeuné d'une côtelette et d'une tasse de café, et reçu en outre un viatique consistant en un petit pain, un bout de saucisson et une demi-bouteille de vin. Provisions aussitôt engouffrées au fond du filet classique.

27

Ce filet ! n'est-il pas tout le concours pour les trois quarts
des concurrents? Quel est l'interne qui ne croirait marcher
désarmé au combat, s'il n'avait jeté cette besace sur son
épaule, dictionnaire d'un côté, saucisson de l'autre?

Mais ce n'est pas tout d'avoir un filet, il faut encore qu'il
soit bien garni. Aussi ne manquions-nous guère en passant
dans la rue de Buci de le renforcer d'un pâté à la croûte
dorée, d'un poulet froid, voire même d'une bouteille supplémentaire. Les sybarites ajoutaient des cerises et jusqu'à des
pots de crème. On parle encore dans la rue Saint-Jacques
d'un jeune Lucullus qui arriva un matin avec une cargaison
de bananes.

Ce jour-là, nous composions en discours latin. J'avais
déjà pris part au concours pour le prix d'histoire et de discours français, et le spectacle n'avait plus à mes yeux l'at-
trait de la nouveauté. Mais la vingtième revue à laquelle
prend part un soldat est-elle pour lui moins intéressante que
la première ? Si peu variée que fût la scène, c'est toujours
avec la même curiosité que je la contemplais.

A sept heures moins dix minutes nous débouchions sur la
place Gerson, au milieu des contingents envoyés par les
autres lycées. Il y avait là les Saint-Louis, les Descartes,
les Stanislas en *potaches* comme nous, c'est-à-dire en uni-
formes, les Sainte-Barbe en petite veste, les Condorcet en
pékins, les Charlemagne en tenues mêlées. Puis venaient les
Rollin, les Louis-le-Grand. Il ne se passait pas d'instant
qu'un détachement nouveau ne fît son apparition. On se
montrait au passage les noms connus, les lauréats de l'année
dernière, les vainqueurs probables que désignait la rumeur
des lycées. Un bourdonnement de ruche emplissait cette

NOUS DÉBOUCHIONS SUR LA PLACE GERSON.

place étroite et comme encaissée sur trois côtés dans de hautes constructions.

La muraille humide et noire de la vieille Sorbonne, le dos tourné au soleil levant, ressemblait dans cette fraîcheur matinale à la paroi de quelque nécropole. Nécropole de traditions et de souvenirs tout au moins ! Combien de générations d'écoliers n'avaient-elles pas vues, serrées comme nous en rangs impatients, ambitieux, — combien n'en verraient-elles pas encore avant de tomber en poussière, ces pierres vénérables ! Il semblait, à les regarder, qu'on retrouvât sur leur face ridée le souffle et la trace des écoliers de jadis, de ces prédécesseurs d'il y a quatre siècles, sur lesquels le grave M. Quicherat a donné des détails d'un réalisme si hardi :

« Sauf la chaire du professeur, les classes n'avaient ni bancs ni sièges d'aucune sorte. Elles étaient jonchées de paille pendant l'hiver, et, d'herbe fraîche pendant l'été. Les élèves devaient se vautrer dans cette litière, soi-disant pour faire œuvre d'humilité. Leur uniforme, consistant en une longue robe serrée à la taille par une courroie, était fait pour ramasser l'ordure et aussi la couvrir. Au réfectoire, pendant toute la durée des repas, il était défendu (qu'on nous pardonne la crudité de ce détail historique), il était défendu de porter la main à son bonnet, tant l'état des têtes inspirait de craintes ! »

Tous ces souvenirs me revenaient en foule, pendant ces quelques minutes d'attente silencieuse. Les faces inconnues de mes camarades d'un jour me donnaient l'impression d'une population d'ombres. Devant la sombre façade percée de son antique horloge, j'éprouvais le même frisson superstitieux que faisaient courir sur mon épiderme, au fond des galeries du Louvre; les colosses de pierre de l'Égypte ou de l'Assyrie. Il n'est pas jusqu'à la grande porte vermoulue devant laquelle nous étions rangés et dont les deux battants restaient encore mystérieusement fermés, — telle la bouche d'un sphinx de granit, — qui ne contribuât à accentuer ce singulier effet, et à me pénétrer d'un secret respect.

Sept heures sonnent. Les deux battants s'ouvrent avec un grand bruit de barres de fer et de gonds criards. La salle du concours nous apparaît, béante comme une église, entre les murs blancs percés de hautes fenêtres.

Au bout de l'allée médiane, au *chevet*, si je puis ainsi dire, le bureau de MM. les juges, tous professeurs émérites, tous cravatés de blanc. Des deux côtés, une vingtaine de tables parallèles, munies d'encriers et bordées de chaises boiteuses. Le tout chargé de dates et de noms sculptés en creux, taillardé, déchiqueté, maculé à souhait.

On se précipite. Chacun reprend son individualité et se case comme il peut, sans qu'il soit question de se grouper par lycées ou par pensions. Les maîtres d'étude, très pressés sans doute de profiter du demi-congé que leur vaut le concours, s'éclipsent sans délai. La porte se referme sur la place Gerson. Et maintenant tant pis pour les retardataires, s'il en reste !

Comme je tournais le coin de la première table libre qui m'apparut, je me heurtai contre un jeune garçon, très modestement vêtu du costume civil d'une de ces institutions qui suivent les cours des lycées d'externes. Nous nous regardons machinalement. Une exclamation de surprise jaillit de nos deux bouches à la fois :

« Besnard !

— Mounerol ! »

C'était mon vieil ami Criquet, de Châtillon, que je rencontrais inopinément sur le champ de bataille. Il avait beaucoup grandi depuis un an, mais il avait toujours gardé ce teint doré et ces yeux noirs fendus en amandes qui lui donnaient la mine d'un petit Arabe.

« Toi ici ? Je ne te savais même pas à Paris...

— Il y a déjà huit mois que je suis boursier à l'institution Lauraguais... »

Pendant les quelques secondes qu'avait exigées ce rapide échange de paroles, tous les bancs s'étaient garnis. Criquet et moi nous nous installâmes à la dernière table vacante, à deux pas de la porte.

« Que je suis content de te rencontrer ! lui disais-je.

— Moi aussi, tu peux bien le croire !... Mais ne perdons pas de temps, la dictée va commencer. »

Les dictionnaires et papiers étaient déjà déballés. Un garçon de salle, passant de table en table, nous distribuait des feuilles gigantesques, munies d'une large marge et d'un entête imprimé. On y lisait :

UNIVERSITÉ DE FRANCE

CONCOURS GÉNÉRAL

CLASSE DE

L'élève   (noms et prénoms).
du lycée de
né à   département de
le   mil huit cent...

Puis, au-dessous un espace blanc sur lequel devait être rabattu le haut de la copie, et une grande ligne. Cet en-tête

détaché par messieurs du bureau, et muni d'un numéro correspondant à celui qu'ils inscrivent en marge de la feuille,
est enfermé dans des boîtes spéciales jusqu'au jour où le
résultat du concours a été définitivement arrêté par les juges.

Un professeur, le doyen du bureau, se leva pour dicter le
sujet de la composition. Il y eut un remue-ménage de pieds,
un bruissement de papiers et de plumes, puis un silence
attentif. Alors, le doyen, d'une voix claire et bien arti-
culée :

« *Horatii Flacci ad Tibullum epistola...* », dit-il.

Un léger murmure s'éleva, formé des jugements variés et
probablement contradictoires que suscitait le sujet parmi
les concurrents. Puis la dictée se poursuivit. Tibulle, en
revenant de la guerre des Gaules, recevait les félicitations
d'Horace. Le poète en prenait texte pour rappeler les exploits supposés de son ami à la suite du général Valerius
Messala, et résumer à grands traits l'histoire de la campagne.
Puis il reportait ses regards sur l'Italie et sur la paix profonde qui avait enfin succédé aux dissensions civiles. Il tra-
çait un tableau enthousiaste de la civilisation romaine, éloge
tempéré toutefois par quelques remarques satiriques sur
les hommes et les choses du temps. Revenant ensuite aux
affaires personnelles de Tibulle, il le plaignait sincèrement de
s'être vu ravir comme Virgile une partie de son bien par des
légionnaires avides ; mais en même temps il le louait d'avoir
cherché dans la culture des lettres des douceurs que nulle
puissance au monde ne pourrait lui ravir. Enfin il l'enga-
geait à renoncer désormais aux fatigues de la guerre pour
jouir en paix dans sa terre de Pedum de cette médiocrité
dorée qui est la véritable atmosphère du bonheur.

Quand la dictée fut achevée, il y eut de nouveau à travers la salle un coup de vent d'émotion et de mouvements variés. Mais presque aussitôt le silence se rétablit. Tout le monde s'était mis au travail.

Pour mon compte, j'avais mis mon front sur mon bras appuyé à plat contre la table, et j'appliquais au sujet qui nous était soumis toutes les forces de mon imagination. Certes, je n'étais pas comme Petit-Jean dans *les Plaideurs*, et je n'aurais pas pu dire :

Ce que je sais le mieux, c'est mon commencement!

Quel genre d'exorde fallait-il choisir? Un exorde *ex abrupto*, comme celui de Cicéron au début de sa première Catilinaire? C'est toujours séduisant, parce que l'on est sûr ainsi de frapper et de forcer pour ainsi dire l'attention du lecteur. Mais était-ce bien en situation? Non, sans doute. Dans le calme de son cabinet, Horace prend son *style* pour écrire à son ami une dissertation académique sur les questions du jour. Le plus doux des hommes, de son naturel, et le plus modéré, il n'a d'ailleurs aucun motif d'être agité d'un mouvement violent. L'exorde *ex abrupto*, de son essence, semble plus particulièrement réservé à l'expression de la colère, de l'indignation réelle ou simulée. Il faut donc autre chose ici. Un exorde *par insinuation ?* Pas davantage. L'insinuation sera de mise chez un orateur qui n'est pas sûr de son public, qui a besoin de capter sa faveur ou simplement son oreille, de le prévenir ou de le séduire. Mais un poète, et quel poète ! écrivant à un homme de goût, à un lettré comme Tibulle, peut dédaigner de recourir à de tels artifices. Il sait

d'avance qu'il sera lu. Le mieux qu'il puisse faire est donc
de commencer tout simplement, d'exposer ses idées dans
leur ordre naturel, comme elles se présentent à sa pensée.

Voilà un premier point arrêté. Maintenant quel peut bien
avoir été le rôle de Tibulle dans cette guerre des Gaules?
Chevalier romain, épicurien par goût, ami particulier du
général en chef, il ne doit guère avoir connu les véritables
labeurs d'une campagne... Sans doute il l'a faite plutôt en
spectateur qu'en soldat, et il rapporte plus de notes sur ses
tablettes que de citations à l'ordre du jour de l'armée. Mais
Horace est trop bien élevé et trop discret pour insister sur
un point si délicat. Il félicitera donc à la fois Tibulle d'avoir
pris part à de grandes choses et de pouvoir les raconter. Au
besoin, il se moquera gaiement de lui-même en rappelant
que sa propre expérience de la guerre a été trop peu glo-
rieuse pour qu'il puisse prétendre au rôle qu'il trace ainsi
pour Tibulle...

Je passais ainsi successivement en revue toutes les parties
de mon sujet en cherchant à m'en bien pénétrer et à grouper
dans ma mémoire tous les ornements de détail dont je pensais l'agrémenter, quand l'horloge de la Sorbonne, en sonnant huit coups de sa voix sonore, vint tout à coup me rappeler que je n'avais pas encore écrit un mot. Les plumes
qui grinçaient de tous côtés m'avertissaient que mes camarades étaient déjà à l'ouvrage. D'un mouvement subit je me
jetai sur la mienne, et la plongeant dans l'encrier je commençai mon développement.

Les premières lignes eurent de la peine à venir. Mais
bientôt j'entrai en plein dans la situation, je m'identifiai à
mon héros, je m'échauffai avec lui. Les mots arrivèrent en

bataillons pressés, les pensées se déduisirent en bon ordre. Je m'absorbai tout entier dans ma tâche.

Il y avait déjà deux heures que je tenais la plume et je venais à peine d'aborder le paragraphe final de cette ébauche de premier jet, quand un mouvement général qui se fit dans la salle me fit relever la tête. Messieurs du bureau passaient dans une pièce voisine, où un déjeuner leur était servi, et un cliquetis peu équivoque de bouteilles et de couverts annonçait clairement que tout le monde se disposait à suivre un si bon exemple. Certaines mâchoires n'avaient même pas attendu si longtemps pour se mettre en activité.

Mon appétit se réveilla aussitôt avec une complaisance inépuisable, et je me rappelai d'emblée que moi aussi j'avais dans la soute aux vivres de quoi opérer une agréable diversion aux rudes labeurs de la pensée. C'était le moment ou jamais d'arracher Criquet à son travail. Pas une fois encore il n'avait levé le nez. Et il écrivait... écrivait...

« Tu ne vas pas continuer ainsi jusqu'à trois heures, ou tu feras trop long, lui dis-je à demi-voix. Allons, repose-toi un instant, et mettons nos provisions en commun pour déjeuner... »

Criquet me regarda en riant :

« Tu n'y gagneras guère, fit-il. Je n'ai qu'un croûton de pain et un morceau de fromage... Ah ! dame, on ne nous gâte pas à la pension Lauraguais !...

— Bon ! répliquai-je, ne t'inquiète pas. J'ai du saucisson pour deux, du vin pour quatre, et du pâté pour six... En avant les mandibules ! »

Je ne crois pas avoir jamais déjeuné de meilleur appétit. L'excitation du concours, le plaisir d'avoir retrouvé un

camarade de Châtillon, un de ceux qui m'avaient le plus intéressé, la nouveauté de ce lunch sur le pouce dans ce coin
sombre de l'antique édifice, tout, jusqu'à l'obligation même
de parler à voix basse et à bâtons rompus, contribuait à me
faire trouver une saveur particulière à cette petite fête.

La salle offrait en ce moment un coup d'œil des plus
curieux. Tous les filets s'étaient vidés sur les tables, et il en
était sorti assez de pâtés pour l'approvisionnement de plusieurs boutiques. Quelques raffinés, — des Condorcet sans
doute, — exhibaient des bourriches de voyage avec couvert
complet; assiettes, couteaux, fourchettes, verre et serviette.
Par contre on voyait des Diogènes en herbe expédier à la
hâte des victuailles douteuses qu'ils puisaient avec leur
doigts dans des sacs de papier. Un excentrique, qui avait
visiblement prémédité son effet, faisait cuire des œufs sur un
plat de fer-blanc à la chaleur d'un feu de papier. Certains
relisaient ou annotaient leur copie tout en déjeunant. Mais
pour le plus grand nombre, cet intermède rabelaisien était
évidemment la grosse affaire de la journée. Certains souli-
gnaient leur allégresse d'une façon coupable, en bombardant
de boulettes de pain les figures qui ne leur revenaient pas.

Criquet, lui, était manifestement beaucoup plus préoccupé
de son discours latin que de notre déjeuner, et malgré tous
ses efforts pour répondre à mes prévenances, paraissait avoir
hâte de se remettre à l'œuvre. Je vis bientôt que je serais
indiscret en le détournant plus longtemps de son travail.

« Nous causerons mieux quand tout sera fini, n'est-ce pas?

— C'est cela! fit-il avec un soupir de soulagement. Si tu
veux, je t'accompagnerai à la sortie ; j'ai la permission de
rentrer seul... »

Ce mot m'ouvrait sur la véritable situation de mon ancien camarade Mounerol des horizons nouveaux. Je savais que ce privilège, comme celui d'une chambre à part, est ordinairement réservé, dans les institutions privées, aux élèves hors ligne et considérés comme ayant des chances exceptionnelles de succès au concours.

« Il a donc conservé à Paris la supériorité qu'il avait conquise sur nous tous à Châtillon ? » me dis-je.

Puis, m'apercevant que je m'abandonnais à la flânerie :

« Au fait, il prend le bon moyen de réussir, qui est de ne pas perdre une minute ! »

Et je me remis au travail. Cette fois, je ne relevai plus la tête jusqu'à la dernière seconde, quand toutes les copies furent réclamées.

Mounerol relisait encore la sienne, pour la cinquantième fois peut-être. Il ne la rendit qu'à regret, à la limite extrême et comme ces messieurs du bureau, après cinq ou six appels définitifs, se disposaient à se retirer.

« Es-tu content ? lui demandai-je sur le pas de la porte.

— Ma foi, non. Jamais sujet n'a été moins à mon goût. Et toi ?

— C'est tout le contraire. Le sujet m'a beaucoup plu... Ce qui ne veut pas dire, bien entendu, que je pense avoir écrit un chef-d'œuvre ! »

Comme il l'avait promis, Criquet m'accompagna jusqu'à la porte de Montaigne. J'appris ainsi ce que j'ignorais de son histoire.

Il avait été admis en qualité de boursier, ou, comme il l'exprimait dans son langage franc et rond, en qualité de *bête à concours,* à l'institution Lauraguais. En échange de l'entretien et de l'instruction qu'il y recevait gratuitement, on comptait sur lui pour jeter de l'éclat sur la pension par des succès au lycée et à la Sorbonne. Aussi avait-il beaucoup travaillé toute l'année.

« C'est notre ancien proviseur de Châtillon, M. Ruette, qui m'a procuré cela... Je lui en suis bien reconnaissant et à M. Lauraguais aussi. Mais il y a des moments, je t'assure, où le fardeau me pèse terriblement. Il me semble que, si je n'ai pas le prix, j'aurai volé le pain que je mange... Et qui peut se promettre de réussir à coup sûr au grand concours ?

— Bah ! il ne faut pas avoir de ces idées-là. Quand on fait de son mieux, on n'a rien à se reprocher. A défaut de prix au concours, tu en auras à ton lycée... Et ton grand-père ? As-tu de ses nouvelles ? demandai-je pour abandonner un sujet qui semblait être pénible à Mounerol.

— Tous les mois. Il se porte à merveille et se trouve très heureux depuis qu'il a pu ouvrir une petite boutique en plein vent sur le cours... Il me tarde joliment d'être professeur et de pouvoir le prendre avec moi...

— Ah ! c'est convenu ? tu vas être professeur ?

— Je crois que c'est ce que j'ai de mieux à faire. C'est l'avis, du moins, de M. Ruette et de toutes les personnes qui s'intéressent à moi. »

Tandis que le brave garçon me développait ses projets d'avenir, je me rappelais involontairement le petit Criquet, tel qu'il nous était apparu à Baudouin et à moi, la première fois que nous l'avions découvert dans un galetas, au milieu de trois cents paires de souliers qu'il avait à faire reluire.

« Fais-tu toujours « la chandelle ? » lui demandai-je tout à coup.

— Quelquefois, à l'occasion, pour les petits... mais plus si bien que jadis..., » dit-il en riant.

Nous arrivions à la rue de Chaillot.

« Veux-tu venir nous voir dimanche, dîner à la maison ? demandai-je à Mounerol au moment où nous allions nous séparer. Tu ne peux pas te figurer combien toute ma famille et moi nous serons heureux de t'avoir. »

Je lui donnai notre adresse à Billancourt. Il me promit d'être exact au rendez-vous, et ne me laissa qu'à la porte du lycée.

Baudouin m'attendait avec impatience.

« Eh bien ! ce discours latin ? me cria-t-il du plus loin qu'il m'aperçut dans la cour. Es-tu content ? »

Pour toute réponse je lui donnai mon brouillon, qui était presque complet, sauf vers la fin. Il le lut attentivement, puis revint vers moi.

« Mon petit, tu as le prix d'honneur, me dit-il très sérieusement. Il est impossible que personne ait écrit quatre pages de meilleur latin. »

M. Pellerin, qui vint bientôt aux nouvelles, fut aussi d'avis que mon devoir était très bon, et que je pouvais avoir des chances. C'était un peu mon sentiment personnel, s'il faut tout dire ; et ce qui acheva de me confirmer dans cette opinion, c'est que, de l'aveu général, jamais Dutheil n'avait fait aussi mauvais.

« Après tout, pourquoi ne l'aurais-je pas, ce prix d'honneur? » me disai-je.

Je m'endormis, écrasé en imagination sous le poids des couronnes. Il y avait surtout cette fin, qui ne figurait pas sur mon brouillon, — un morceau tout à fait réussi !

CHAPITRE XIX

« Messieurs, nous dit Dutheil dans les derniers jours de juillet, il devient absolument impossible de faire tenir un sou de plus dans la tirelire. Elle regorge de richesses, *abundat divitiis*, comme dit Lhomond. Faut-il en commencer une autre?

— Non! non! cria toute l'étude en chœur. Cassons la cruche et arrêtons les comptes! »

Peut-être n'est-il pas inutile d'expliquer que la cruche en question était le réceptacle de la cagnotte, une grande tirelire en grès où le produit de nos amendes transformé chaque soir en pièces de un, deux et parfois même de cinq francs, était déposé par les soins de Dutheil.

Un registre gardé par Payan servait d'autre part à inscrire les versements et à assurer le contrôle, s'il était jamais jugé nécessaire.

Personne n'avait d'ailleurs la moindre idée du total auquel nous pouvions bien être parvenus. Dans les dernières semaines, il avait souvent été question de procéder à l'autopsie de la cruche, mais une vive opposition s'était toujours manifestée, et les gens raisonnables avaient fini par faire prévaloir l'avis d'ajourner l'opération.

Pour la première fois, tout le monde était unanime à la réclamer.

« Je demande que Payan fasse son addition avant l'ouverture de la caisse, reprit Dutheil, afin que la concordance des deux totaux ne puisse pas laisser l'ombre d'un doute. »

Ce désir était trop naturel pour ne pas être satisfait sur l'heure. Il y eut un long silence, puis enfin Payan s'écria :

« *Six cent vingt-huit francs quarante centimes.* »

C'était à ne pas y croire, et le total passait au moins d'un tiers nos évaluations les plus audacieuses. Que de délits représentait cette somme réalisée en moins de dix mois dans une étude de trente élèves !

« Nous allons maintenant procéder à la contre-épreuve, » dit Dutheil plus ému qu'il ne voulait le paraître.

Lui aussi, il trouvait ce total bien gros. Si d'aventure il allait se trouver excessif, — s'il allait manquer de l'argent à la cagnotte !

On tira au sort pour savoir qui donnerait le coup de marteau sur la cruche, posée à terre au beau milieu de l'étude, sur une grande feuille de papier à dessin. Verschüren, désigné par le sort, frappa un coup sur le ventre rebondi de la tirelire.

Elle s'écrasa, et de ses flancs entr'ouverts une cascade de pièces blanches déborda sur le sol.

Il fallut assortir, empiler, compter, vérifier tout cela. Ce fut l'affaire de deux scrutateurs et d'une grosse demi-heure.

Enfin, le travail s'acheva. Une imposante rangée de pièces de deux et de cinq francs assorties donna le total scandaleux de *six cent quarante-trois francs cinquante centimes,* — soit quinze francs dix centimes de plus que le registre de Payan.

Dutheil était rayonnant et Payan consterné.

« Voilà ce que c'est d'étudier les mathématiques spéciales, s'écria Thomereau : on devient incapable de faire une addition !

— Messieurs, protesta Payan, il y a là un fait anormal, et qu'il importe d'approfondir. Il faut qu'un philanthrope anonyme ait pris à tâche de verser des amendes surnuméraires ! C'est contraire à tous les précédents... En général, on trouve dans une tirelire au moins dix pour cent du total en boutons de culotte ou en monnaie suisse : il est tout simplement prodigieux qu'au quartier n° 1 la cagnotte rende plus qu'on ne lui a donné.

— Parbleu ! s'écria Baudouin, c'est Dutheil qui mettait du sien de temps à autre, de peur de se trouver en retard.

— Laissons cette enquête inutile, fit Dutheil en devenant très rouge, ce qui semblait indiquer que Baudouin avait deviné juste, et procédons aux affaires sérieuses. Qu'allons-nous faire de tout cet argent?

— D'abord le faire changer en numéraire moins lacédémonien, » suggéra Verschuren.

Approuvé à l'unanimité.

« On pourrait le mettre en loterie, » insinua Ségol.

Repoussé avec indignation.

« Tirer un feu d'artifice dans la rue, le jour de la distribution des prix? »

29

Enthousiasme modéré.

« Faire construire un grand canot à trente et une places et étonner de notre luxe les riverains de la Seine et de la Marne?

— Non !

— Oui !

— C'est une idée !

— C'est idiot !

— A bas le canot !

— Vive le canot !

— Nous partager la cagnotte?

— A l'ordre !... La censure !... c'est contraire à l'esprit de l'institution.

— Fonder un prix de vertu pour le pion qui aura infligé le moins de consignes?

— La vertu trouve sa récompense en elle-même !

— Messieurs, parvint enfin à dire le pauvre Chavasse, il me semble que l'emploi de la cagnotte avait été décidé d'avance... Il était convenu qu'elle serait consacrée à faire un bon dîner ! »

Ce rappel au règlement était formulé d'un ton si dolent qu'il nous émut jusqu'au fond du cœur.

« Chavasse est dans le vrai !... A Chavasse le pompon !... Il faut faire un dîner à tout casser !...

— Un dîner de six cent quarante francs pour trente et un convives, ce serait honteux ! dit Baudouin quand l'émotion fut un peu calmée.

— Bah ! cela ne fait que vingt francs par tête et quarante francs pour le service, rétorqua Chavasse qui avait déjà fait tous ses calculs. Cela n'a rien d'exagéré si nous dînons dans un restaurant de premier ordre, — et nous serions ma foi bien sots de faire autrement !

— Nous pouvons avoir un banquet tout aussi bon à moitié prix en l'ordonnant dans une maison plus modeste, et il resterait une bonne somme à appliquer à quelque œuvre de bienfaisance, » proposa Dutheil.

Cette idée honnête et sage eut beaucoup de succès.

« Assurément, s'écria Baudouin, nous pouvons dîner à merveille pour dix francs par tête dans la banlieue de Paris, retenir tout le restaurant, par surcroît, et nous amuser bien mieux que nous ne ferions dans quelque salon rouge et or, sur le boulevard. »

C'est à cette solution qu'on s'arrêta définitivement en dépit des protestations désespérées de Chavasse. A l'entendre, son idée était déplorablement travestie ; on ferait le plus piètre des dîners au lieu du festin de ses rêves ; autant demander tout de suite à l'économe la permission de banqueter au lycée, etc…

Mais ses funestes pronostics ne furent pas écoutés : c'est à peine si deux ou trois grincheux comme Ségol, qui s'étaient généralement signalés pendant toute l'année par le soin tout spécial qu'ils avaient pris de contribuer le plus faiblement possible à la cagnotte, appuyèrent ses réclamations. Pour consoler notre Brillat-Savarin en titre, on le chargea de rédiger la carte du banquet, de concert avec Dutheil et Payan, nos deux commissaires.

Il resta convenu qu'ils prendraient en même temps des informations auprès de nos maîtres sur l'emploi le plus convenable à faire d'une moitié de notre trésor, à titre philanthropique. Je ne puis dire combien cette pensée de soulager

quelque grande misère complétait bien pour nous tous la
fête que nous nous promettions. Elle faisait en tous cas contrepoids à l'espèce de révolte secrète que plusieurs d'entre
nous éprouvaient contre l'idée un peu grossière de cette
bombance.

A dater de ce jour, le banquet devint un thème si constant
de conversation dans la cour, qu'il grandit peu à peu aux
proportions d'un événement véritable. Les commissaires
étaient fort discrets sur les détails, mais étaient évidemment décidés à se surpasser.

On apprit bientôt qu'ils avaient jeté leur dévolu sur un
célèbre restaurant de Saint-Germain. On sut que le maître
queux de l'établissement avait promis d'éclipser tout ce que
ses rivaux auraient pu nous offrir. Chavasse se rasserénait à
vue d'œil et promettait merveilles du menu. Il transpira
qu'un rôt de canetons de Rouen était un des plats de résistance.

Faute de renseignements plus complets, nous nous atta-
châmes à ce détail, au point de ne plus appeler notre banquet
que le *dîner du caneton*.

Molécule ne laissa pas tomber ce renseignement, et je pus
bientôt m'assurer qu'il préparait en grand mystère une ode
de circonstance à la gloire des canetons de Rouen. Ce qui le
désespérait, c'est qu'il n'avait pas pu savoir des commissaires s'il devait préparer ses rimes pour *navets* ou pour
olives. J'achevai de le plonger dans la plus noire perplexité
en lui rappelant qu'il omettait une troisième alternative et
que les canetons pouvaient fort bien être servis aux *petits
pois*...

Cependant les jours s'écoulaient, et le premier samedi

d'août, vers cinq heures du soir, ces soucis culinaires avaient fait place à une agitation plus classique.

On attendait d'une minute à l'autre les résultats du concours général, que le vice-recteur de l'Académie de Paris, assisté de tous les proviseurs, devait être en train de dépouiller dans une des salles de la Sorbonne.

C'est là qu'après avoir été lus et classés par des commissions d'experts éminents, — maîtres de conférences à l'École normale, professeurs des facultés ou du Collège de France, — les devoirs couronnés sont apportés pour être reconnus à l'aide des *en-têtes* de copie numérotés qui ont été déposés sous scellés dans des boîtes spéciales.

La cérémonie dite d'*ouverture des boîtes* a lieu à huis clos. Mais elle n'a pas moins le privilège d'attirer dans la cour de la Sorbonne tous les professeurs intéressés, et un grand nombre d'externes amenés là soit par l'espoir de recueillir quelque bribe d'information, soit par cet instinct curieux qui porte les foules à s'assembler au pied d'un mur derrière lequel il se passe quelque chose.

Il est rare que ces impatients gagnent à leur empressement aucune donnée positive : mais en revanche les fausses nouvelles abondent, et il ne se passe guère de quart d'heure sans qu'une rumeur venue on ne sait d'où ne passe de bouche en bouche avec une rapidité télégraphique.

« C'est Charlemagne qui a le prix d'honneur de mathématiques !

— Non, c'est Condorcet !

— Un frotteur en écoutant au trou de la serrure a entendu Montaigne !... »

Ainsi pendant deux ou trois heures.

Enfin, les proviseurs sortent. Parfois quelqu'un d'entre
eux se laisse aller à donner à un lauréat présent la bonne
nouvelle qui le concerne. La plupart, muets comme le des-
tin, réservent pour leur lycée assemblé la communication si
impatiemment attendue.

On peut imaginer dans quelle fièvre ceux d'entre nous
qu'on s'accordait à considérer comme *ayant des chances*,
passaient les derniers instants qui les séparaient de cette
heure solennelle.

Pour mon compte, j'étais subitement tombé dans un découragement profond, et je n'espérais plus même un accessit. A distance, le concours ne m'apparaissait plus que
comme une sorte de loterie où, pour une chance de gagner,
on a des millions de chances de perdre.

Enfin le roulement du tambour se fit entendre.

En quelques minutes toutes les divisions se trouvèrent
formées en carré dans la cour des revues. Deux ou trois
cents externes, restés spécialement à cet effet après la classe
du soir, nous entouraient. Le proviseur, le censeur, suivis
de la plupart des professeurs, parmi lesquels on remarquait
M. Pellerin, M. Aveline, tous deux évidemment satisfaits,
vinrent se placer au centre du carré.

« Messieurs, dit M. Montus au milieu du silence, le lycée
n'a qu'à se louer des résultats de cette année. *Deux* prix
d'honneur, *sept* premiers prix, *onze* seconds prix et *dix-
sept* accessits, tel est notre lot. »

Ici l'orateur ouvrit un papier qu'il tenait à la main. Mon
cœur battait à se rompre et j'avais peine à respirer.

«... Les deux prix d'honneur, reprit-il, sont celui de mathématiques spéciales et celui d'histoire... »

XIX

BAUDOUIN ME SERRAIT DANS SES BRAS.

Ces paroles tombèrent sur moi comme une douche glacée.
Mon beau prix de discours latin, adieu sans retour !

Le proviseur poursuivit :

« Le prix d'honneur de mathématiques est attribué à
M. Payan... »

Le nom était à peine prononcé qu'une salve d'applaudissements couvrit la voix de notre chef; des *chut* nombreux
rétablirent presque aussitôt le silence.

«...Le grand prix d'histoire est remporté par M. Besnard... »

J'avais peine à en croire le témoignage de mes oreilles,
tandis qu'au milieu d'une nouvelle salve d'applaudissements,
Baudouin, plus content que moi, s'il est possible, me serrait dans ses bras à m'étouffer.

« ... En discours latin, reprit le proviseur, nous avons été
moins heureux : M. Dutheil a un premier accessit; mais c'est
un élève de Charlemagne, M. Mounerol, qui a le prix
d'honneur de rhétorique, et un élève de Saint-Louis,
M. Julineau, qui a celui de philosophie... Le second prix
de discours français nous reste, et c'est M. Dutheil qui l'a
obtenu; un troisième accessit est attribué à M. Besnard ;
nous avons aussi le premier prix de vers latins en la personne de M. Ségol... En version grecque, M. Besnard a un
second accessit, et M. Dutheil un quatrième... M. Baudouin
a un second accessit de version latine... »

La lecture de la liste se poursuivit ainsi. Quand elle fut
terminée, au milieu de nouveaux applaudissements, chaque
division revint à sa cour pour rester en récréation jusqu'à
l'heure du souper.

J'étais ivre de joie, et j'avais déjà prié M. Pellerin, quand il était venu me féliciter avec M. Aveline, de télégraphier le grand événement à la maison.

« Quelle singulière chance! disais-je à Baudouin quand les poignées de main de nos camarades se furent enfin arrêtées, j'ai le prix d'histoire sur lequel je n'aurais jamais osé compter, et pas même un accessit en discours latin, en dépit de tes pronostics flatteurs...

— Eh bien! et mon accessit de version latine, donné à un sculpteur, crois-tu qu'il n'est pas bien plus renversant que ton prix d'histoire? Je vais au concours par le plus grand des hasards, en qualité de bouche-trou, et j'accroche un accessit! Je serais à peine plus étonné si j'avais le prix d'honneur!

— Ah! ce prix d'honneur, parlons-en! Je suis bien content qu'il soit échu à Mounerol! Pauvre Criquet! Son grand-père va en être si heureux!

— Heureux! fit Baudouin, oui, s'il se doute seulement de l'importance d'un prix d'honneur au concours! Mais comment le pourrait-il, ce brave père Plaisir, dans son petit coin châtillonnais? Il faudrait qu'il pût voir son petit-fils dans sa gloire, et pour cela il lui manque tout! depuis un billet de chemin de fer jusqu'à une redingote!... Quand je pense que nous allons manger bêtement demain trois fois plus d'argent qu'il n'en faut pour lui donner ce bonheur!

— Tu as là une fameuse idée! m'écriai-je. Pourquoi ne proposerions-nous pas à nos camarades d'affecter à cette bonne œuvre une partie du reliquat de la cagnotte?... Le placement n'en est pas encore définitivement arrêté! »

Aussitôt dit, aussitôt fait. A grand renfort de cris et de gestes, nous assemblons toute la division autour de nous, et

nous expliquons notre idée. Le titulaire du prix d'honneur,
Mounerol, est un enfant de notre province, élevé, comme
boursier au lycée de Châtillon et à l'institution Lauraguais.
De toute sa famille il ne lui reste qu'un vieux grand-père,
pauvre homme accablé d'ans et d'infirmités, qui végète dans
la plus étroite indigence. Ne pense-t-on pas qu'il serait
humain, qu'il serait piquant, de faire transmettre sans délai
à ce bon vieillard la somme nécessaire pour qu'il pût venir
assister à la distribution des prix du concours, et voir couronner son petit-fils?... que chacun de nous se mette à la
place de Mounerol, se dise comme il serait douloureux en
pareil cas de n'avoir pas dans la salle un seul parent à qui
dédier son triomphe... Pouvons-nous mieux employer notre
fonds de réserve, et mieux affirmer la solidarité qui doit
régner entre tous les lycées?

On ne nous laissa pas finir. Toute la division, adoptant
avec enthousiasme l'idée généreuse de Baudouin, vota l'envoi d'un subside de trois cents francs au père Plaisir, pour
qu'il pût être présent le surlendemain à la cérémonie de la
Sorbonne.

Dutheil et moi nous fûmes chargés d'aviser sans retard
aux mesures nécessaires, et l'on peut bien penser que nous
ne perdîmes pas une minute. Grâce aux soins empressés
d'Anselme, notre lettre pour Châtillon partit par le courrier
du soir même.

30

CHAPITRE XX

Le rendez-vous était pour six heures, au Pavillon, mais notre impatience l'avait si bien devancé qu'il en était à peine quatre quand Baudouin et moi nous arrivâmes à Saint-Germain.

Notre regret fut vif de ne pas nous être montrés plus empressés encore, car à l'instant même où nous débouchions sur la place de la station, nous pûmes voir disparaître vers le haut de la rue adjacente la queue d'une longue colonne. En même temps, les accents lointains d'une musique militaire arrivaient à nos oreilles.

Un bourgeois bénévole eut l'obligeance de nous apprendre qu'une grande revue de pompiers venait d'avoir lieu.

« C'était très beau, ajouta-t-il avec un enthousiasme sincère. Il y avait au moins trois mille hommes !... Pensez donc, — les pompiers de quinze à vingt départements en ligne sur la terrasse !... C'est pour le grand prix décennal, vous savez?... »

Désolés d'avoir manqué ce spectacle, mais décidés pourtant à ne pas nous abandonner à la mélancolie, nous nous rabattions sur les grandes allées qui font de la lisière de la forêt un véritable parc.

La foule y était nombreuse encore, surtout du côté où une centaine de baraques en plein vent étaient venues se grouper à l'occasion de la solennité. Sur deux longues lignes, ce n'étaient que petites boutiques, cafés à l'italienne, manèges de chevaux de bois, théâtres de marionnettes, dioramas, saltimbanques aux boniments criards et aux musiques discordantes.

Entre ces deux rangées d'attractions foraines, un flot roulant de Parisiens endimanchés et de campagnards émerveillés, des chapelets d'enfants, des soldats désœuvrés. Tout cela baigné d'un soleil ardent, d'une poussière épaisse, et de cette buée lourde qui s'élève d'une foule par les jours torrides.

Nous n'étions pas entrés depuis cinq minutes dans ce paradis des joies populaires, quand nous tombâmes sur Verschuren et Thomereau. Comme nous, ils flânaient en attendant l'heure du dîner.

« Vous avez manqué la revue? s'écria Verschuren en nous apercevant. Devinez qui commandait la plus belle compagnie? Allons, ne cherchez pas!... Le capitaine Biradent, de Châtillon!... Et je vous promets que son casque d'honneur a eu un succès!..... Racontez donc l'histoire à Thomereau, il croit que je brode quand je lui dis que ce casque a été la récompense de mon sauvetage personnel... »

Selon le désir de Verschuren, qui paraissait très piqué de cette incrédulité, j'expliquai à Thomereau comment le capitaine Biradent, alors notre professeur de gymnastique au lycée de Châtillon, avait en effet sauvé tout notre dortoir surpris par un terrible incendie.

« Sans compter que Verschuren ne manifestait pas encore les instincts martiaux qui le distinguent aujourd'hui, et n'avait aucun goût pour le feu, » dit Baudouin en riant.

Verschuren convint sans trop de façons qu'il avait eu une belle peur cette nuit-là et tous les quatre nous reprîmes notre promenade. L'influence de la gaieté ambiante, jointe à notre résolution personnelle de ne pas nous laisser consumer par le spleen, produisait déjà sur nous un effet appréciable. Nous ne tardâmes pas à être agités d'une sorte d'exaltation contagieuse. Nous allions, nous venions, nous cédions à un besoin presque irrésistible de mouvement et de bruit. Nous nous arrêtions ici pour tirer la ficelle d'une toupie hollandaise, là pour faire quelques tours de chevaux de bois, comme des gamins de dix ans. Nous avions des éclats de rire sans motifs, une envie grandissante de crier et de nous démener.

On ne saurait assez se défier de ces envies-là quand on les sent germer en soi. Mais nous n'y songions guère, et c'est dans les dispositions les plus insouciantes que nous nous arrêtâmes devant l'entrée d'une sorte de cirque volant, formé d'une toile à raies assez misérable que soutenaient de distance en distance de grands piquets plantés en terre.

Cette entrée était surmontée d'un tréteau derrière lequel un vaste rideau peint représentait des lutteurs dans le costume classique. Une des séances avait fini depuis peu sans nul doute, car aux alentours de l'enceinte, des spectateurs, d'ailleurs peu nombreux, discutaient encore sur ce qu'ils venaient de voir.

« Je te dis qu'il n'avait pas touché des deux épaules.

— Bon ! Non seulement il avait touché, mais il avait encore du son sur les omoplates !

— Oh ! tu sais, pour mon compte, je ne crois pas aux *amateurs* : autant de compères qui s'entendent entre eux, vois-tu. »

Vivement alléchés par ces lambeaux de conversation, nous nous approchâmes pour lire une grande affiche étalée sur l'un des montants de la porte :

ARÈNES DE SAINT-CLOUD

GRANDE LUTTE A MAIN PLATE

Exercices pyrrhiques, athlétiques et gymnastiques
renouvelés des Grecs et des Romains,
sous la direction de M. Monin-Javot,
ex-champion de l'Amérique du Sud.
Séance de midi à dix heures du soir.

ENTRÉE : 10 CENTIMES

Nous arrivions bien. Le directeur de la baraque était en plein boniment :

« ...Oui, mesdames et messieurs, moi, Monin-Javot, ici présent et parlant à vos personnes, j'offre une prime de cinq cent mille francs à celui qui me *tombera ! (Mouvement général de stupeur.)* Cinq cent mille frrrancs, en billets de la Banque de France ; — en or, — en valeurs à vue sur M. le baron de Rothschild !... Et fort heureux je serai d'acquitter cette dette sacrée, je vous le jure, car cela me prouvera que le sang de la vieille Gaule n'a pas dégénéré. *(M. Monin-Javot essuie une larme en envoyant un grand coup de latte à la toile peinte tendue derrière lui.)*

« Mesdames et messieurs, quel est celui d'entre vous qui ne se propose pas déjà de tenter l'aventure ? Vous vous dites : Cinq cent mille francs sont un joli denier ; je vais toujours essayer de les gagner ; si je suis *tombé*, il n'y a pas de honte de l'être de la main de Monin-Javot ; si je suis vainqueur, ma fortune est faite. Vous voulez donc tenter l'aventure, et cette émulation fait honneur à votre intelligence plus encore qu'à votre courage... C'est fort bien, messieurs, entrez, inscrivez-vous, les registres sont ouverts ! Mais laissez-moi vous prévenir qu'à raison du nombre immense des concurrents vous serez obligés de passer d'abord par une épreuve préparatoire. (*Mouvement général d'attention.*)

« J'ai autour de moi, vous le savez, toute une phalange de vaillants lutteurs dont le renom n'a pas manqué de venir jusqu'à vous. Pas un de ces athlètes, je le dis sans crainte de blesser leur généreux amour-propre, n'a jamais réussi à me vaincre. Aucun d'eux n'approche seulement de ma force... On peut donc admettre que tout concurrent éliminé par l'un d'eux est indigne de se mesurer personnellement avec moi !...

« Vous qui prétendez conquérir la prime de cinq cent mille francs, qu'avez-vous à faire ? Seulement à vous présenter dans l'arène et à *tomber* successivement tous mes élèves ! Quand vous aurez ainsi prouvé que je puis, sans gaspiller mon temps et celui du public, lutter avec vous, alors l'heure de l'épreuve définitive aura sonné, et vous me trouverez toujours prêt !... (*Applaudissements.*)

« ... Mais en attendant, mesdames et messieurs, est-ce à dire que je prétends vous imposer des efforts stériles ? Non certes ! Il ne saurait être dit qu'un amateur aura vaincu un

seul de nos athlètes sans en retirer un avantage substan-
tiel... Par exemple, c'est maintenant le tour pour Pollux dit
le Bronze florentin et pour l'*Anguille de la Charente-Inférieure* d'entrer en lice... Eh bien! quiconque demandera à
se mesurer avec eux sera admis à cet honneur!... Et quiconque *tombera* l'un d'eux aura droit à la somme de vingt-
cinq francs, en monnaie sonnante et ayant cours, sans déduction ni escompte d'aucune sorte! (*Coup de latte au
tableau.*)

« Et pour participer à ces avantages précieux, ou assister
à ces luttes héroïques, quel est, mesdames et messieurs, le
droit d'entrée que nous allons réclamer de votre généro-
sité?... Presque rien, à peine de quoi couvrir nos frais de
location, une misère, une obole!... Ce ne sera pas dix francs
comme au Grand-Opéra, — ce ne sera pas six francs comme
à la Comédie-Française, — ce ne sera pas un franc, — ce ne
sera même pas dix sous!... mais seulement la faible somme
de dix centimes, deux sous!... Deux sous pour voir le *Bronze
florentin* lutter à main plate contre l'*Anguille de la Charente-Inférieure!* Deux sous pour voir les amateurs entrer
dans la lice!... Deux sous pour assister à nos grands exercices renouvelés des Grecs et des Romains! Deux sous pour
gagner vingt-cinq francs! Deux sous pour gagner cinq cent
mille francs! Qu'on se le dise!... Entrez, mesdames et messieurs!... En avant la musique!... »

A ce signal, un tambour et un trombone placés sur le tréteau répondirent par un effroyable andante. En même temps,
les deux pans de toile grossière qui fermaient l'entrée du
cirque se relevèrent et une trentaine de badauds, alléchés
par l'éloquence de M. Morin-Javot, s'empressèrent d'y péné-

trer. Nous disposions encore d'une heure au moins avant le
dîner : nous fîmes comme eux et nous entrâmes.

L'arène était des plus primitives : une simple circonfé-
rence tracée par des pieux piqués en terre et sur la tête
desquels s'enroulait une corde formant barrière. L'espace
circonscrit par la corde était recouvert d'une couche assez
épaisse de sciure de bois. Tout autour se trouvait une sorte
de couloir réservé aux spectateurs et que la toile extérieure
limitait derrière eux.

Après un quart d'heure de musique, et en dépit des appels
réitérés de M. Monin-Javot, les spectateurs n'étaient pas
plus d'une quarantaine, nous compris.

Le tambour et le trombone s'arrêtèrent enfin, et après
dix minutes de silence environ, les deux exécutants, équipés
en lutteurs avec le maillot de rigueur et des caleçons de
velours à paillettes se présentèrent dans l'arène. C'était eux,
l'*Anguille de la Charente-Inférieure* et le *Bronze florentin !*

Il paraît même qu'ils tenaient aussi les autres rôles, car à
peine avaient-ils paru, qu'un gros homme à gilet de nankin
qui était placé près de nous, s'écria :

« Ah ! par exemple, c'est un peu fort !

— De café, fit Thomereau.

— Vous dites, monsieur ?

— Ne faites pas attention.

— Eh bien ! je dis que c'est un peu fort. Ce sont les mêmes
hommes qu'on nous a présentés tout à l'heure comme étant
Aubry le Lion et Jacques l'élégant lutteur ! Je les reconnais
fort bien : le petit n'a même pas changé de costume. Quant
à l'autre, il n'a fait que se noircir la figure et les mains avec
du noir de fumée. »

31.

A ce moment, M. Monin-Javot annonça enfin que la
représentation allait commencer. Il s'était décidé fort à
regret à baisser les deux pans de toile qui formaient l'entrée,
et se promenait tout autour de l'arène, allongeant de grands
coups de latte aux petits garçons qui passaient leur tête sous
la toile pour voir sans payer.

« Pollux et l'Anguille allaient combattre ensemble, an-
nonça-t-il, et si après cette lutte courtoise un des spectateurs était disposé à tenter la fortune contre le vainqueur,
la lice lui serait ouverte. »

Les deux athlètes commencèrent par échanger les saluts
et les poignées de main de rigueur. Un sourire des plus
suaves, à demeure sur leurs lèvres, était destiné à témoi-
gner de la loyauté et de la bonne foi qu'ils apportaient au
combat. Ils se baissèrent simultanément, prirent chacun une
poignée de poussière dont ils se frottèrent la paume des
mains, et se postèrent en face l'un de l'autre dans l'attitude
la plus sculpturale qu'ils purent trouver. Enfin, ils s'empoi-
gnèrent à bras-le-corps et commencèrent de lutter.

A tort ou à raison, il nous parut qu'ils se ménageaient et
n'apportaient à leur « travail » qu'une ardeur modérée.
Baudouin, qui prenait un vif intérêt à toute cette scène,
était indigné de tant de mollesse.

« Hardi ! faisait-il à demi-voix quand les lutteurs se rap-
prochaient de nous au cours de leurs évolutions. Allez-y
donc ! On dirait que vous avez peur de vous casser. »

L'Anguille et le Bronze florentin continuaient de se saisir
par les bras, par la nuque, par la taille, de se balancer, de
se baisser, de se relever, d'exécuter tous les mouvements
d'une lutte sérieuse, mais sans se terrasser. Deux ou trois

fois ils roulèrent à terre, mais sans résultats. Ils se relevaient bientôt et se rattrapaient à bras-le-corps.

Enfin, après cinq ou six « reprises », l'Anguille fut tout à coup enlevé de terre par son adversaire, qui le renversa sur le sol, et, d'un effort suprême, lui appuya les deux omoplates sur la sciure de bois.

Pollux était vainqueur. Il tendit galamment la main au vaincu et salua les spectateurs.

Quelques-uns l'applaudirent. Mais Baudouin n'était pas content.

« C'est de la farce ! eut-il le tort de s'écrier assez haut. Ce n'est pas là une lutte sérieuse. L'Anguille aurait parfaitement pu se tirer d'affaire. Ce sont deux compères. »

M. Monin-Javot qui se trouvait à quelques pas de nous, devina plutôt qu'il n'entendit ces paroles. En tout cas, il flaira une occasion.

« Peut-être, *mossieu* voudrait-il essayer ses forces contre Pollux? dit-il d'un air provoquant en s'approchant de nous. Il pourrait alors s'assurer que la lutte est loyale et que nous ne craignons aucune rivalité. »

Baudouin devint très rouge, mais ne souffla pas mot. Au fond, il était clair qu'il n'aurait pas été précisément fâché de relever le défi, mais la crainte de se donner en spectacle le retenait.

M. Monin-Javot le considérait toujours d'un œil ironique.

« *Mossieu* craint sans doute de se faire *tomber ?* reprit-il. C'est en effet ce qui ne manquerait guère selon toute apparence, et je vois bien à la mine de Pollux qu'il ne craindrait pas deux ou trois adversaires comme *mossieu*. »

Baudouin était de plus en plus rouge. Quant à nous, nous

n'étions pas éloignés de penser que l'honneur du lycée commençait à être en jeu. On est bien jeune, en rhétorique.

« Pourquoi n'essayerais-tu pas? demandai-je à Baudouin. Tu es plus fort que cet Aztèque ! »

Je venais de commettre une imprudence. Baudouin me regarda de l'air de quelqu'un qui ne demande qu'à être aidé pour faire une sottise.

Monin-Javot me regardait aussi. Il m'avait entendu.

« C'est ce qu'il faudrait voir, jeunes gens, reprit le tentateur.

— Est-ce qu'il est nécessaire de se mettre en maillot ? dit tout à coup Baudouin.

— Non, *mossieu*. Vous pouvez garder votre pantalon. Vous pouvez même garder vos chaussettes, si le cœur vous en dit. »

Cet argument parut décisif à Baudouin. D'un mouvement subit, il jeta son képi, mit bas sa tunique, enleva sa chemise se déchaussa et sauta dans l'arène, nu jusqu'à la ceinture.

Une salve d'applaudissements l'accueillit.

« Bon ! c'est un compère ! dit auprès de nous l'homme au gilet de nankin.

— Un compère ! répliquai-je furieux, Baudouin, un compère ! »

Cette simple observation de mon voisin avait suffi à me faire comprendre ce que l'acte de Baudouin avait d'irréfléchi, et je commençais à me repentir de l'avoir poussé à cette folie. Mais un coup d'œil jeté sur notre champion eut bientôt effacé cette impression. Il était fort beau à voir, notre champion, avec sa petite tête romaine au front bas, supportée par un cou robuste ; ses narines gonflées d'ardeur, ses yeux brillants, sa poitrine bien développée et ses bras musculeux ! Personne ne se serait avisé de penser qu'il avait dix-huit ans à peine, et tout le monde le prenait pour un homme de vingt-deux à vingt-trois ans, au moins, tant il y avait de force et d'élégance achevée dans toute sa personne.

Pollux semblait dire :

« Qu'est ceci ?

Ce bloc enfariné ne me dit rien qui vaille ! »

Les salamalecs préliminaires suivirent leur cours. Baudouin, en gymnaste émérite, s'en acquittait comme s'il n'avait de sa vie fait autre chose. Enfin, il se mit en position.

Les deux lutteurs se prirent corps à corps. Je ne pus retenir un frisson en voyant les longs bras noirs du Bronze florentin s'enrouler comme deux serpents autour de la taille de Baudouin. Mais sa chair à lui ne frémit pas. Il se laissa faire, se balança un instant comme pour donner une meilleure prise à son adversaire, puis tout à coup, s'inclinant à gauche et levant les deux bras, il enferma le cou du nègre sous son aisselle droite et le maintint dans cet étau. Pollux se secoua, tourna sur lui-même pour se dégager. Tout fut inutile. Baudouin tournait avec lui, montrant successivement à tout le cercle la tête noire qui grimaçait derrière ses reins.

Le nègre prit alors le parti de lâcher prise et de se laisser choir. Baudouin le suivit sur l'arène sans le lâcher.

On les vit se rouler à terre sans pouvoir se maîtriser mutuellement, et, après une douzaine de tentatives infructueuses, se relever. Tout le monde applaudit. Il y eut une pause de deux à trois minutes.

A la seconde reprise, ce fut encore Pollux qui attaqua. Il essaya de prendre Baudouin par les épaules et de le renverser, puis de le saisir sous les bras et de le faire basculer sur sa cuisse, puis de l'empoigner à revers par la taille et de le lancer à terre la tête en avant. Chaque fois son adversaire se cramponna à lui avec tant d'adresse que la tentative échoua.

Il y eut encore une pause, soulignée par des applaudissements. Pollux était haletant, et commençait manifestement à se dépiter. Il semblait grincer des dents en se jetant sur Baudouin à la troisième reprise.

Cette fois il essaya d'un coup très dangereux : il baissa la tête, et se ruant sur l'estomac de son adversaire, il tenta de le faire glisser derrière lui et de le jeter à terre les jambes en l'air.

Mais cette fois Baudouin, prompt comme la pensée, arriva à la riposte. Ce fut lui qui, enveloppant de ses bras la nuque du nègre, lui fit perdre pied, l'enleva du sol et le faisant tourner comme une fronde, l'étala sur les deux épaules.

Pollux était *tombé*, sans doute ni rémission possible.

Des acclamations unanimes saluèrent la victoire de notre ami, tandis qu'il revenait assez penaud auprès de nous, et que Pollux se relevait tout confus.

La peau de Baudouin était toute maculée de taches noires comme si le nègre avait déteint sur lui.

« Je suis trop bête ! » nous dit-il en revenant vers nous et se hâtant de remettre ses habits.

Nous nous disposions à sortir avec les autres spectateurs, car la séance paraissait terminée, quand tout à coup la voix de l'homme au gilet de nankin se fit entendre.

POLLUX ÉTAIT « TOMBÉ » SANS RÉMISSION POSSIBLE.

« Eh bien ! et la prime de vingt-cinq francs, il n'en est
donc plus question ? commença-t-il à dire.

— Oui, les vingt-cinq francs ! où sont les vingt-cinq francs
promis au vainqueur ? » reprirent d'abord en sourdine, puis
de plus en plus fort quelques-uns de ceux qui l'entouraient.

Bientôt ce fut un orage. On cria sur l'air des *Lampions :*
— Les vingt-cinq francs !... Les vingt-cinq francs !

M. Monin-Javot apparut pâle, mais toujours suave, un
sourire aux lèvres :

« Messieurs, fit-il avec l'air de la loyauté méconnue, per-
mettez-moi de dire aux honorables personnes qui font entendre des réclamations, qu'elles s'immiscent à tort dans une
affaire qui doit rester entre *mossieu* (désignant Baudouin)
et moi... Je suis tout prêt à payer à *mossieu* la prime à
laquelle il a droit, mais je sais trop ce que je me dois à moi-
même, ce que je dois à l'amateur distingué qui vient de faire
à l'un des nôtres l'honneur de se mesurer avec lui, pour
traiter ainsi en public une affaire d'argent... Fi, messieurs,
ce ne sont pas là mes façons d'agir !...

— Les vingt-cinq francs ! cria un spectateur sans s'arrêter
à ces considérations de haute courtoisie. Les vingt-cinq
francs promis !

— Messieurs, reprit M. Monin-Javot avec une patience
inépuisable, pour le présent tout le numéraire dont je dispose
est en pièces de cinq et de dix centimes. Vous ne voudriez
pas exiger de moi que j'imposasse à *mossieu* un payement en
billon ?... Si vigoureux qu'il soit, ses forces suffiraient à
peine à transporter une telle somme. »

Cet argument parut produire un certain effet.

« Il a raison, » dirent quelques hommes modérés.

Mais le porteur du gilet de nankin fut impitoyable.

« C'est une affaire facile à arranger, dit-il. Je me charge de changer tout de suite ces gros sous en or. J'ai justement besoin de monnaie dans mon commerce de charcuterie. »

L'auditoire revint à son impression première.

« Alors, il n'y a plus de difficulté. Il faut que les vingt-cinq francs soient payés ! »

Ici Baudouin se crut obligé d'intervenir :

« Ma foi, dit-il, puisqu'on m'y oblige, je dois avouer que je ne suis pas entré en lice pour gagner la prime et que j'en ferais bien volontiers l'abandon...

— Ah ! ah ! ricana l'homme au gilet. Quand je disais que c'était du compérage ! »

M. Monin-Javot, qui s'épongeait le front à tour de bras, se redressa sous ce coup d'éperon.

« Qu'on apporte la caisse ! » dit-il d'un air majestueux.

L'Anguille et le Bronze florentin transportèrent à pas lents au milieu de l'arène une grande boîte peinte en noir et percée d'une fente sur la face supérieure. La mine déconfite des deux pauvres diables faisait peine à voir et l'on pouvait deviner que, sans métaphore, ils procédaient là aux funérailles de leur dîner.

Cependant M. Monin-Javot avait ouvert la caisse et en tirait à poignées la recette de la journée. Les sous empilés et comptés sur le couvercle finirent par former la somme de vingt-cinq francs. Il n'y avait pas soixante centimes de surplus.

« Non, décidément, je ne puis pas prendre cet argent ! » disait Baudouin désespéré, mais malgré tout intimidé par l'œil sévère de l'homme au gilet.

A ce moment critique, un mouvement subit se fit dans le groupe qui nous entourait, et qui s'ouvrit devant un officier en grande tenue, sabre au côté, casque en tête, épaulettes de cuivre doré sur les épaules.

« Le capitaine Biradent! m'écriai-je tout joyeux.

— Le capitaine Biradent! répétèrent Baudouin et Verschuren.

— Oui, le capitaine Biradent, qui arrive à point pour vous empêcher d'achever une sottise! » fit-il entre ses dents, avec la rude franchise et l'accent méridional que nous lui avions toujours connu.

« ... On ose parler ici de compérage?... reprit-il d'une voix tonnante, quand il s'agit d'un jeune homme qui a l'honneur de porter l'uniforme. Le premier qui s'avise de répéter un pareil mot aura affaire à moi!... »

Tout le monde s'était tu. L'homme au gilet cherchait maintenant à se dissimuler derrière deux spectateurs malheureusement beaucoup plus minces que lui.

« Gardez votre monnaie, monsieur, je vous remercie! fit précipitamment Baudouin, heureux d'échapper au payement dont il était menacé.

— A la bonne heure!.. dit le capitaine. Et maintenant... Par file à droite... arche! »

Obéissant machinalement à ce commandement jadis familier à notre oreille, nous nous empressâmes de sortir.

Le capitaine n'avait décidément pas l'air très content de nous.

« Comment, nous dit-il quand nous eûmes fait quelques pas hors de la baraque, ce sont des jeunes gens bien élevés, des bacheliers, que je retrouve dans une pareille aven-

32

ture, luttant en public avec des hercules de foire!... Oh!
messieurs!...

— Allons, capitaine, répondit Baudouin avec son bon rire
franc, ne nous grondez pas trop. C'est un peu votre faute,
que diable! Si vous ne nous aviez pas fait de si bons muscles
au gymnase de Châtillon, nous n'aurions pas eu l'idée de
les faire contrôler ici. »

Ce compliment détourné alla au cœur du brave homme :

« Il y a du vrai, — il y a du vrai! fit-il en souriant.
Mais une autre fois tâchez de mieux choisir votre occasion...
Et que faites-vous à Saint-Germain, si je ne suis pas trop
indiscret?

— Un dîner de camarades, qui par parenthèse va nous
priver du plaisir de rester avec vous aussi longtemps que
nous le voudrions, car voici six heures qui sonnent. »

Nous nous dirigeâmes tous vers le Pavillon. Chemin faisant,
le capitaine nous apprit qu'il était pour une semaine à Paris :
j'en profitai pour le prier instamment de venir le lendemain
dîner chez ma mère, ce qu'il voulut bien me promettre.
A l'occasion de mon prix, mon père avait déjà invité M. Pellerin, M. Aveline et M. Desbans.

« Arrivez donc! on n'attend que vous! » nous crièrent
vingt têtes joyeuses empilées aux fenêtres du restaurant.
Nous serrâmes la main du capitaine. Il avait, lui aussi, ce
soir-là, un dîner de corps, et n'aurait pu dîner avec nous.

Nous nous élançâmes dans l'escalier.

Le couvert était dressé dans une grande salle du premier
étage, qu'il nous fut aisé de trouver sans autre guide que le
vacarme dont elle était déjà remplie. Des objurgations
bruyantes accueillirent notre entrée.

« Voilà les traînards ! A table ! à table ! »

Il y eut un moment de confusion, un cliquetis de chaises
et d'assiettes. Puis nous nous trouvâmes tassés, assis bien
au complet, tous les trente et un, autour d'une longue et
large table. J'étais entre Baudouin et Verschuren et j'avais
vis-à-vis de moi la face rayonnante de Chavasse, — un soleil
coupé d'un coup de sabre, — qui m'apparaissait par instants
entre les montagnes de fruits et de fleurs, les nougats à pic
et autres pièces d'architecture culinaire dont la nappe était
chargée. Deux ou trois verres étaient rangés devant chaque
couvert, un menu sur papier glacé couché près des couteaux
et des fourchettes, et les mines qui bordaient cette belle
ordonnance témoignaient suffisamment des dispositions que
nous apportions à l'ouvrage.

Le dîner était fort bon, en dépit des dénominations de circonstance sous lesquelles le chef, de complicité avec nos
commissaires, avait jugé convenable de déguiser ses plats.

Il fut beaucoup plus sage qu'on n'aurait pu l'espérer
d'après la première partie de notre après-midi. D'abord,
nous étions tous doués d'un appétit qui ne nous permettait
pas de nous égarer en discussions orageuses quand nous pouvions si bien occuper notre appareil masticatoire. Puis, nous
avions contracté au lycée l'excellente habitude de ne pas
faire de bruit à table. Enfin, à nous trouver ainsi rangés en
cercle dans une sorte de banquet public, sous les yeux d'un
personnel nombreux, nous sentions que nous avions charge
du bon renom de notre collège et qu'il fallait faire honneur
à notre uniforme.

C'est à peine si Thomereau risqua deux ou trois plaisanteries d'un goût douteux, aussitôt réprimées par la froideur

générale, et si les conversations s'élevèrent au-dessus du diapason normal quand les fameux canetons firent leur apparition sur un lit de lauriers académiques, — circonstance que Molécule n'avait pas prévue. Il ne lui en fut pas moins permis au dessert, tandis qu'un champagne rosé moussait dans les coupes, de nous lire ses petits vers, qu'on applaudit en faveur de l'intention.

La soirée se serait terminée sans incident, si l'infortuné Chavasse, après être revenu deux fois à chaque plat, et s'être littéralement gavé de pâtisseries fort indigestes, n'avait couronné ses exploits en voulant fumer le plus gros cigare que l'établissement put mettre à sa disposition.

Cette imprudence eut naturellement des suites sur lesquelles on me permettra de ne pas insister et qui obligèrent notre malheureux camarade, après une lutte silencieuse mais décisive, à battre une retraite précipitée vers les régions sereines de la terrasse.

A dix heures tout était terminé, et nous prenions tous le train pour rentrer à Paris.

CHAPITRE XXI

Il était onze heures passées quand j'arrivai à Billancourt avec Baudouin, et je fus surpris de trouver les fenêtres du salon encore tout éclairées. Maman nous avait-elle attendus ? Cette pensée me serra le cœur. Elle qui avait besoin de tant de ménagements et de repos !

Ce n'est pas elle seule qui nous accueillit d'un petit cri de joie en reconnaissant mon pas sur le perron : tante Aubert, mon père et grand-papa étaient aussi de la veillée. Personne n'avait voulu se retirer avant de nous savoir rentrés.

Il fallut raconter nos aventures, et l'on peut croire que nous glissâmes discrètement sur l'un des épisodes qui avaient rempli notre après-midi. De la victoire de Baudouin à l'arène Monin-Javot nous n'eûmes garde de souffler mot. La rencontre du capitaine Biradent et le dîner du caneton firent tous les frais de notre récit.

Nous le terminions à peine, quand un grand coup de sonnette à la porte extérieure de la maison vint nous faire tressaillir.

Qui pouvait se présenter à pareille heure ?

Je m'empressai de regarder par la fenêtre ouverte, et, à mon extrême surprise, je reconnus M. Pellerin. Je n'ai pas besoin de dire que je descendis l'escalier quatre à quatre pour l'accueillir sur le seuil.

« C'est vous, mon cher Albert? me dit-il. Voyant la maison éclairée, j'ai pensé qu'il n'y aurait pas d'indiscrétion de ma part à venir sonner... »

Dès le premier moment j'avais été frappé de l'air grave, presque solennel de mon cher maître. Cette impression ne fit que s'accentuer quand, après les premiers compliments et de nouvelles excuses d'une visite si tardive, il se fut assis. Je ne sais quoi de contraint et d'attristé dans toute sa physionomie nous disait que cette démarche insolite n'était pas sans motif, et que ce motif ne pouvait pas être une bonne nouvelle. Nous attendions tous avec une curiosité inquiète, que nous avions peine à contenir.

Enfin M. Pellerin parut prendre son parti.

« Ne préféreriez-vous pas, dit-il à mon père, que la communication toute commerciale que j'ai à vous faire fût épargnée à ces dames?

— Heur et malheur, répondit mon père, tout ici est en commun. Parlez, monsieur Pellerin, comme si nous n'étions qu'un à vous entendre. »

M. Pellerin s'inclina.

« Êtes-vous toujours, dit-il d'une voix émue, en relations d'affaires avec la maison Lecachey?

— Assurément, répondit mon père de plus en plus surpris et subitement alarmé. Ce sont nos banquiers, et ils sont chargés de toutes nos affaires financières. Notre fortune est entre leurs mains...

— Ah !... c'est ce que je craignais, reprit M. Pellerin de plus en plus assombri, et c'est pourquoi je suis venu sans tarder une minute vous donner avis de ce qui se passe... Vous savez ou vous ne savez pas que je suis chargé demain de prononcer le discours latin d'usage à la distribution des prix du concours général. A l'occasion de cet honneur, j'étais fêté ce soir par quelques amis, et après dîner nous nous sommes arrêtés dans un des principaux cafés du boulevard des Italiens. Il se tient par là, paraît-il, une petite Bourse et les gens d'affaires y étaient très nombreux. Nous n'avons pas tardé à nous apercevoir qu'une grosse nouvelle circulait de tous côtés : elle paraissait agiter à un tel point un grand nombre de ces messieurs, qu'à deux ou trois reprises nous l'avons entendue donner d'une table à l'autre...

— Et cette nouvelle? demanda mon père subitement devenu d'une pâleur mortelle.

— C'est que la maison Lecachey ne peut pas manquer de suspendre ses payements demain matin... Le fils Lecachey, cet affreux petit vaurien que vous savez, a disparu depuis hier samedi, après avoir abusé de la signature sociale pour retirer plusieurs millions, — deux à trois millions, dit-on, — de titres et de valeurs déposés au crédit de la maison à la Banque de France.

— Deux à trois millions ! s'écria mon père. Si le fait est vrai, c'est en effet un désastre certain !

— Je ne crois pas qu'il soit encore possible d'en douter. On donnait tant de détails et de chiffres. La maison Lecachey, au dire de tout ce monde, n'était déjà rien moins que solide. On parlait de pertes considérables à la Bourse, de dépenses exagérées... J'ai à l'instant pensé à vous et espéré

que, peut-être, averti sans retard, vous pourriez prendre une
mesure efficace... En tout cas, j'ai cru de mon devoir de ne
pas perdre une minute pour vous apporter ce renseignement... »

Mon père ne répondit qu'en secouant la tête, le front pen-
ché, l'œil perdu dans la contemplation d'une idée fixe, tandis
que ma mère, tante Aubert et grand-papa, debout et silencieux, étaient comme suspendus à ses lèvres et attendaient
qu'il prononçât le verdict.

« C'est la faillite ! dit-il enfin d'une voix saccadée, comme
si ce mot terrible eût menacé de l'étouffer ! En tout cas,
c'est la ruine complète pour nous. Toutes mes ventes de
l'année, tout mon papier est chez Lecachey. Et cela à la fin
de mon premier exercice, quand je n'ai encore fait que
semer sans rien récolter encore. Tout va passer à payer le
passif...

— Mais vous parlez comme si les payements de la maison
Lecachey étaient déjà suspendus, dit maman. Qui vous dit,
mon ami, qu'ils le seront, que les choses ne pourront pas
s'arranger ?

— Tout me le dit ! s'écria mon père avec véhémence. Je
le vois comme si c'était fait. La maison Lecachey n'est pas
de celles qui peuvent résister à une perte pareille. Je suis
coupable de n'avoir rien fait pour éviter ce qui arrive, ayant
eu, et plus d'une fois, le pressentiment que cela pouvait
arriver. D'anciens bons offices rendus par Lecachey, au
début même de notre établissement, me rendaient pénible
de répondre à la confiance qu'il m'avait montrée tout d'abord
par de la suspicion. Mais deux ou trois millions sont un chiffre
pour une maison dont la situation était déjà difficile. S'ils

ont laissé ébruiter l'affaire, — ou plutôt comment en douter ?
s'ils ont eux-mêmes pris soin de la répandre, — c'est qu'ils
ne voient pas de remède possible et que leur parti est arrêté. »

Mon père disait tout cela froidement, d'une voix presque
dure. Mais cette froideur et cette dureté nous faisaient moins
de peine que l'accablement muet dans lequel nous l'avions
vu plongé pendant quelques instants. Je crois bien que ma
mère l'excitait et l'impatientait à dessein par des contradic-
tions, précisément pour ne pas le voir retomber dans cet
accablement.

« Quand même vous subiriez une grosse perte, reprit-
elle, ce ne peut pourtant pas être un désastre absolu. Vous
avez la fabrique, l'outillage, du crédit, de bons contrats avec
les producteurs de betteraves...

— Eh ! oui, j'ai tout cela ! répliqua amèrement mon père.
Voilà comment raisonnent les femmes ! Vous savez pourtant
bien, chère amie, que nous marchons sur le produit de
l'hypothèque prise sur nos terres et immeubles, et qui
s'élève à trois cent quatre-vingt mille francs ? Nous avons,
tant en dépôts qu'en compte courant, environ six cent mille
francs chez Lecachey. Si nous perdons cette somme, — et
il y a malheureusement bien peu de doutes à conserver
à cet égard, — une licitation est inévitable, car il me devient
impossible de continuer les affaires et par suite de payer
l'intérêt de ma dette. Or, la plus-value du gage de l'hypothèque est tout au plus d'un tiers. Qui dit licitation dans de
pareilles conditions dit ruine absolue; ni plus ni moins...
Je crois, j'espère toutefois, en supposant que rien ne s'ajoute
à ce désastre, je crois que je pourrai faire face à mes enga-

gements. Mais il ne faut pas se le dissimuler, c'est le mieux que je puisse espérer, et nous resterons vraisemblablement sans ressources... Vous voyez, ma chère, que je ne m'illusionne pas. »

Je m'étais rapproché de mon père, et, prenant sa main dans la mienne, j'essayais de le réconforter par la chaleur de ma tendresse.

« Mon pauvre enfant, dit-il en attirant tout à coup mon front jusqu'à ses lèvres, ce n'est pas pour moi que je regrette notre beau rêve, c'est pour toi, à qui j'avais espéré faire le chemin si aisé et qui vas le trouver si rude !

— Oh ! pour moi, père, ne vous inquiétez de rien ! m'écriai-je. Un homme se tire toujours d'affaire avec du travail, et je serai si heureux de travailler pour vous, pour maman, pour tous !... La belle affaire après tout ! Au lieu de faire mon droit, de choisir une carrière coûteuse et lente, j'en prendrai une à bon marché ! dont les résultats puissent être prompts.

— Elle est toute trouvée, dit alors M. Pellerin. Pourquoi Albert n'entrerait-il pas à l'École normale ? Avec son grand prix d'histoire et ses deux accessits, la chose ira toute seule. Vous savez que tous les élèves y sont boursiers de l'État. Albert peut passer là trois ans sous les premiers maîtres de Paris, sortir agrégé et obtenir sur-le-champ une chaire dans un lycée. L'enseignement est une carrière pleine d'avenir, et qui ne peut manquer de devenir très belle, même au point de vue matériel : la France de plus en plus a besoin de bons professeurs, et sera bien obligée de les payer, avant peu, autrement qu'en considération. Que si Albert n'a pas de goût pour la chaire professorale, il ne manque pas d'autres carrières honorables dont les fortes études de la rue d'Ulm peuvent lui ouvrir la porte à deux battants. La littérature, le haut journalisme, les administrations particulières, l'administration publique, sont toujours prêts à recueillir les enfants prodigues de l'École normale. »

Dans les grands désespoirs, l'esprit hésitant et troublé se rattache aux moindres causes d'espoir. Il était déjà visible, à l'intérêt éveillé chez mon père par cette discussion, qu'elle lui faisait du bien, ne fût-ce qu'en détournant sa pensée des douloureuses anxiétés qui l'assiégeaient.

Baudouin, qui était resté silencieux jusqu'à ce moment, voulut ici placer son mot :

« Au cas où tous ces projets-là ne plairaient pas à Albert, dit-il, j'ai un autre système à lui proposer; j'en ai même deux. Le premier, c'est de s'embarquer avec moi pour l'Amérique du Sud ou pour l'Australie, où nous irions chercher fortune comme tant d'autres... »

Ici M. Pellerin se permit de faire une moue significative.

« ... Le second, c'est de mener la vie de trappeurs dans Paris même, d'y vivre en anachorètes à la chasse du talent, et de venir partager ma chambre.

— Ta chambre? demandai-je assez étonné.

— Oui, mon parti est arrêté d'entrer à l'École des beaux-arts, et d'être sculpteur, à moins que tu insistes pour aller de préférence équarrir des bœufs à Rio-Janeiro. J'ai pris des informations, échangé plusieurs lettres avec ma bonne mère sur les voies et moyens qu'elle peut mettre à ma disposition, et voici ce que je vais faire : Je vais louer du côté du boulevard Montparnasse une chambre qui me coûtera 60 francs par an. Je la meublerai d'un lit, de deux chaises, d'une table, de quelques ustensiles de toilette et de cuisine, le tout expédié du Bourgas par maman, avec ce qu'il faut de linge. J'ai calculé qu'avec 700 francs par an je serais là comme un coq en pâte. Mon budget est tout établi : loyer, 60 francs; vivres que je préparerai moi-même comme un soldat, 1 franc par jour — 365 francs par an; chauffage, éclairage, 50 francs, blanchissage et vêtements, 200 francs; dépenses imprévues, 75 francs. C'est donc 62 à 63 francs par mois qu'il s'agit de gagner en aussi peu de temps que possible pour pouvoir modeler à l'aise. C'est bien le diable si je ne puis pas me procurer une leçon, un travail de copie, une besogne quelconque, qui me donne régulièrement ce revenu. S'il le faut, au début, pour vaincre les premières difficultés, je donnerai la moitié, les deux tiers de mon temps. Mais il est clair qu'à deux la chose serait encore bien plus facile : de grosses dépenses comme le loyer, l'éclairage, le chauffage seraient partagées par moitié; les frais de nourriture réduits d'un bon tiers. On arriverait, j'en suis sûr, à vivre pour 50 francs par mois. On monte des moellons aux maçons s'il le faut !... La grande affaire est d'avoir un but devant soi et d'y marcher résolument ! »

Baudouin, ordinairement si réservé et si timide, parlait avec un enthousiasme singulier. On voyait qu'il nous donnait là le plus clair et le plus net de ses réflexions intimes, son secret même et son plan de vie. Il n'avait pas autre chose à lui : il nous le livrait en toute propriété.

Pour moi, et cela n'étonnera pas ceux qui penseront à l'âge que nous avions alors, le tableau même de cette joyeuse misère à deux n'était pas sans me séduire vivement : cela paraît si bon « la vache enragée » tant qu'on ne l'a pas dans la bouche. Mais M. Pellerin ne me laissa pas le temps de m'abandonner à ce rêve.

« Mon cher enfant, dit-il à Baudouin, envisager de sang-froid la perspective de dix à quinze ans de lutte acharnée contre les difficultés les plus mesquines de la vie, avec la gloire artistique au bout, est le propre d'une âme vaillante. Mais c'est une de ces entreprises exceptionnelles où il ne faut s'aventurer qu'avec le feu sacré. Faites-le si vous vous sentez les reins assez forts, mais ne conseillez à personne d'imiter votre exemple. Laissez Albert suivre un chemin plus ouvert pour lui et partant plus sûr... »

Ici, tante Aubert intervint à son tour.

« Voilà qui est fort bien raisonner, dit-elle, et les premières paroles sensées que j'entends ce soir. Je crois rêver en vérité, quand on parle ici comme si nous allions être réduits demain à nous adresser au bureau de bienfaisance... Vous devez donc beaucoup d'argent ? reprit-elle en s'adressant à mon père.

— Grâce à Dieu, non. J'ai réglé le mois passé nos dernières livraisons de betteraves et nos comptes sont à jour.

— Eh bien! vous ne devez rien et vous vous désespérez ? Si je comprends ce que vous disiez tout à l'heure, vous perdez chez Lecachey tout votre capital circulant, joint aux bénéfices de l'année ?

— Précisément.

— En ce cas, il suffirait de trouver un autre capital pour continuer vos affaires ?

— Sans doute.

— Est-il absolument nécessaire qu'il soit de trois à quatre cent mille francs ?

— Oh! non, assurément. La moitié suffirait et même moins. Je ferais un chiffre d'affaires plus modeste, voilà tout.

— C'est ce que je pensais. Vous voyez bien que tout est arrangé, et qu'il n'y a plus besoin de se désoler une minute. »

Mon père se demandait si tante Aubert n'était pas en train de perdre la tête.

« Qu'est-ce que vous avez à me regarder ainsi? reprit-elle. C'est pourtant bien simple et je crois que je parle français. J'ai huit mille deux cents francs de rente sur le grand livre, n'est-ce pas? et je me suis toujours promis de les laisser à ce grand garçon-là. Eh bien, vous les prenez dès demain, vous en faites des choux ou des raves ou des pains de sucre, et puis voilà! La maison continue à marcher comme sur des roulettes, vous payez l'intérêt de votre hypothèque, vous l'amortissez peu à peu, et vous ne vous souciez pas plus de Lecachey père, fils et compagnie, que s'ils n'avaient jamais existé.

— Oh! tante Aubert! C'est impossible!... nous ne pouvons pas accepter!... » s'écrièrent ensemble maman, mon père et grand-papa.

Tante Aubert se redressa de toute sa hauteur. Je ne l'ai jamais vue véritablement en colère qu'une fois dans ma vie, — c'est cette fois-là.

« Impossible!... pas accepter!... Ah! je voudrais voir ça, par exemple!... s'écria-t-elle d'un ton qui n'admettait pas de réplique. Est-ce que depuis seize ans je n'accepte pas votre hospitalité, moi?... Est-ce que je suis une étrangère ici?... Est-ce qu'on va commencer à compter ce qui est aux

J'EMMÈNE ALBERT, BIEN ENTENDU!

uns et aux autres? Soit. Alors je vais faire ma malle, à l'instant, et partir... J'emmène Albert, bien entendu! Il n'y a
que lui qui m'aime ici... »

Nous nous étions jetés, ma mère et moi, au cou de
tante Aubert; La chère femme cherchait son châle pour s'en
aller. Il lui semblait dans sa généreuse indignation que cela
seul lui manquât pour partir. Nous l'embrassions tendrement,
nous cherchions à la retenir.

« Non, c'est fini, vous êtes des ingrats...Je m'en vais... Je
prendrai un appartement dans le quartier du Panthéon.
Albert fera son droit chez moi. C'est chose entendue... à
moins pourtant qu'on ne renonce ici à me traiter comme
une étrangère. »

Elle s'était attendrie et pleurait maintenant à grosses
larmes ; il fallut lui demander pardon, accepter humblement
son offre. Mon père était profondément ému à la fois et
fâché.

« En tout cas, dit-il, ce ne peut être qu'à une condition.
C'est que vous serez associée en nom dans la maison et que
j'agirai comme votre gérant. »

Dans cet ordre d'idées tante Aubert était disposée à toutes
les concessions. Mais ce scrupule l'amusait.

« Arrangez cela à votre guise, c'est votre affaire. Je n'y
entends rien et n'y veux rien entendre. L'important, c'est
qu'Albert choisisse une carrière à son goût. Je ne demande
pas autre chose. »

Que répondre à de pareils arguments? On ne pouvait que
s'incliner devant tant d'exquise bonté.

Il y a dans la tendresse mutuelle des membres d'une
même famille, quand elle est attestée par de tels actes, une

vertu secrète qui dilate les cœurs et les élève au-dessus de
la calamité présente. Le malheur même a ses douceurs, il
sert à mettre en lumière le dévouement de ceux qui nous
entourent.

D'autre part, le propre de ces grandes tempêtes morales
est de vous présenter la vie comme en raccourci, et de vous
tracer subitement le droit chemin. Tout à l'heure vous hé-
sitiez, vous ne saviez de quel côté vous diriger. Maintenant
le voile est déchiré et vous voyez clairement, nettement, le
devoir.

C'est ce qui venait de se produire en moi.

« Cher père, dis-je tout à coup, puisque vous allez avoir
tante Aubert pour associée, pourquoi ne me prendriez-vous
pas pour aide de camp? Votre tâche va devenir bien lourde
désormais; vous aurez besoin d'un second sûr et dévoué...
Laissez-moi devenir ce second. L'éducation que vous m'avez
donnée n'est pas de trop pour faire un bon industriel. Je
pourrai la compléter par des études spéciales, tout en me
mettant sur-le-champ à la pratique, puisque j'ai, grâce à
vous, mené de front jusqu'à ce jour les sciences et les lettres... Je vous en prie, père, donnez-moi cette joie de con-
courir avec vous à la réparation du désastre... »

Mon père ne me répondit qu'en me serrant dans ses bras
avec une tendresse qui disait éloquemment :

« C'est convenu. »

Quand M. Pellerin nous quitta vers minuit, tout semblait
déjà s'être rasséréné sur notre ciel. La confiance et la bonne
humeur de tante Aubert avaient achevé l'œuvre de son généreux sacrifice.

Nous voulions retenir notre excellent ami, lui offrir une

chambre ; mais il préféra repartir pour donner un dernier coup d'œil à son discours latin. C'est presque en souriant que mon père le remercia d'être venu de si loin lui annoncer la ruine imminente, et quand nous nous retirâmes tous après nous être embrassés, nous nous sentions à la fois plus fiers des affections inébranlables que ce coup subit nous avait prouvées et plus forts des résolutions viriles qu'il nous avait montrées nécessaires.

CHAPITRE XXII

A LA SORBONNE. — UNE BROCHETTE DE PRIX D'HONNEUR.
DERNIÈRES NOUVELLES. — CONCLUSION.

Mais le lendemain le noir souci avait repris ses droits.
Dès le matin, mon père avait couru aux informations. Il
s'était assuré qu'il n'y avait pas de doute possible sur la
déconfiture de la maison Lecachey, et en se retrouvant face
à face avec les chiffres et les réalités, il ne pouvait plus
prendre sur lui d'accepter d'un cœur léger l'effondrement
de ses rêves.

« C'est un naufrage corps et biens, » nous dit-il à déjeuner,
mais l'honneur sera sauf. »

Il ne voulut pas manquer la distribution des prix du concours général. La cérémonie avait lieu, selon l'usage, dans
le grand amphithéâtre de la Sorbonne. Avec ma mère, tante
Aubert et grand-papa, il avait trouvé place dans la tribune
de gauche, — tout auprès du père Plaisir, le grand-père de
Mounerol, arrivé le matin même et resplendissant dans un
costume complet, acheté pour cette occasion solennelle. Sur
les gradins tous les lauréats bruyants et bavards, en *potache*,

en tenue de ville, selon qu'ils appartenaient à Sainte-Barbe
ou à Descartes, à Saint-Louis ou à Condorcet, à Rollin ou à
Charlemagne, à Stanislas ou à Montaigne. De tous côtés des
toilettes élégantes, des bruissements de soie, des ondoiements
de plumes, de dentelles et d'éventails, — de douces figures
de mères et de sœurs.

Avec Payan, Dutheil, Ségol et Baudouin, j'étais placé au
premier rang de mon lycée. Mais au sein même de cette
commune allégresse je me sentais le cœur glacé à voir la
profonde tristesse qui se reflétait dans les yeux distraits de
mon père. Il n'y avait point à s'y tromper, l'idée de son ou
plutôt de notre désastre le poursuivait impitoyablement. La
douleur de perdre en un jour le fruit de tant de peines ac-
cumulées par deux ou trois générations, les reproches qu'il
s'adressait d'avoir aventuré le capital de la famille et plus
encore peut-être le chagrin de ne pouvoir sortir d'affaire
qu'en exposant la petite fortune de tante Aubert, — tout
cela pesait de nouveau sur son esprit et l'empêchait de s'intéresser au spectacle qu'il avait devant lui.

C'est en vain que maman essayait de le distraire en lui
signalant dans les tribunes tel ou tel personnage célèbre.
C'est en vain qu'il faisait lui-même de temps à autre un effort pour adresser un mot bienveillant au père Plaisir et lui
expliquer ce qu'il avait sous les yeux ; — l'idée fixe reprenait bientôt le dessus, et mon père retombait dans ses douloureuses réflexions.

A peine les roulements de tambour qui annonçaient l'arrivée du cortège officiel lui firent-ils lever la tête.

Il regarda d'un œil morne défiler le ministre de l'instruction publique en grand habit de gala, les académiciens un

frac à palmes vertes', les Facultés précédées de leurs
massiers, les hauts dignitaires, sénateurs, généraux, conseillers d'État, mêlés à des magistrats de l'ordre judiciaire
ou municipal, le vice-recteur et les inspecteurs d'académie,
les proviseurs et professeurs en robe et épitoge rouge ou
jaune, enfin les jeunes normaliens à la boutonnière palmée
de violet.

Quand tout ce monde se fut casé, les invités sur l'estrade,
les maîtres et apprentis professeurs sur les premiers gradins
de l'amphithéâtre, le ministre déclara la séance ouverte et
donna la parole à M. Pellerin pour le discours latin.

Un instant je vis la physionomie de mon père s'animer, à
ce nom, d'un éclair passager. Il se pencha pour écouter de
son mieux et appela visiblement à la rescousse tout son
latin d'autrefois pour saisir au passage les premières phrases
de l'élégante allocution. Deux ou trois fois, quand un trait
particulièrement heureux était souligné par les bravos de
l'auditoire je vis un pâle sourire se dessiner sur ses chères
lèvres. Mais bientôt, comme bercé par les périodes cicéro-
niennes qui se déroulaient à son oreille, il sembla perdre
conscience de ce qui se passait autour de lui et retomba dans
son atonie.

Le discours de M. Pellerin, prononcé d'une voix nette et
bien timbrée, avait pourtant un vrai succès. Les connais-
seurs en admiraient la belle latinité, et les autres simplement
les petites malices, qu'on leur traduisait à l'oreille. Il possédait en outre une qualité précieuse autant qu'elle est rare :
il était fort court, aussi fut-il unanimement applaudi par les
mamans et les petites sœurs comme par les papas et les
élèves.

Le ministre-président prit alors la parole et s'adressa, en français cette fois, non seulement au public de la Sorbonne, mais on peut le dire à la France entière et à l'Europe. Il parla des innovations qui avaient signalé l'année scolaire, de celles qu'il méditait pour l'année suivante. Son discours avait toute l'importance d'un manifeste, et à mesure qu'il les déroulait on pouvait voir des relais de sténographes s'esquiver à la hâte pour communiquer aux journaux les passages qu'ils avaient saisis au vol.

Mon père seul paraissait n'y prendre aucun intérêt et ne prêter l'oreille qu'aux douloureuses préoccupations de son for intérieur.

Enfin, la distribution des prix commença. Le ministre en personne proclama le prix d'honneur de mathématiques spéciales et remit sa couronne à Payan. Puis vinrent les autres prix, appelés par un inspecteur d'Académie, et les prix d'honneur de Philosophie et de Rhétorique successivement proclamés par le Premier Président de la Cour de cassation et par un général commandant en chef.

J'observais un curieux phénomène, c'est que les applaudissements de l'auditoire étaient en quelque sorte réglés, comme le nombre de livres donnés en prix, sur l'importance de la nomination. Chaque prix d'honneur consistait en *quarante* magnifiques volumes reliés aux armes de la Sorbonne avec la mention « Concours général » sur le plat, et donnait lieu à plusieurs salves d'applaudissements. Les premiers prix qui recevaient *six* volumes, et les seconds prix qui en recevaient *quatre* n'étaient salués que de deux salves dans le premier cas, et d'une seule dans l'autre. Enfin les accessits qui ne donnaient pas droit au moindre volume,

étaient généralement égrenés avec une rapidité singulière
dans le silence le plus complet.

Parfois pourtant, il arrivait que le nom d'un lauréat
rappelé deux ou trois fois, même pour des accessits, ou particulièrement populaire parmi ses camarades, provoquait
l'enthousiasme de son lycée, — ce qui ne manquait guère
d'amener, à la première occasion, des représailles d'un lycée
rival.

Autre fait notable : les prix d'honneur de rhétorique
étaient les plus chaudement salués de tous.

A mon extrême satisfaction, il me fut enfin donné de voir
l'appel de ces prix produire dans la tribune de gauche un
effet appréciable.

Au moment où Mounerol gravit l'estrade pour recevoir sa
couronne, je vis distinctement mon père prendre la main du
père Plaisir qui pleurait de joie, et la serrer cordialement.
Puis, quand mon nom fut appelé pour la première fois en
discours français et fut salué par les Montaigne, je vis mon
père me sourire tendrement, tandis que maman, tante Aubert et grand-papa se penchaient comme pour dire :

« Il est à nous ! c'est notre Albert ! »

Mais voici que l'inspecteur d'académie chargé de la lecture du palmarès a passé la liste, selon l'étiquette, à un savant
illustre, et que celui-ci, tout chargé d'ans et de gloire, s'est
levé pour dire :

« Grand prix d'Histoire, décerné par la *Société d'histoire
de France*. Premier prix, Albert Besnard (nouveau), du lycée
Montaigne ! »

Tonnerre d'applaudissements. Je me suis levé en chancelant, j'ai gravi l'estrade, j'ai reçu comme dans un rêve ma

couronne et mes quarante volumes, et je suis revenu m'asseoir au milieu de mes camarades qui applaudissent et tré-
pignent à tout rompre. Je puis enfin lever les yeux sur mes
parents. Comment dire ma joie en constatant le changement
qui s'est opéré dans la physionomie de mon père ?

Il n'a plus de chagrin. Il a oublié. Il ne sait plus qu'il vient
de perdre une fortune. Voilà sa chère figure comme j'aime
à la voir, gaie et souriante, débarrassée du voile de tristesse
qui depuis le matin n'avait pas cessé de l'assombrir.

Ah ! comme j'ai vivement senti à ce moment ce qui peut
tenir de bonheur et de consolation, pour des parents dévoués,
dans les moindres succès de leurs enfants ! Comme j'ai compris que le travail, et le travail seul, affranchit de toutes les
peines de la vie ! Comme j'ai remercié dans mon cœur
M. Pellerin de m'avoir rendu le goût de l'étude, et M. Aveline de m'avoir indiqué la vraie méthode pour apprendre
l'histoire ! Comme je me suis promis de ne jamais donner à
mon père que des raisons d'avoir cette figure-là, cette figure
des bons jours et des heures de triomphe !

A partir de ce moment, il ne fut plus question de tristesse.
C'était bien fini. Je pouvais le voir s'entretenir avec le père
Plaisir, lui demander des nouvelles de Châtillon, s'informer
de ses projets pour l'avenir. Et tante Aubert ! et maman ! et
bon papa ! Certes, on n'aurait jamais deviné, à les regarder
seulement, que la ruine venait de s'abattre sur notre famille.
Mon prix d'histoire suffisait à faire contrepoids à plus d'un
demi-million disparu.

Cependant, la cérémonie avait pris fin. En un clin d'œil,
avec cette rapidité particulière aux assemblées parisiennes,
le grand amphithéâtre s'était vidé.

Mon père avait prié Jean Mounerol et son bon papa à dîner chez nous. On peut penser si la réunion de ces deux grands prix était une cause d'encombrement dans la cour de la Sorbonne! Nos volumes formaient une véritable bibliothèque : il ne fallut pas moins de deux flacres pour les emporter. Et les poignées de main, les adieux à échanger en quittant ces bons et loyaux camarades, dont quelques-uns, n'ayant pu pénétrer dans l'amphithéâtre, avaient tenu tout au moins à venir nous acclamer à la sortie. Tout cela ne contribuait que médiocrement à faciliter nos mouvements, et sans Baudouin nous ne serions jamais venus à bout de nous organiser pour le départ. Mais rien ne l'embarrassait. C'est lui qui avait couru au boulevard Saint-Michel pour raccoler les voitures, qui les ramenait triomphalement au milieu des regards jaloux de cette foule empressée de partir, lui qui empilait nos prix sur le siège du cocher, dans les coins. partout où il y avait moyen de les loger.

Lui aussi du reste, il allait avoir son prix d'honneur, et il ne s'en doutait guère.

Tandis que nous attendions M. Pellerin qui devait s'embarquer avec nous pour Billancourt et qui nous avait seulement demandé le temps d'aller quitter sa robe, le père Plaisir fut tout à coup frappé du nom de Baudouin.

« Pardon, monsieur, lui dit-il, est-ce que vous êtes monsieur Jacques Baudouin, du Bourgas, près Châtillon ?

— Mais certainement, père Plaisir, vous ne connaissez que moi, et je suis très enchanté, croyez-le, de vous retrouver ici en pareille occasion.

— Ah !... vous m'excuserez... c'est que ma vue s'affaiblit un peu, et puis vous avez tant grandi et changé depuis que vous étiez chez nous... Mais ce n'est pas tout ça... J'ai une lettre pour vous, de M. le maire de Châtillon.

— De M. le maire de Châtillon? Par exemple, je suis curieux de savoir ce que j'ai à démêler avec lui! s'écria Baudouin, tandis que le père Plaisir, après avoir assez long-temps tâtonné dans ses poches, finissait par en extraire. un pli à l'aspect officiel, marqué du timbre de la mairie.

— Je n'en sais rien du tout. M. le maire ne me l'a pas dit. Apprenant que j'étais mandé à Paris pour voir couronner mon petit-fils, il m'a seulement chargé de vous remettre ceci en mains propres. »

Baudouin avait fait sauter le cachet. Il lut à haute voix :

« Monsieur,

« J'ai l'agréable devoir de vous informer que le conseil municipal de Châtillon-sur-Lèze, informé des dispositions remarquables que vous montrez, à dire d'experts, pour les beaux-arts, et de l'intention où vous êtes de vous consacrer à l'étude de la sculpture ; apprenant d'autre part que vous êtes fils unique de veuve et hors d'état de subvenir par vos ressources propres aux frais de ces études, a, dans sa séance de ce jour, pris la résolution suivante :

« Article 1er. Une subvention de *mille francs* est mise à la disposition de M. Jacques Baudouin, sur les fonds commu-naux, pour l'aider à suivre à Paris les cours de l'École des beaux-arts.

« Article 2. Cette subvention pourra être renouvelée, — d'année en année, — sur rapport favorable du directeur de l'École.

BAUDOUIN DIT A HAUTE VOIX.

« Veuillez agréer, Monsieur, l'assurance de ma considération distinguée.

« Le maire de Châtillon,

« Henri Juhel.

« A Monsieur Jacques Baudouin, élève au lycée Montaigne, Paris. »

— Ceci, c'est encore un coup de M. Pellerin, j'en jurerais ! » s'écria Baudouin, tout rouge de surprise et de joie, tandis que nous l'embrassions à l'étouffer.

A ce même instant, M. Pellerin débouchait de l'escalier qui conduit au vestiaire.

Nous fûmes stupéfaits de le voir, lui d'ordinaire si sérieux, lui qui venait de prononcer le discours latin de l'année, arriver vers nous en courant. Un professeur de rhétorique ! Dans la cour de la Sorbonne ! Ces murs vénérables avaient-ils jamais vu pareil spectacle !

M. Pellerin tenait à la main un journal qu'il agitait en nous abordant.

« Grande nouvelle ! cria-t-il du plus loin qu'il nous aperçut. Tout est sauvé, monsieur Besnard !... Voici la première édition du *Temps* qu'on vient de me communiquer !... Lisez la nouvelle qu'elle donne en « dernière heure ».

Mon père prit le journal, et à l'exemple de Baudouin lut à haute voix :

« Dernière heure. — Amsterdam. Lundi. Dix heures cinquante matin. Lecachey fils, qui avait pris la fuite avec une somme de deux millions huit cent trente-neuf mille francs soustraite à la maison de banque du même nom, a été arrêté à bord du *Wiser*, paquebot à vapeur à destination de New-York, au moment même où le navire allait quitter la rade. Il avait pris passage sous un faux nom, mais, sur l'insistance des agents de police chargés de l'arrêter, il a fini par admettre son identité et par faire des aveux complets. La somme entière a été retrouvée dans son sac de voyage, à l'exception de deux billets de mille francs changés à Paris en monnaie d'or. La justice néerlandaise est saisie de l'affaire, et l'extradition du coupable sera vraisemblablement prononcée sous deux ou trois jours. »

Le journal faisait suivre cette dépêche de l'information suivante :

« *P. S.* Nous apprenons que la maison Lecachey, qui avait dû suspendre ses payements en conséquence de cette soustraction, va pouvoir liquider et très probablement payer à ses créanciers un dividende de 40 à 50 pour 100. »

La poitrine de mon père s'était soulevée, et avait laissé échapper un soupir de soulagement qui en disait long sur les angoisses de ces dix-huit heures. Silencieusement il embrassa ma mère et moi, puis il prit la main de tante Aubert et la porta respectueusement à ses lèvres.

« Allons, allons! mon cousin, voilà que vous me traitez encore en étrangère, dit-elle en l'embrassant à son tour, bien plus émue de cette manifestation qu'elle ne voulait le paraître... Partons bien vite pour Billancourt, ou je n'aurai jamais le temps de mettre la dernière main à mon dîner! »

Si le voyage se fit gaiement, si la fête fut cordiale et joyeuse, je vous le laisse à penser.

M. Pellerin, M. Aveline, M. Desbans, le capitaine Biradent, le père Plaisir et Criquet réunis à notre table, — un

prix d'histoire dans la maison, une bourse de mille francs
pour Baudouin, — une fortune à demi retrouvée, — comme
par miracle, — et avec cela un tas de petits plats sucrés
préparés par tante Aubert elle-même, c'était plus qu'il n'en
fallait assurément pour nous mettre tous de bonne humeur.
Je renonce à énumérer les toasts qui furent portés au dessert, aux succès futurs des trois représentants de l'avenir à
cette table de famille.

A quinze ans de distance, il m'est doux de pouvoir constater que ces souhaits et ces espérances se sont pleinement
réalisés.

Jacques Baudouin, entré l'année même à l'École des beaux-
arts, grand prix de Rome trois ans plus tard, est devenu,
comme nul ne l'ignore, un des sculpteurs qui font le plus
d'honneur à la France. Il vient d'être chargé de travaux considérables pour la ville de Paris, et voit grandir de jour en
jour sa gloire, et, en attendant la fortune, il a l'aisance. Il
n'a jamais cessé d'être mon meilleur ami.

Jean Mounerol, sorti de l'École normale le premier de sa
promotion, est aujourd'hui un des professeurs les plus élo-
quents et les plus goûtés du Collège de France.

Quant à moi, mes trois enfants, pour qui j'ai rassemblé ces
souvenirs, savent que j'ai suivi une carrière moins brillante
que celle de mes deux amis, et cherché l'indépendance dans
l'industrie, aux côtés de mon père, dont j'ai été longtemps le
second, dont je suis aujourd'hui l'associé. J'y ai trouvé le
bonheur aussi entre leur charmante mère, la mienne et notre
chère tante Aubert.

Nos affaires n'ont pas toujours été aussi florissantes qu'elles
le sont aujourd'hui. En dépit du généreux dévouement de

tante Aubert, et du recouvrement d'une partie de la créance
Lecachey, les temps ont été durs parfois.

Ce recouvrement partiel même fut très lent, car la secousse
imprimée à la maison de banque par cette rude alerte lui fut
définitivement fatale, son crédit ne s'en releva jamais et le
malheureux Lecachey, ruiné par la criminelle folie de son
fils et par la condamnation qui imprima bientôt à son nom
une tache indélébile, se trouva réduit à s'expatrier.

Il n'a fallu rien moins que nos efforts réunis pour faire face
aux difficultés, remonter graduellement la pente, arriver
enfin après dix ans à rembourser notre découvert. Et ce
n'est pas pour moi un mince sujet de fierté de me dire que
très probablement, sans mon concours, mon père n'y serait
pas parvenu. C'est en effet à une simplification d'outillage
dont grâce à ma connaissance de l'anglais, j'avais pu aller
chercher le secret en Grande-Bretagne, au cours de plusieurs
mois d'études dans les principales raffineries du pays, que
nous sommes principalement redevables de l'essor pris assez
récemment par notre fabrication.

Depuis l'année du grand concours, la seule douleur, le
seul vrai chagrin de notre vie a été la mort de mon bien-
aimé grand-père. S'il n'est plus parmi nous pour choyer et
chérir les petits Besnard d'aujourd'hui, comme il a chéri le
petit Besnard de jadis, son souvenir est encore vivant à
notre foyer, et je puis dire que cette chère ombre tient toujours dans notre cœur la large place que ses vertus et sa
tendresse lui avaient conquise.

M. Pellerin, membre de l'Institut, est resté notre ami
dévoué et garde encore en réserve, je l'espère bien, quelques bons conseils pour mes enfants, sans préjudice de tous

ceux qu'il nous a donnés à Baudouin et à moi, et dont nous nous sommes si bien trouvés. Il est resté dans les heures de loisir mon maître et mon professeur. « Vous avez une plume, m'a-t-il dit, je vous ai appris à vous en servir, servez-vous-en. » A son instigation, j'ai écrit sous un pseudonyme dans une grande revue plus d'un article d'économie politique. J'ai ainsi aidé, m'a-t-on assuré, à l'éclosion de plus d'un progrès. C'est une fête pour M. Pellerin quand je le prie de lire mes manuscrits, en tête desquels j'écris en gros, comme au collège, « Lege quæso ». Ma tante Aubert les lit avec passion jusqu'au bout. Elle déclare que rien ne l'a jamais plus *amusée* que ces lectures. Pauvre tante Aubert!

M. Desbans a illustré son nom et relégué dans la nuit du passé le sobriquet de Tronc-de-Cône, par la découverte de plusieurs lois nouvelles en physique mathématique.

Quant à M. Aveline, il est toujours professeur d'histoire à Montaigne, en dépit des succès que ses élèves obtiennent presque tous les ans au concours. Ce sont ces succès mêmes qui l'attachent à cette chaire et la lui ont toujours fait préférer au titre de professeur de faculté.

Le capitaine Biradent, encore jeune par le cœur et par la souplesse du jarret, figure sur l'*Annuaire militaire* comme chef de bataillon de l'armée territoriale.

Enfin mes camarades du lycée Montaigne ont eu naturellement des fortunes diverses, selon qu'ils se sont appliqués avec plus ou moins d'à-propos et de suite à la poursuite d'un but déterminé.

Payan, après avoir percé le second tunnel du mont Cenis, dirige actuellement les travaux du chemin de fer transsaharien. Ségol est professeur de troisième dans un de nos lycées de province, Dutheil un des avocats les plus distingués du barreau de Lyon.

Chavasse, après avoir littéralement *mangé* la petite fortune que lui avaient laissée ses parents, et avoir essayé sans succès de plusieurs professions bizarres, a fini par devenir directeur d'une table d'hôte qui jouit d'une certaine célébrité dans le quartier Popincourt, et qu'il préside tous les soirs en personne. Son ventre est le meilleur prospectus de l'établissement. Il aurait peut-être pu se dispenser, pour arriver à ce beau résultat, d'user plusieurs douzaines de culottes sur les bancs du lycée Montaigne.

Thomereau continue de cultiver le calembour par à peu près. Aux dernières nouvelles que j'ai eues de lui, il dirigeait un petit journal comique, *l'Intermédiaire des farceurs.* Je crains bien qu'à ce métier il ne récolte plus d'avanies que de revenus.

Molécule continue à chercher vainement un éditeur pour ses poésies complètes, et, en attendant qu'il rencontre cet oiseau rare, remplit les fonctions de teneur de livres dans une maison de nouveautés. Il fume et prise plus que jamais, et n'a pas grandi d'un pouce, — si ce n'est dans sa propre estime.

Verschuren est aujourd'hui chef d'escadron de hussards et l'une des plus belles moustaches de l'armée française.

FIN

TABLE

FIN DE LA TABLE.

PARIS

TYPOGRAPHIE GEORGES CHAMEROT

19, RUE DES SAINTS-PÈRES, 19

Les tomes XXV à XXXVIII renferment comme œuvres principales :

JULES VERNE : Kéraban-le-Têtu, — L'École des Robinsons, — La Jangada, — La Maison à vapeur, — Les Cinq cents millions de la Bégum, *dessins de* BENETT; — Hector Servadac, *dessins de* P. PHILIPPOTEAUX. — P.-J. STAHL : Maroussia, *dessins de* TH. SCHULER; — Les Quatre Filles du docteur Marsch, *dessins d'*ADRIEN MARIE; — Jack et Jane, *dessins de* GEOFFROY; — Le Paradis de M. Toto, — La Première cause de l'avocat Juliette, *dessins de* J. GEOFFROY; — Un Pot de crème pour deux, — Les Groseilles pas mûres, — Les Enfants de Cora, *dessins de* L. FRŒLICH. — LUCIEN BIART : Monsieur Pinson, *dessins de* H. MEYER; — Aventures de deux enfants dans un parc, *dessins de* L. FRŒLICH. — E. LEGOUVE, *de l'Académie* : Le Sommeil, — Bonne âme, belle âme, grande âme, — Leçons de lecture, etc. — VICTOR DE LAPRADE, *de l'Académie* : Petits Ingrats, — Le Petit Soldat, — Soyez des hommes, — Travaillons, etc. — A. DEQUET : Mon Oncle et ma Tante, *dessins de* J. GEOFFROY. — E. EGGER, *de l'Institut* : Histoire du Livre. — J. MACE : La France avant les Francs, *dessins de* F. PHILIPPOTEAUX. — CH. DICKENS : L'Embranchement de Mugby, *dessins de* AUFRAY. — ANDRÉ LAURIE : Une année de collège à Paris. *dessins de* GEOFFROY; — Scènes de la vie de collège en Angleterre, *dessins de* PHILIPPOTEAUX; — Mémoires d'un collégien, *dessins de* GEOFFROY. — P. CHAZEL : Riquette, *dessins de* LIX. — Dr CANDÈZE : La Gileppe, — Aventures d'un grillon, *dessins de* C. RENARD. — C. LE-MONNIER : Bébés et Joujoux, *dessins de* BECKER et J. GEOFFROY. — HENRY FAUQUEZ : Souvenirs d'une pensionnaire, *dessins de* J. GEOFFROY. — J. LERMONT : L'Oiseau de Tilly, — La Maison de Nanny, etc., *dessins de* J. GEOFFROY. — F. DUPIN DE SAINT-ANDRE : Histoire d'une bande de canards, — La Vieille Casquette, *dessins de* J. GEOFFROY. — TH. BENTZON : La Petite Ramasseuse de cendres, — Un Conte d'hiver en Alsace, — Le Petit Violon, Une Famille de Chats, etc., *dessins de* J. GEOFFROY. — BENEDICT : La Mouche de Tony, — Le Noël des petits Ramoneurs, etc. — A. GENIN : Marco et Tonino, *dessins de* BELLENGER; — Histoire de Deux pigeons de Saint-Marc. *dessins d'*ADRIEN MARIE. — F. DIENY : La Patrie avant tout, *dessins de* BENETT. — M. CRETIN : Le Livre de Trotty, *dessins de* GEOFFROY. — G. NICOLE : La Sakieh, — Le Chibouk du Pacha, etc., etc., *dessins de* RIOU; — Théâtre de famille, *comédies, par* GENNEVRAYE. — B. VADIER : L'Ermite de dix ans, etc.

Les Tomes 1 à XXIV renferment comme œuvres principales :

L'Ile mystérieuse, Les Aventures du Capitaine Hatteras, Les Enfants du Capitaine Grant, Vingt mille lieues sous les mers, Aventures de trois Russes et de trois Anglais, Le Pays des Fourrures, Michel Strogoff, de JULES VERNE. — La Morale familière (cinquante contes et récits), Les Contes Anglais, La famille Chester, Histoire d'un Ane et de deux jeunes Filles, La Matinée de Lucile, Le Chemin glissant, Une Affaire difficile, L'Odyssée de Pataud et de son chien Fricot, de P.-J. STAHL. — La Roche aux Mouettes, de Jules SANDEAU. — Le nouveau Robinson suisse, de STAHL et MULLER. — Romain Kalbris, d'Hector MALOT. — Histoire d'une maison, de VIOLLET-LE-DUC. — Les Serviteurs de l'Estomac, Le Géant d'Alsace, L'Anniversaire de Waterloo, Le Gulf-Stream, La Grammaire de mademoiselle Lili, Un Robinson fait au collège, de Jean MACE. — Le Denier de la France, La Chasse, Le Travail et la Douleur, A Madame la Reine, Un Premier Symptôme, Sur la politesse, Lettre de mademoiselle Lili, Un Péché véniel, Diplomatie de deux mamans, etc., de E. LEGOUVE. — Petit Enfant, Petit Oiseau, L'Absent, Rendez-vous, La France, La Sœur aînée, L'Enfant grondé, etc., par Victor DE LAPRADE. — La Jeunesse des Hommes célèbres, de MULLER. — Aventures d'un jeune Naturaliste, Entre Frères et Sœurs, de Lucien BIART. — Le Petit Roi, de S. BLANDY. — L'Ami Kips, de G. ASTON. — Causeries d'Economie pratique, de Maurice BLOCH. — La Justice des choses, de Lucie B***. — Les Vilaines Bêtes, de BENEDICT. — Vieux Souvenirs, Départ pour la Campagne, Bébé aime le rouge, de Gustave DROZ. — Le Pacha berger, de LABOULAYE. — La Musique au foyer, de P. LACOME. — Histoire d'un Aquarium, Les Clients d'un vieux Poirier, de E. VAN BRUYSSEL. — Histoire de Bébelle, Une Lettre inédite, Septante fois sept, de DICKENS. — Les Lunettes du vieux Curé, Pâquerette, La Taciturné, etc., de H. FAUQUEZ. — Le Petit Tailleur, de A. GENIN. — Curiosités de la vie des Animaux, par P.-H. NOTH. — Notre vieille Maison, de H. HAVARD. — Le Chalet des Sapins, par Prosper CHAZEL, etc., etc. — Les Deux Tortues, Ce qu'on faisait à un bébé quand il tombait, par F. DUPIN DE SAINT-ANDRE.

Les petites Sœurs et les petites Mamans, Les Tragédies enfantines, Les Scènes familières, et autres séries de dessins par FRŒLICH, FROMENT, DETAILLE, textes de P.-J. STAHL.

N. B. — La plus grande partie de ces livres ont été couronnés par l'Académie française.

CHAQUE VOLUME SE VEND SÉPARÉMENT

Prix : broché, 7 fr; toile, tranches dorées, 10 fr.; relié, tranches dorées, 12 fr

⟶ Albums Stahl illustrés in-8° (1er âge) ⟵

FRŒLICH

L'A perdu de Mlle Babet.
Alphabet de Mlle Lili.
Arithmétique de Mlle Lili.
Bonsoir, petit père.
Cerf-Agile, histoire d'un jeune sauvage.
Commandements du Grand-Papa.
La Fête de Mlle Lili.—Journée de Mlle Lili.
Grammaire de Mlle Lili. (J. Macé.)
Le Jardin de M. Jujules.
Lili aux Eaux.— Les Caprices de Manette.
† Les Jumeaux.

Un drôle de Chien.
La fête à Papa.
Mademoiselle Lili à la campagne.
Monsieur Toc-Toc.
Le 1er Chien et le 1er Pantalon.
L'Ours de Sibérie. — Le petit Diable.
1er Cheval et 1re Voiture.
Premières armes de Mlle Lili.
La Salade de la grande Jeanne.
La Crème au chocolat.
M. Jujules à l'école.

L. BECKER	L'Alphabet des Oiseaux.
—	† L'Alphabet des Insectes.
COINCHON (A.)	Histoire d'une Mère.
DETAILLE	Les bonnes Idées de mademoiselle Rose.
FATH	Gribouille. — Jocrisse et sa Sœur.
—	Les Méfaits de Polichinelle. — Pierrot à l'École.
—	La Famille Gringalet.—Une folle soirée chez Paillasse
FROMENT	La Boîte au lait. — Histoire d'un pain rond.
—	La Petite Devineresse. — Le petit Escamoteur.
GEOFFROY	Le Paradis de M. Toto.—1re cause de l'avocat Juliette.
JUNDT	L'École Buissonnière.
LALAUZE	Le Rosier du petit frère.
LAMBERT	Chiens et Chats.
LANÇON	Caporal, le chien du régiment.
MARIE (A.)	Le petit Tyran.
MATTHIS	† Les deux Sœurs.
MÉAULLE	Petits Robinsons de Fontainebleau.
PIRODON	Histoire d'un Perroquet. — Histoire de Bob aîné.
—	La Pie de Marguerite.
SCHULER (TH.)	Les Travaux d'Alsa.
VALTON	Mon petit Frère.

⟶ Albums Stahl illustrés grand in-8° ⟵

FRŒLICH

Mlle Mouvette.
M. Jujules et sa Sœur Marie.
Petites Sœurs et petites Mamans.

Voyage de Mlle Lili autour du Monde.
Voyage de découvertes de Mlle Lili.
La Révolte punie.

CHAM	Odyssée de Pataud.
FROMENT	La belle petite princesse Ilsée. — La Chasse au volant.
GRISET (E.)	Aventures de trois vieux Marins. — Pierre le Cruel.
SCHULER (T.)	Le premier Livre des petits enfants.
VAN BRUYSSEL	Histoire d'un Aquarium.

ALBUMS STAHL EN COULEURS IN-4°

TROJELLI	Alphabet musical de Mlle Lili.

L. FRŒLICH
Chansons & Rondes de l'Enfance

Sur le Pont d'Avignon.
La Boulangère a des écus.
La Mère Michel. — Giroflé Girofla.
Il était une Bergère. — M. de la Palisse.
La Tour prends garde.

Au clair de la Lune. — Cadet-Roussel.
Le bon roi Dagobert. — Compère Guilleri.
Malbrough s'en va-t-en guerre.
La Marmotte en vie.
Nous n'irons plus au bois.

L. FRŒLICH

La Bride sur le cou. — M. César.
Le Cirque à la maison. — Mlle Furet.
Moulin à paroles.— Pommier de Robert.

Jean le Hargneux (16 planches).
Hector le Fanfaron.
La revanche de François.

COURBE	† L'Anniversaire de Lucy.
GEOFFROY	Monsieur de Crac. — Don Quichotte. — Gulliver.
DE LUCHT	La Leçon d'Équitation. —La Pêche au Tigre.
MATTHIS	Métamorphoses du Papillon.
MARIE	Mademoiselle Suzon.
TINANT	Une Chasse extraordinaire.— Les Pêcheurs ennemis.
—	† La Guerre sur les Toits.

PETITE BIBLIOTHÈQUE BLANCHE
Volumes gr. in-16 colombier, Illustrés

Bibliothèque des Jeunes Français
Volumes gr. in-16 colombier

BLOCK (M.).
Entretiens familiers sur l'administration de notre pays.

VOLUMES IN-8° CAVALIER, ILLUSTRÉS

Volumes grand in-8º jésus, Illustrés

JULES VERNE

VOYAGES EXTRAORDINAIRES

23 VOLUMES IN-8º JÉSUS ILLUSTRÉS

HISTOIRE DES GRANDS VOYAGES ET DES GRANDS VOYAGEURS

Découverte de la Terre. — Les Grands Navigateurs du XVIIIᵉ siècle
Les Voyageurs du XIXᵉ siècle.

J. VERNE et TH. LAVALLÉE. Géographie illustrée de la France, nouvelle édition revue et corrigée par M. Dubail.

BIBLIOTHÈQUE DES PROFESSIONS

Industrielles, Commerciales & Agricoles

Le premier mérite des volumes qui composent cette ENCYCLOPÉDIE c'est d'être accessibles par la forme, par le fond et par le prix, aux personnes qui ont le plus souvent besoin d'indications pratiques sur la profession dont elles font l'apprentissage, ou dans laquelle elles veulent devenir plus intelligemment habiles.

A ces personnes dont le nombre est très grand, il faut des *guides pratiques exacts*, d'un format commode, d'un prix modéré, rédigés avec clarté et méthode, comme est clair et méthodique l'enseignement direct du professeur à l'élève ou celui dû maître à l'apprenti. Telle a été la pensée qui a présidé à la publication de la *Bibliothèque des professions industrielles, commerciales et agricoles*.

Elle se compose de *onze séries*, qui se subdivisent comme suit:

A. SCIENCES EXACTES. — B. SCIENCES D'OBSERVATION. — C. ART DE L'INGÉNIEUR. — D. MINES ET MÉTALLURGIE. — E. MÉCANIQUE, MACHINES MOTRICES. — F. PROFESSIONS MILITAIRES ET MARITIMES. — G. ARTS ET MÉTIERS, PROFESSIONS INDUSTRIELLES. — H. AGRICULTURE, JARDINAGE, etc. — I. ECONOMIE DOMESTIQUE, COMPTABILITÉ, LÉGISLATION, MÉLANGES. — J. FONCTIONS POLITIQUES ET ADMINISTRATIVES, EMPLOIS DE L'ETAT, DÉPARTEMENTAUX ET COMMUNAUX, SERVICES PUBLICS. — K. BEAUX-ARTS, DÉCORATION, ARTS GRAPHIQUES.

Les volumes de cette collection sont publiés dans le format grand in-18; la plupart d'entre eux sont illustrés de gravures qui viennent mieux faire comprendre le texte; des atlas renferment les dessins qui exigent d'être représentés à grandes échelles et avec plus de détails.